REKI KAWAHARA abec
SWORD ART ONLINE
Progressive
006
川原 礫
插畫／abec
SWORD ART ONLINE
Kadokawa Fantastic Novels

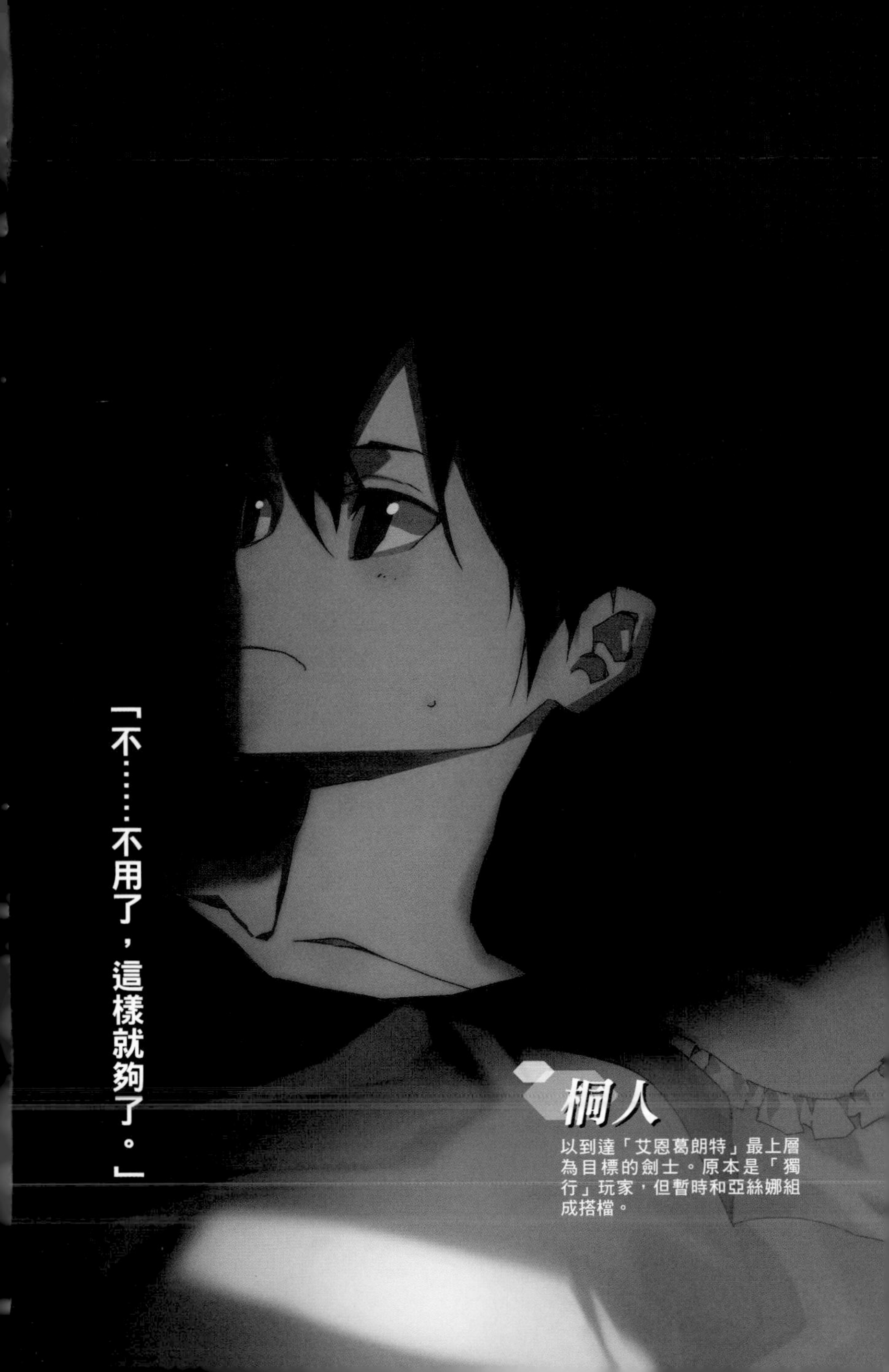
「不……不用了，這樣就夠了。」
桐人
以到達「艾恩葛朗特」最上層為目標的劍士。原本是「獨行」玩家，但暫時和亞絲娜組成搭檔。

「……呼……」
「再靠過來一點比較暖和喔。」
亞絲娜
被關進「SAO」的女性玩家之一。改變自暴自棄的想法，以完全攻略遊戲為目標。
基滋梅爾
在第三層的活動任務裡成為伙伴的NPC，種族是「黑暗精靈」。封測時期的她會因為活動進行而強制被殺害，但在變成死亡遊戲的「SAO」裡則存活下來，而且和桐人他們有了很深的羈絆。

銀堂
小規模公會「Q渣庫」
的會長。短槍使。
「我們也在進行黑靈……
不對，是黑暗精靈的活動任務。」

「我只是有話想對那邊的劍士大人說。」
米亞
在第六層主街區「史塔基翁」跟蹤桐人等人的NPC少女。其令人意外的真實身分是……

荒謬方塊
「艾恩葛朗特」第六層樓層魔王。
「數……數字……？」
「迴避──────！」

「要來了……！」
凜德
攻略公會「龍騎士旅團（DKB）」的隊長。

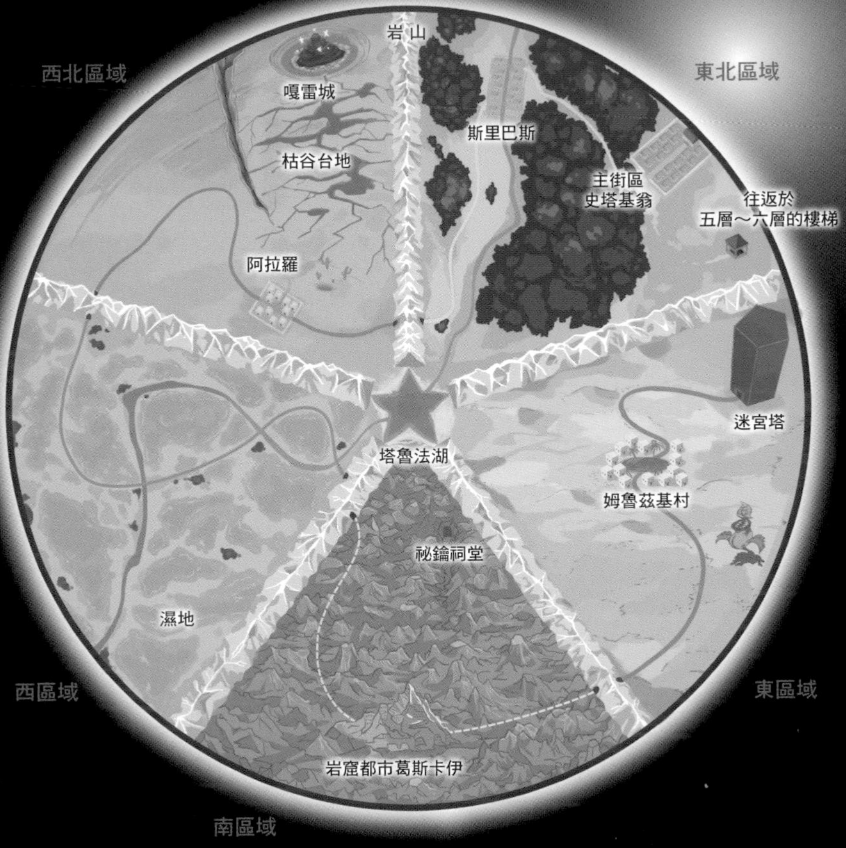

浮遊城艾恩葛朗特 各樓層檔案 Aincrad

■第六層

第六層的設計主題跟封測時期一樣是「益智遊戲」。尤其是在主街區「史塔基翁」裡頭，除了建築物的主玄關之外，所有「門」上都被設置了各式各樣的益智遊戲。想利用設施就得先解開這些謎題。

樓層本身的圓形練功區呈現被險峻岩山分割為五等分的構造，中央有一座星形湖泊。史塔基翁位於東北區域，而樓層魔王盤踞的迷宮塔則位於東南區域，雖然彼此鄰接，但因為被高聳的岩山阻絕而無法直接移動。因此想到達迷宮塔就得以逆時針方向繞遍五個區域。

史塔基翁所在的東北區域，大部分是類似第三層的深邃森林。另一方面，嘎雷城所在的西北區域則是幾乎看不見綠地的紅褐色荒野。西區域有一大半是濕地，南區域是洞窟地帶，迷宮塔所在的東區域則是沙漠地帶。隔著岩山的環境會像這樣產生劇烈變化可以說是第六層的最大特徵。

插畫／來栖達也

SWORD ART ONLINE

Progressive 006

「這雖然是遊戲，但可不是鬧著玩的。」

「SAO刀劍神域」設計者
茅場晶彥

SWORD ART ONLINE

REKI KAWAHARA

ABEC

川原 礫
插畫／abec

Kadokawa Fantastic Novels

黃金定律的卡農（下）

艾恩葛朗特第六層　二〇二三年一月

6

我因為不屬於自己的動作、溫度以及鼻息而醒過來。

泛白的灰色光芒從微微睜開的眼瞼縫隙照射進來。從色澤來看，我認為應該是早晨的五點左右。雖然平常這個時間應該還在夢鄉當中，但是因為昨天相當早就躺上床了，所以計算起來應該睡了九個小時左右。和基滋梅爾約好早上七點在大餐廳見面，所以還有一段充裕的時間，不過實在該起床了。

心裡雖然這麼想，但我還是再度閉上了眼睛。一月的早晨那冷冽的室內空氣，以及被窩裡超級舒服的溫度形成強烈對比，讓快要覺醒的意識逐漸沉向深沉的黑暗。

——再睡三十分鐘……不對，二十分鐘就好了。

宛如星期一早晨的國中生般這麼想著，同時準備關上腦袋的開關。

但這個時候……

「嗯嗯…………」

再次聽見這種細微的聲音，接著是輕微的動作傳遞到身上。

原本想著……是在作養貓的夢嗎，但隨即注意到似乎不是貓也不是作夢。在眉間貫注力道，抬起像被黏起來一樣的沉重眼瞼。在虛擬世界裡看東西應該不用眼球才對，但不知道是不是半睡半醒狀態的腦與NERvGear的連線有問題，這時候就跟現實世界一樣一直無法對焦。反覆眨了幾次眼睛後，灰色的光暈才開始收縮。

占據視界上半部的是巨大的枕頭。然後下半部是某種明亮的茶色物體。我目前是呈右側身體在下方的側睡姿勢，往前伸的右臂被夾在茶色物體與枕頭之間而無法動彈。

相對的左臂似乎放在什麼東西上面，雙腳也被某種不知名物體一下夾住一下放開。我一邊反覆眨眼，一邊準備用左手推開緊貼在身體上的某種東西——

「嗯嗚……」

那道聲音再次在下巴附近響起，左手觸碰到的柔軟物體開始蠕動。

那不是貓，也不是其他小動物。而是跟我差不多尺寸的大型動物，應該說是人類，不對，應該說是玩家。具體來說就是暫定搭檔亞絲娜大小姐。靠在右手臂上的茶色物體就是亞絲娜的頭。

當認知到現狀的瞬間，意識就從睡傻狀態飛越平時狀態一舉加速進入超集中狀態，我在認知到現狀的同時也完成了行動選擇。

看來我是提供了右臂作為枕頭，然後用左手抓住亞絲娜的右肩。由於我朝右而亞絲娜朝左邊睡，所以身體正面幾乎是緊靠在一起，腳的部分是什麼情形則無法掌握。將眼球轉動到極限往上看向床頭板，判斷現在的位置是在床的左側。也就是說侵犯國境的人確定是我。睡著時明明只是彼此勾著對方的小指，結果在睡眠當中完成了由東到西的大移動。

「嗚喲……」

亞絲娜的身體再次稍微動了一下。間隔時間漸漸縮短，感覺再過幾分鐘……說不定幾十秒鐘她就要醒過來了。在這之前，無論如何都得退避到床鋪右側的我方領土才行。

我慎重地把左手從亞絲娜肩膀上移開並停留在空中。但是右臂被頭部與枕頭夾住而難以移動，腳好像也被纏住了。在這種狀態下要不推動或者拉動亞絲娜來脫困，我唯一能想到的辦法就是利用轉移水晶，但是那只能移動到各層主街區的轉移門，而且第六層也還無法入手。

不過既然還有相信奇蹟來繼續挑戰的時間，那麼就應該繼續奮鬥下去。我用恢復自由的手，試著從後方悄悄抬起亞絲娜的頭。只要右臂能夠重獲自由，或許就能用雙手解開被纏住的腳來脫離現場了。

「唔嗯……」

由於我的手指碰到後腦杓的瞬間亞絲娜就綳起臉來，我只好迅速把手遠離。亞絲娜的身體繼續蠕動幾秒鐘的時間，接著用疊在胸前的右手緊抓住我上衣的衣領。

——完蛋了。

做出這種判斷的我，不知不覺就放鬆全身緊綳的力道，等待著那個瞬間到來。

兩個小時後——

「……桐人，為什麼把魚移到亞絲娜的盤子裡？你不喜歡吃魚嗎？」

在大餐廳被基滋梅爾這麼問道的我，臉上露出藏著悲傷的笑容，然後不知道為什麼以教科書般的口吻回答：

「不，我很喜歡吃魚。」

「那是為什麼？」

「呃……」

當我因為不知道該從何答起時而煩惱時，亞絲娜就毫不留情地用叉子刺進我貢獻的炸白身魚並且笑嘻嘻地說：

「桐人他做了壞事，所以正在贖罪。」

「哦……到底做了什麼事呢？」

「這個嘛……」

在亞絲娜解釋事件的詳細經過之前，我就急忙插嘴表示：

「沒有啦，就只是稍微侵犯了亞絲娜的私人空間……啊，私人空間是指不希望對方繼續靠近的空間。」

一聽我這麼說，細劍使冰冷的視線就照射過來。在棉被裡抱在一起的行為確實不只是侵犯私人空間這麼簡單，但要是連基滋梅爾都鄙視我，我今天就只能一整天蹲坐在城堡角落了。

拜託要接受剛才的說明啊……內心雖然這麼祈求，但同時也覺得應該不會成功，不過坐在正面的基滋梅爾卻一臉認真地深深點頭。

「原來如此。雖然是第一次聽見這個名詞，但是我能理解你的言外之意。在我們精靈的社會，過於接近他人也是無禮的行為。」

「哦……是這樣啊。」

右鄰的亞絲娜露出深感興趣的表情。只見她放下剛喝不久，裝著花草茶的杯子，然後微微歪著頭表示：

「但是……基滋梅爾和我們在一起時，感覺不太跟我們保持距離……第三層的女王蜘蛛的迷宮，妳也讓我們一起躲進隱身斗篷裡面了。」

那個時候確實因為基滋梅爾的手臂、腳以及其他部位都跟我緊貼在一起而慌了手腳。這時騎士像是覺得有點懷念般露出微笑，然後瞄了一眼自己的手。

「……唔嗯，確實有這件事。跟其他黑暗精靈比起來，我的私……私人空間確實比較狹窄一些。因為蒂爾妮爾很愛撒嬌……從小就經常跟我黏在一起，可能不知不覺就習慣了吧。」

當基滋梅爾從口中說出在第三層因為與「森林精靈．獵鷹師」戰鬥而殞命的妹妹的名字，感覺亞絲娜就瞪大了眼睛。

我和亞絲娜都沒有見過蒂爾妮爾。我甚至認為名為蒂爾妮爾的黑暗精靈NPC根本不曾存在於這個艾恩葛朗特。和喜歡撒嬌的妹妹一起成長、姊姊成為騎士妹妹成為藥師，以及妹妹在回收祕鑰任務中戰死……這些都是賦予基滋梅爾的「設定」，也就是虛假的記憶。因為精靈族的壽命相當長，所以基滋梅爾的外表並非她的真實年齡……她應該活過五六十年甚至是更長的歲月了，但是這個名為艾恩葛朗特的世界是在現實時間二〇二二年十一月六日，也就是不到兩個月之前才誕生。

但是在和基滋梅爾、約費利斯子爵、羅摩羅老人以及野營地的鐵匠等人交流之中，我的想法也一點一點改變了。我認為這些存在不單純只是被賦予名為設定的記憶。

二〇二二年，不對，二〇二三年的現在，所謂「泛用人工智慧（AI）」……應該尚未被開發出來才對。

從被稱為AI元年的二〇一七年開始的五年之間，人工智慧已經有了長足的進步。即使是能夠下載到手機的將棋或者圍棋程式也能夠勝過職業棋士，也能夠以一秒間進行數千次的超高速來交易股票以及貨幣並且獲得利益，醫院則是能夠進行高精密度的影像診斷。等級5，也就是完全自動駕駛的車子在街上行駛的日子應該也不遠了吧。

但是，相對於這些強化專門領域的AI——所謂狹義人工智慧令人眼花撩亂的進化，距離可以應用知識與自我學習來進行跟人類同等級溝通的泛用AI現身的日子似乎還相當遙遠。智慧喇叭已經普及到許多家庭當中，用來協助管理行程、操作家電、搜尋情報，但是作為人類對話對象的會話能力仍明顯不足。

說起來，AI這種科技雖然擅長學習勝負與是非相當明顯的事物，但是面對何為正確答案相當曖昧的分野時就很頭痛。而對話這種東西又不存在明確的勝利與答案。

但是目前在我眼前露出沉思表情喝著花草茶的黑暗精靈，明明是遊戲世界的NPC……也就是並非高度與最先進的AI，至今為止在和我跟亞絲娜對話時依然沒有做出任何讓人摸不著頭腦的回答。雖然跟我們特別注意不說出某滋梅爾應該聽不懂的話也有關係，但是會話能力還是可以說跟人類差不多了。

ARGUS，不對，茅場晶彥是如何將如此高度的AI安裝到遊戲世界當中？

我能想得到的方法只有一個。在話題限定於特定分野——也就是負荷與雜訊較少的環境裡，讓龐大數量的人類和AI對話來累積語料庫。這當然不是簡單的工程。光是要讓數百名協力者理解什麼是可以說什麼是不能說的話就是一個大工程，而且要如何聚集如此大量的人類以及該如何籌措報酬也是問題。

但如果是在ＶＲＭＭＯ世界的話——

玩家基本上只會做出與遊戲以及任務有關的發言，就算不付報酬也會很高興地每天登入幾個小時。比如說一個月裡，持續讓一千人和ＡＩ對話，累積起來的檔案將會變成這個世界上任何企業與研究者都不曾擁有過的規模。

而那就是二〇二二年八月所舉行的ＳＡＯ封測吧。

然後根據獲得的語料庫來讓ＡＩ之間互相對話。人類不介入的話處理速度就可以提升到極限，兩個月應該就能完成數百年，甚至是更久的學習了吧。

也就是說，基滋梅爾等黑暗精靈……以及森林精靈、墮落精靈與人族的ＮＰＣ們，在ＳＡＯ正式開始營運之前，就已經累積了從艾恩葛朗特誕生到現在為止的歷史了。在這樣的情況中發生了特異的變化，出現具備接近ＡＧＩ會話能力的ＡＩ……這就是基滋梅爾以及約費利斯子爵了。

如果我的想像，不對，應該說妄想有稍微接觸到真實，那麼ＳＡＯ的ＡＩ就「還有發展空間」。

因為現在的艾恩葛朗特裡有超過封測時期的十倍，總共一萬名玩家每天累積著與ＡＩ的對話。這些檔案聚集起來後經過去蕪存菁，最後將誕生出可以說是精髓的真正人工智慧……又有誰能夠肯定絕對不會發生這種事情呢……

「……桐人啊。」

右肘突然被戳了一下，我立刻高速眨起眼睛。

「咦？怎……怎麼了？」

「什麼怎麼了。魚被我拿走真的讓你受到那麼大的打擊？從剛才到現在你都沒有吃東西耶。」

「啊……」

低頭看著眼前的盤子，發現進貢一塊給亞絲娜的炸魚還剩下兩塊，沙拉與烤過的薄麵包也完好如初。由於預期今天的冒險將會相當漫長，早餐一定得確實地吃飽──就算不會成為真正的卡路里──才行。我用叉子刺起一塊炸魚，然後一口吞下。炸過的薄薄外皮粉碎，帶著滿滿肉汁的白魚肉鬆軟地分解開來。基滋梅爾他們也能感覺到跟我同等級的美味嗎……這麼想著的我立刻把大盤子上的食物清空，然後喝乾花草茶。

「那個，我不是要你快速把東西吃完。」

當亞絲娜露出傻眼的表情時，我就迅速瞄準她左手叉子刺著的橢圓形小番茄並把它拔走。

「呀，你做什麼啦！」

看見舉起叉子的亞絲娜以及準備用刀子來防禦的我，基滋梅爾就以傻眼的表情搖了搖頭。

這看起來像是姊姊的動作，讓亞絲娜放下左手表示：

「基滋梅爾，希望妳告訴我更多蒂爾妮爾的事情。」

「嗯……？當然可以了。那麼就在今天的路上說給妳聽吧。」

「嗯，我很期待喲。」

亞絲娜一露出微笑，基滋梅爾的嘴唇也綻放出笑容。她的臉上已經看不出寂寞的神情。

吃完飯後我們就在基滋梅爾的帶領下前往嘎雷城的補給所。雖然每天都可以免費領取一次五瓶回復藥水、五瓶治療藥水以及裝了乾糧與零食的袋子這種慷慨的配給，但很遺憾的是藥水的等級只有1，所以無法消除摩魯特的毒飛針「修馬爾戈亞之刺」的2級麻痺毒。

這麼一來，對於基滋梅爾昨晚所提到的傳述者當然就更加期待了，但很可惜的是似乎只有中午到下午三點這段期間才能在圖書室裡見到他。

雖然不願意在無法完全抵禦毒飛針的情況下繼續攻略，但基滋梅爾在身邊的期間應該沒問題。她裝備了可以無限使用解毒咒的戒指，最重要的是摩魯特他們應該不會襲擊顏色浮標看起來幾乎是黑色的菁英騎士才對。從前天的那名短刀使，別名黑斗篷二號即使捨棄主武器也要解救摩魯特……「阿守」的情況來看，那些傢伙也不是一開始就不顧性命來發動襲擊。

但這同時也表示，下一次那些傢伙再次發動襲擊時，一定是累積了比前天晚上更加有利的條件。下一次無論如此都要確實殺掉我們——下定這種決心的他們，現在這個瞬間應該還是在擬定邪惡的計畫吧。

即使再次湧現不能這樣靜靜等待那些傢伙再次襲擊的危機感，但也想不出主動出擊的方法，就算想到了，要加以實行的話也需要跟之前等級完全不同的覺悟。因為就算找到那些傢伙的基地，目前艾恩葛朗特裡面也不存在能夠確實長期拘禁玩家的方法。想要永遠阻止那些傢伙的惡行，就只能讓他們從這個世界登出。

而辦到這一點的唯一手段就是把HP歸零。

到了那個瞬間，玩家在現實世界也會迎接真正的死亡——

「喂，桐人，差不多該出發了喔！」

「桐人，要把你丟下來嘍！」

從稍遠處傳來這樣的呼喚聲，我使抬起望著腳下地磚的視線，結果就看到站在靈樹泉水前方揮手的騎士與細劍使。

無數受到朝陽照射的水滴，從聳立在泉水中央的巨樹枝葉上變成黃金絲線往下傾注。背對著這種光景的兩個人，可以說美麗到讓人說不出話來。

基滋梅爾就不用說了，純粹看戰鬥力的話亞絲娜說不定比我還要強。即使如此，我還是深刻地想著無論如何都得保護兩個人的安全，小跑步往她們身邊奔去。

在輕快的鐘聲與寡言衛兵們的目送下通過城門，來到寸草不生的谷底，當我們在架於砂床上的橋走了不到數十秒的時間，基滋梅爾的HP條就閃爍著不熟悉的異常狀態圖示。

垂頭喪氣的人型圖示應該是「衰弱」的異常狀態。封測時期唯一一次在第十層的千蛇城裡，被出沒於該處的毒蛇僧正咬到過，結果筋力與敏捷力立刻大量降低，突然就陷入超重狀態，連逃都沒辦法逃就直接死亡了。

基滋梅爾的狀態似乎沒有那麼嚴重，但是在城裡時帶有光澤的咖啡色肌膚，在短時間內就變得蒼白。亞絲娜擔心地對她說了一句「基滋梅爾……」，並且想要撐住她的手臂，但是騎士以毅然的態度阻止亞絲娜，然後從著裝在腰部後方的腰包裡拿出一件單薄的披肩斗篷。

「……原本以為還能撐一陣子……由此可知精靈族在沒有森林和水的恩寵時是多麼無力的存在了。」

基滋梅爾這麼呢喃著，然後拿身上平時穿的那件隱身披風與披肩斗篷交換。

這件披肩斗篷類似亞絲娜身上那件附有兜帽的斗篷，整體看起來是銀中帶有不可思議的綠色，仔細一看就能發現上面有類似葉脈的條紋。當基滋梅爾穿上披肩斗篷並且戴起兜帽的瞬間，她身上的衰弱異常狀態圖示就消失，取而代之的是首次見到的支援效果圖示。

「呼……」

她鬆了口氣的臉龐也迅速恢復血色。騎士看著因為超級即時的效果而啞然的我和亞絲娜，臉上露出有些自傲的微笑。

「這件外套是大地切斷之前就從王國流傳下來的祕寶。收集即使在冬天也不會枯萎的貴重聖大樹落葉，然後仔細地縫合……全部的城堡和碉堡合起來也只剩下十件左右。」

「哇啊……好厲害，是用聖大樹的樹葉製成的啊……」

在由衷感到佩服的亞絲娜身邊，我對葉子形狀的支援效果圖標感到興致勃勃，但也不能用手指擊點基滋梅爾正在裝備當中的披肩斗篷。在內心的筆記本寫下回到嘎雷城後一有機會就要請她讓我調查一下，順便也打開主選單來確認任務記錄。

我們至今為止挑戰的是精靈戰爭活動任務第六層篇的主線故事「瑪瑙祕鑰」。攻略位於南區的迷宮並回收祕鑰，將其帶回嘎雷城就算成功。流程雖然簡單，但問題是那座迷宮的所在地是位於呈放射狀分成五等分的第六層南區域，要從我們目前所在的西北區域前往，就一定得經過西區域才能抵達。

也就是說，就連ALS與DKB的主力加上大叔軍團的聯合部隊都好不容易才突破區域境界迷宮，而我們一口氣就要突破兩個。就算有基滋梅爾在，這也絕對稱不上輕鬆……心裡做出覺悟的我，為了慎重起見還是確認著路線。

「那個，基滋梅爾，關於今天的目的地……應該是第六層最南邊的祕鑰祠堂對吧？」

「沒有錯，不過虧你知道祠堂位於南邊耶。」

基滋梅爾露出感到不可思議的表情，我當然不可能表示封測時期曾經去過，只能回答「這麼一點資料利用幻書之術就能知道了」。實際上任務記錄也確實寫著迷宮的位置，所以並非完全是謊言。

「原來如此，人族的咒文也相當厲害呢。」

我靠近老實點著頭的騎士，讓她看顯示在視窗上的第六層全體地圖，這時候亞絲娜也從另一邊往這裡看。我用手指對兩個人指出到達目的地為止的移動路線。

「我們現在的位置是這裡，祕鑰祠堂大概是在這附近。也就是說，必須穿越這裡和這裡的岩山的地下通道……要從正面突破的話會相當辛苦。所以我在想，是不是有什麼黑暗精靈流傳下來的祕密捷徑……」

我才剛這麼問，亞絲娜就開始鑽著我的側腹部。

「我說啊，你也太懶惰了吧。抱歉喔，基滋梅爾，不用理他。」

「唔嗯，我也沒聽說過有什麼捷徑……」

騎士認真地回答完，隨即抬起臉來咧嘴一笑。

「但是，說起來根本不需要越過岩山。」

「咦……為什麼？」

「你們到時候就會知道了。首先朝中央的湖泊前進吧。」

說到這裡，她便用左右手輕推我和亞絲娜的背部，沒辦法的我只能消除視窗開始往南走。

樓層中央的星形湖泊名字叫「塔魯法湖」，只要能渡過湖泊確實就能夠大幅縮減前往各個區域的移動時間。實際上，封測時期就有不少玩家利用可以浮在水上的素材道具等來游泳渡湖，但是湖裡面棲息著強到令人絕望的海星型怪物，只要被牠的觸手捲進水裡，就會死亡而再也無法浮起。

如果是一般遊戲，這也算是一種歡樂的祭典般騷動，但現在的SAO去挑戰那隻海星就等於是真正的自殺行為。一想到基滋梅爾不知道要去那個湖泊做什麼就讓我感到不安，但是現在也只能相信她了。

三個人立刻走過石橋，踏進乾枯河谷的迷陣當中。跟來時一樣，開始出現沙漠色彩的怪物，但基滋梅爾比第五層的祕鑰任務一起戰鬥時變得更強，我們不用太辛苦就砍死了大量的避日蛛與死亡蠕蟲。

在SAO裡面，如果光看提升等級的效率，獨行應該是最佳的選擇，因此可以說是相當寂寞的一款遊戲。但是與怪物之間等級差距所造成的經驗值增減修正效果目前仍不存在，所以小隊內加入一兩名高等級玩家來狩獵大量怪物的提攜新手行為很容易就能成功。而現在的狀況正好符合這種行為，所以心裡難免會想「如果能在怪物湧出率高的地方待一陣子……大概兩三個小時，可以的話停留半天或一天來盡量提升等級就好了！」，但實在沒辦法對身負回收祕鑰這個重大任務的基滋梅爾提出這樣的要求。說起來，我在第三層時似乎也有同樣的想法。

就這樣，我雖然覺得有點可惜，但還是迴避無謂的戰鬥，在乾枯的河谷地帶往南前進，上午十點成功地進入區域南部的丘陵地帶。

把第六層分成五等分的各個區域是呈扇形，所以越靠近中央的湖泊兩側的寬度就會越狹窄。左邊五百公尺處聳立著無法攀登的岩壁，凝眼看向其底部，就能看見昨天剛突破的地下通路入口就在遙遠的前方。

雖然右側也聳立著岩山，但是該處的地下通路靠近外周部，所以從這裡看不見。星形的塔魯法湖就位於往南方逐漸變窄的岩山最為靠近處。

「呼……終於穿越乾枯的河谷了。」

由於基滋梅爾邊說邊把綠色的兜帽脫下來，我便急忙問道：

「喂……喂，真的可以脫下來了嗎？」

「嗯，因為這邊附近長了一些植物，而且到處都有小小的湧泉。」

基滋梅爾雖然這麼說，但是周圍是一整片紅褐色裸地的荒野，植物也只能看見刺特別多的仙人掌以及噁心的多肉植物。看起來實在不像充滿「森林與水的恩寵」，但騎士已經迅速把披肩斗篷脫下來。

雖然沒有亮起異常狀態圖示，但是隔了兩個小時後再次露出的臉龐在色澤上似乎還是不佳。亞絲娜應該跟我有同樣的看法吧，只見她也發出了擔心的聲音。

「噯，還是穿到抵達湖泊比較好吧？」

「不行……剛才也說過，這件『碧葉披肩』是相當貴重的東西。在不需要的地方穿著它來戰鬥，要是有什麼損傷的話我可對不起祖先。」

基滋梅爾一邊這麼回答一邊仔細地摺好披肩斗篷並收納到腰包裡。相對的則取出隱身披風來披到身上，然後呼一聲呼出一口氣。

我急忙打開道具欄，把水瓶實體化遞了過去，騎士微笑著說了聲「謝謝」後就接過水瓶。我拿出自己和亞絲娜的份，三人橫排在一起大口喝著水。不知道為什麼左手就是會想貼在腰部，由於兩個女孩子看起來不可能會這麼做，於是我便打消了念頭。

回收水只剩下一半的瓶子，再次把它收到道具欄裡。只要是在玩家重量限制的範圍內，不論要把多少水和食材丟到視窗裡都沒問題，但是無法使用「幻書之術」的精靈們就必須在所有行李實體化的狀態下搬運行李。

由於人類的ＮＰＣ應該也是一樣，所以被摩魯特殺死的塞龍，應該是把那種分量的金幣銀幣藏在官服底下帶著走。

貴為領主的話錢包應該很大吧……思考著無謂的事情後，我突然注意到。照這種道理來看，和從我們這裡搶走的黃金鑰匙同時掉落的鐵鑰匙……賽龍總是隨身帶著它嗎，還是說有需要才會從宅邸裡把它拿出來呢？如果是後者，那麼賽龍打算把麻痺的我和亞絲娜帶到需要那把鐵鑰匙之處的推測就能成立。

封測時期自己一個人完成麻痺事件時，派伊薩古魯斯的女僕兼祕密徒弟賽亞諾會在史塔基翁的巷弄裡救我，所以不清楚馬車的目的地。之後到連續任務結束應該都沒有鐵鑰匙登場。這次賽龍如果沒有被摩魯特殺掉，我們應該也不會看到鐵鑰匙才對。

也就是說，現在在我道具欄裡的那把鑰匙，是只有塞龍在任務途中死亡時才會出現的道具……如果是這樣，「史塔基翁的詛咒」任務，是原本就預設了賽龍死亡的路線嘍？

我下意識中捲動叫出的道具欄，想要找出鐵鑰匙，但是隨即確實地握緊右手。現在進行的不是詛咒任務，必須集中精神在「瑪瑙祕鑰」任務上才可以。我們隨時都可以回到史塔基翁，如果基滋梅爾真的知道渡過塔魯法湖的方法，那麼應該很有機會可以追上只能逆時針繞過區域來移動的攻略集團。

「……好，那麼差不多該……」

當我準備說該出發了時，就注意到亞絲娜和基滋梅爾背對著我站在一棵特別雄偉的仙人掌前面，而且不知道在掏些什麼。走到側面一看之下，發現她們從仙人掌尖刺的縫隙中摘取小小紅色物體來放到口中。

「啊！妳們在吃什麼？」

亞絲娜瞄了一眼大叫的我，然後一言不發就再次回歸採食行動。她甚至不只有用右手，連左手都一起加入，以加倍的速度來摘取紅色物體進食。

不服輸的我也從兩人的對面靠近仙人掌，注視長約十公分左右的尖刺根部，就發現到處都有紅色物體。避開尖刺慎重地把手指伸進去，把物體摘下來後，發現是直徑兩公分左右的圓形果實。戰戰兢兢地丟進嘴裡，一咬碎的瞬間，又甜又冰又酸的碳酸般果汁就在嘴中迸發開來，讓人一瞬間感到飄飄然。

雖然浮現「這種味道甚至超越B級食材半魚薯！」的確信並準備摘下一顆果實，但或許是手比亞絲娜她們大一些吧，實在沒辦法以她們那樣的速度來採集。當我費盡千辛萬苦摘下第三顆時，亞絲娜已經繞過仙人掌的側面靠了過來。

我內心害怕地想著「這樣下去我的份會被吃掉！」，結果準備摘取第四顆的手開始發抖，讓指尖被尖刺狠狠地刺中。

「好痛！」

雖然不像實際上戰鬥時承受的疼痛，但反射性將手縮回來後，亞絲娜就迅速摘下果實並且一口吃下。

結果我只吃到十顆，仙人掌的果實就被採集殆盡，我以不滿足的表情看著兩個人恨恨地表示：

「太過分了，開始吃之前可以告訴我一聲吧……」

「哈哈，抱歉了，桐人。」

仙人掌的果實或許具備什麼療效吧，基滋梅爾以完全恢復元氣的模樣笑著這麼說道。

「雖說這種『賽魯西昂樹』的果實是最高級的美味，但是一年只有一次開花結果，而且季節不一定，開花後短短三十分鐘所有的果實就會爆開。所以一發現結果了就得快點吃才行。」

「三……三十分鐘……？」

我一邊這麼重複，一邊環視紅褐色的荒野。視界內雖然散布著一百棵以上的仙人掌，但是一年有八千七百六十個小時，也就是五十二萬五千六百分鐘，如果當中只有隨機的三十分鐘會結果，要找到結果的仙人掌的機率可以說低到令人絕望。就算果實再怎麼美味，也不能因此就每天在荒野裡徘徊，說不定這就是最初且最後的邂逅了……感到愕然的我，隨即開口質問仍沉浸在飽食感餘韻當中的暫定搭檔。

「那個，亞絲娜小姐？」

「哈呼…………什麼事？」

「妳吃了幾個仙人掌果實？」

「四五十個左右吧。但是完全不會覺得膩……我可以吃一浴缸喲。」

「嗚咕……！」

將來一定要找機會來吃才行。我在內心深處如此發誓，這時基滋梅爾就輕拍我的肩膀。

「好了，差不多該出發了。到這裡來的話，應該不會再有麻煩的昆蟲怪物了。」

正如她所說的，丘陵地帶湧出的主要是類似郊狼與蜥蜴的怪物，這些怪物都沒有毒，所以不用太辛苦就能打倒牠們。

相對的，由於亞絲娜表示想知道基滋梅爾的妹妹蒂爾妮爾的事情，於是基滋梅爾就在剩下兩公里的行程裡對我們訴說關於她的事情。

孩提時期，獨自在第九層的王都近郊某座湖泊附近乘坐小船，然後失蹤了一整天。在浴池裡加了太多刺柏精油，結果一個星期裡身上一直傳出木頭的氣味。在學習成為藥師期間強迫基滋梅爾喝自己調配的營養劑，結果讓她的頭髮變成像樹精那樣的綠色等等事蹟。

亞絲娜邊發出輕笑邊聽著這些事情，我也不由得想起和妹妹直葉一起度過的孩提時期，不過腦袋的角落還是無法不想著煞風景的事情。如果基滋梅爾所說的關於蒂爾妮爾的回憶是「設定」——被賦予的記憶，那麼這些就全部都是ARGUS的員工或者劇作家所想出來的劇情。

但是，真的會賦予說起來只是艾恩葛朗特無數NPC其中一人的基滋梅爾如此詳細的設定嗎？騎士訴說的過往回憶完全沒有停止的跡象，宛如記得所有跟蒂爾妮爾生活的歲月一樣滔滔不絕地說著。萬一不只有特殊NPC基滋梅爾和約費利斯子爵，所有NPC都存在同樣的記憶的話……光靠人數有限的劇作家應該不可能產生那麼多的劇情才對。

左耳聽著基滋梅爾的回憶，從右耳排出高速運轉的腦袋產生的廢熱並且在路上走了一個小時左右。左右的岩壁終於只剩下一公里左右的寬度，從岩壁中間可以看到藍色閃耀的水面。

三人面面相覷之後，全力跑過剩下來的距離來到湖畔。

「哇啊……！」

也難怪亞絲娜會發出感嘆的聲音。畫出銳利弧型的水邊是一片白色沙灘，透明到令人驚訝的水正緩緩拍打著陸面。湖水的顏色逐漸從翡翠綠變成鈷藍，在陽光的照耀下發出炫目的光芒。或許是錯覺吧，空氣似乎也變暖了一些。

跟直徑大約十公里的第六層相比之下塔魯法湖絕對不算大，但直徑還是有一公里左右，只能看到白色模糊的對岸。但是可以清楚地看見呈放射狀把整層分割成五等分的岩壁，在沙灘兩側、右邊深處、左邊深處以及正面往湖面切入的模樣，而這也讓人可以想像得到這裡是五個區域的中心部分。

「噯，可以踩一下水嗎？」

由於亞絲娜慢慢靠近沙灘並這麼說著，我便趕緊準備要說「千萬不要」，不過基滋梅爾搶在我前面阻止了她。

「等等，別這麼做。這座湖裡棲息著恐怖的海星怪物……我雖然沒看過，但牠長長的手臂似乎可以從湖底深處伸到岸邊。」

一聽她這麼說，亞絲娜就立刻後退。

看來巨大海星，專有名稱「歐西歐梅士司」在正式營運後也元氣十足地在湖底蠕動。如此一來，基滋梅爾是打算如何到對岸去呢，我不禁湧起了強烈的興趣與不安。

或許是感受到我的視線了吧，看向這邊的騎士露出某種充滿自信的微笑，然後從腰包當中拿出新的道具。那是一個只有拇指大小的玻璃瓶。裡面裝著藍色液體。

「桐人，抬起右腳讓我看你的鞋底。」

「嗯……嗯。」

雖然點頭答應，但就算在虛擬世界，要把腳抬高到能看見靴子底部也不是一件容易的事。用全力抬起右腳，挑戰了腳踝與股關節可動域的界限，但是靴底好不容易變成垂直時就失去平衡，我發出「啊哇哇哇」的聲音並且一邊揮舞著雙手一邊倒到沙灘上。

亞絲娜忍俊不住而發出「噗唔」的聲音，我便急忙準備跳起來，但是……

「這樣剛好，保持這個姿勢。」

接到這樣的命令，於是就維持躺在地上把雙腳往正上方抬起的丟臉姿勢，等待著騎士往這邊靠近。

基滋梅爾慎重地拔開小瓶子的瓶栓，在我的靴底各自滴下一滴藍色液體。結果整雙靴子就開始發出藍色光芒，ＨＰ條下方也出現陌生的圖示。雖然茫然想像著靴子踏著水面的符號代表什麼效果，但還是等待基滋梅爾的說明。

「可以站起來了。」

一聽她這麼說，我就把雙腳前傾到頭頂，利用反作用力跳起來。剛才當我狼狽地跌倒在地時，我的搭檔忍俊不住而噗哧一笑，現在我為了好好確認她的平衡感而移動到最佳位置。結果亞絲娜輕輕瞪了我一眼之後……

「基滋梅爾，拜託妳了。」

這麼說完後，她的右腳不是往前往是往後抬，然後用手支撐住腳踝。原來如此，這樣就能在不壓迫關節的情況下把腳底往上抬了。應該說，十個人裡面有九個人會這麼做吧。即使深感同意，還是忍不住呢喃著「真狡猾」。

最後也在自己的靴子上滴完液體，基滋梅爾就緊緊塞住瓶栓，並將瓶子收回腰包裡。她隨即直接橫越白沙，靜靜地把腳踏上波浪平穩的透明湖水。一開始就很普通地穿透水面，但走到第四步左右水面就擴散出不可思議形狀的波紋，第五、第六步就很明顯走在水面上了。

「喔喔～」

我和亞絲娜發出感嘆的聲音，接著騎士就回過頭來向我們招手。

「你們兩個人緩緩踏到水上。」

我們同時點點頭，前進到岸邊後，為了慎重起見還是先抓住搭檔的肩膀拉住她並且進行確認。

「基滋梅爾啊，走在水面上的話海星就不會出來嗎？」

「這我可以保證。只不過……」

「不過？」

「施加在鞋子上的『薇露利之水滴』所形成的咒語，就只有靜靜地行走時才能發揮效果。奔跑、跳躍來踏破水面的話就會掉進水裡。如此一來就會被海星發現……所以千萬要保持緩慢、冷靜的行動。」

感覺最後一句話似乎是對我所說，我只能告訴自己是錯覺。最重要的問題是，值不值得把命賭在光是奔跑就會喪失效果的魔法，不對，應該說是咒語上面。歐西歐梅土司的本體絕對不會浮到水面上，而牠長長的觸手會把玩家拖進水中，所以不可能戰勝牠。現在的SAO，就算在湖底死亡也絕對不可能在起始的城鎮的黑鐵宮裡醒過來。

基滋梅爾，我們可不能死啊……原本想這麼說的我又閉起嘴來。

NPC的基滋梅爾也跟我們一樣只有一條命。就算有同一外表、同樣姓名的黑暗精靈再次於第三層的森林裡湧出，那也不是基滋梅爾了。面對這樣的她，怎麼可能說出「妳或許可以死但我們不行」這種話呢。

「別擔心喔，桐人。」

突然間，亞絲娜像是看出我的心思般這麼呢喃著。她的左手輕捏起我右手的拇指，然後以更細微的聲音繼續說：

「只要像平常那樣走就可以了，如果掉到水裡造成海星出現，我也還有最後一手，啊，不對，是最後一腳可以用。」

「最……最後一腳……？」

雖然完全搞不懂細劍使在想什麼，不過我也認為遵守不跑動、不跳躍的條件不是那麼困難。至少跟以類比搖桿的傾斜度來切換行走與跑步的家用遊戲相比已經簡單多了。

「……我知道了。不過，千萬要注意自己的動作。」

「你也是。」

經過這樣的對話後，兩個人就一起伸出腳。一開始雖然踢開水面，最後鞋底終於產生反作用力，以簡直像踩在厚厚橡膠膜上的感覺來站在水面上。

走到耐著性子等待我們的基滋梅爾身邊，騎士也像是要讓我們安心般微笑著點了點頭。由於她開始發出「啪嚓、啪嚓」的聲音向對岸走去，我們便跟在她身後。

走了二十公尺左右時，亞絲娜才像是想起什麼事情般開口表示：

「啊……難道在第四層和『馬頭魚尾怪．威茲給』戰鬥時，約費利斯子爵沒有沉到水裡就是靠這個咒語嗎？」

「啊……不過那個時候閣下好像是在水面上到處亂跑？」

「亞絲娜的想像有一半正確。」

走在前面的基滋梅爾稍微轉過臉來表示：

「剛才滴在我們鞋底的液體，是薇露利……也就是只有少女的水精靈(Undine)才能製作出來的祕藥，這種藥本身就相當貴重，約費利斯閣下的鞋子裡編進了薇露利的頭髮，絕對不會沉入水裡。」

「妳說頭髮……難……難道說，是殺了水精靈然後把她的頭髮剪下來……？」

心裡想著「又不是羅生門」的我剛說到這裡，基滋梅爾就猛烈搖了搖頭。

「怎麼可能！」

下一刻，腳邊突然濺起些許飛沫，騎士因此而縮起脖子。不過幸好沒有打破咒語，所以又壓低了聲音來責備我們說：

「包含薇露利在內的水精靈，對於精靈來說都是跟樹精同樣重要的存在。他們是我們的好鄰居兼守護者……連砍伐活生生的樹木以及弄髒清流都是禁忌了，如果想殺害薇露利，那一族的精靈將會受到詛咒吧。」

「是……是我不對，不該說出如此不敬的發言……但是，那麼子爵是如何獲得那麼貴重的靴子呢？」

雖然不清楚價格，但是在奇幻RPG裡面，通常帶有軟著陸與水上漫步的裝備都是極為稀有的物品。這時候一行人已經來到湖的中央部分，腳邊數十公尺下方雖然棲息著極危險的巨大海星，但我甚至有點忘記這件事情，只是靜靜等待騎士的回答。

但是面向前方的基滋梅爾再次——這次以極微小的動作將脖子轉向側面，以呢喃般的口氣說：

「我也不是很清楚。但是……根據傳聞，閣下在很久很久之前，似乎和薇露利的少女……——不對，抱歉，不應該講這種不確定的事情。你們當成沒聽見吧。」

下一刻，感覺喜歡這種話題超過我一千倍的亞絲娜像是覺得很可惜般嘆了一口氣。但沒有繼續深究，只是無言地持續走著。

我也忍不住想著「子爵臉上的刀傷不會跟這件事有關吧……」，但恐怕沒有機會確認其真偽了。至少玩家似乎不太可能獲得約費利斯閣下的水上步行靴子，所以還是乖乖地放棄吧。

往前面一看，發現一開始呈現白色模糊狀的對岸已經相當近了。

剩下不到兩百公尺的前方，可以清楚地看到白色沙灘與擋在深處的岩壁。

第六層的五個區域，主街區所在的東北第一區是森林，嘎雷城所在的西北第二區是荒野，其西方的第三區是濕地，然後我們前往的南方第四區，其設計主題是洞窟。此地並非人工的迷宮而是天然的洞窟，在區域裡——很少有地點能看見藍天，不對，應該說是第七層的底部。也就是說絕對不是走起來會感到開心的地點，不過跟全體是泥濘不堪的濕地，一走到道路外面腳就會完全陷入泥巴裡面的西區比起來還是好多了。

雖然入手祕鑰之後就得先回嘎雷城一趟，不過如果攻略迷宮區時也能走湖面這個捷徑的話就太好了。但很難開口請基滋梅爾分給我們似乎是極貴重物品的「薇露利之水滴」，所以也只能放棄這個方法。

當我想著這件事時，我們終於靠近對岸，往腳邊看就能發現恢復透明度的水裡有小魚群正悠遊其中。而且經常能看到有錢幣或者寶石般物體在湖底閃閃發光，讓人忍不住就想伸手去撈，但這很明顯就是陷阱，看來只能忍耐到有辦法打倒海星的那一天了。

以我們這對搭檔的行動模式來看，感覺很多時候在快要到達安全地帶前，總是會有其中一個人——主要是我把事情搞砸而陷入重大危機之中，只有這次沒有一跤跌進水裡面，平安無事地踏上了白沙。直接遠離岸邊之後，三人同時停下腳步並呼出一口長長的氣。

「哎呀……我也是首次體驗，真是頗為緊張。」

由於騎士大人如此宣告，我便驚訝地反問：

「咦，基滋梅爾也是第一次走過這座湖嗎？」

「那還用說嗎，甚至還是第一次離開嘎雷城呢。」

「這樣……妳該不會也不知道保管祕鑰的地下迷宮位於何處吧……？」

才剛想著「難得會有我們領導基滋梅爾的情形」，騎士就從掛在腰帶左側的細長容器裡取出捲起來的羊皮紙，一臉輕鬆地將其攤開。

「雖然是第一次，但是我知道路喔。你們看。」

窺看她遞出來的紙張，發現是繪製得相當詳細的南區地圖。錯綜複雜的洞窟群裡有一個紅色標記，另外有一條紅線標示從我們所在的湖畔到達該處的路線。

「哦，原來有地圖啊。這裡是湖泊，然後這裡是目的地……咦，這個標記是什麼？形狀看起來像蟲的頭……」

亞絲娜指著區域的南側這麼問道，結果基滋梅爾就一臉認真地回答：

「沒錯，那就是蟲的頭。這座大洞窟裡潛伏著身穿岩石鎧甲的巨大蜈蚣……幸好我們不需要通過那個地方。聽說很多迷路闖進牠住處的人類都犧牲了。」

「嗚哇啊……又是海星又是蜈蚣的，真的出現一大堆怪物耶，希望不要連馬陸或者蓋尼米德都跑出來就好了。」（註：海星、蜈蚣、馬陸、蓋尼米德的日文皆以デ結尾）

或許該吐嘈最後一個是星星的名字才對，但我還是緊閉嘴巴思考著。

記得封測時期，第六層南區應該不存在蜈蚣型的練功區魔王。我記得迷宮塔所在的第五區，就只有配置了植物系魔王以及無法打倒的湖泊海星。

至今為止的樓層，即使曾經有練功區魔王變更——比如第四層時陸龜就變成了雙頭海龜——也從未有過新追加的情形。攻略集團就是在這個前提下進行攻略，平常總是爭先恐後的ALS或者DKB，其中之一要是在沒有準備的情況下衝入蜈蚣魔王盤踞的洞穴，沒有人敢保證不會發生絕對不能允許的慘劇。

「抱歉，給我一點時間。」

我對依然注視著地圖的兩名女性這麼打聲招呼後，隨即打開選單視窗傳送訊息。將收件人指定為情報販子亞魯戈，然後迅速打上短文。

「FR的前頭現在到哪裡了？」

亞魯戈喜歡用「Front Runner」這個稱呼來代替「攻略集團」，FR就是其略稱。幸好她不是在進行戰鬥或者祕密行動當中，不到十秒鐘就得到回信了。

「今天傍晚會挑戰前往第三區的通路迷宮。100c。」

末尾的數字當然是情報的價格。雖然能夠讓我記帳已經算是很大的優惠，但我的臉還是因為其他原因而繃了起來。

「真快……」

這麼呢喃完，我就移動到地圖標籤處。攻略集團是昨天，也就是一月二日下午才從第一區移動到第二區，看來僅僅一天他們就打算到下一個區域去了。

第二區只有一個叫作「阿拉羅」的小村莊——對於沒有進行精靈戰爭任務的玩家來說，黑暗精靈族的嘎雷城跟他們完全無關——除了嘎雷城周邊的乾枯河谷之外怪物都不是太強，原本就認為他們不用花太多時間就能突破，不過這樣實在太快了。牙王和凜德大概是訂立了每個區域花一天，總共五天就要攻克第六層的計畫。考慮到四天就攻略第五層，就會覺得也不能說太快，但是和幾乎不用繞路，一直線就能前往迷宮塔的第五層比起來，第六層的移動距離明顯比較長。

不論如何，明天下午濕原地形的第三區就會遭到突破，攻略集團應該會來到這個第四區才對。我回到基滋梅爾身邊，請她讓我再看一次地圖，發現大蜈蚣的居處是位於這個區域最大城市「岩窟都市葛斯卡伊」往前一點的地方。因為攻略通路迷宮而疲憊的凜德等人急著趕路，在準備不足，不對，是完全沒有準備的情況下闖進蜈蚣洞窟的可能性絕不算低。

我再次打開視窗，對亞魯戈傳送第二封訊息。

「獲得南方第四區，葛斯卡伊前方有新練功區魔王的情報。」

立刻就收到回信。

「了解。跟剛才的情報費抵消。」

這樣應該能夠避免ＤＫＢ和ＡＬＳ在什麼都不知道之下遭遇到蜈蚣魔王的情況了吧。只不過，我不是不相信他們的實力，可以的話還是想參加魔王戰。

到底明天上午之前能不能完成嘎雷城的任務，然後與攻略集團會合呢……當我這麼想時。

「人類的『遠書之術』果然很方便。」

看著我手邊的基滋梅爾以佩服的口氣這麼說，而亞絲娜立刻就有回應。

「精靈族還得特別派出傳令的士兵來送信對吧。雖然有『靈樹』存在，依然相當累人。」

「是啊。森林精靈和我們黑暗精靈一直都認為人族的咒語沒什麼大不了，但是和你們一起行動之後，就開始覺得光是『幻書之術』與『遠書之術』就足以凌駕所有殘留在精靈族裡的魔法了。」

我猶豫著該如何回應基滋梅爾所說的話。她雖然把選單視窗與即時訊息當成某種魔法，但它們全是系統的一部分，而我當然無法對她說出實情。而且能夠使用這種「魔法」的就只有我們這些玩家，人類的NPC也無法使用。

但是基滋梅爾接下來就沒有顯示對遠書之書有更多的興趣，反而說出我差點忘記的擔心事項。

「你們在第四層遇見的墮落精靈將軍諾爾札不是這麼說了嗎？那些傢伙如果收集六把祕鑰，成功打開聖堂大門的話，人族最大的魔法就會消失……」

「啊……嗯，確實這麼說了……」

不知道為什麼，點頭同意的亞絲娜，臉頰似乎稍微變紅了，感到疑惑的我重新叫出當時的回憶。

從第四層主街區羅畢亞搭乘貢多拉順流而下一段時間後，我和亞絲娜在淹水的迷宮深處偷聽到墮落精靈們的對話。

待在那裡的除了蒙面將軍諾爾札之外，還有名為艾鐸的工匠以及似乎是副官的女性精靈。諾爾札確實對名為凱伊薩拉的副官這麼說了。

——等我們收集到所有的祕鑰，打開聖堂大門的時候，就連殘留在人族的最大魔法都會消失得無影無蹤啊。

凱伊薩拉聽見之後則是回答。

——您說得沒錯，閣下。實現宿願的時刻已經一步步接近了。

沒辦法使用幻書之術與遠書之術的話確實是很大的問題。但是從現實的角度來看，就會覺得不可能發生這種事情。及時訊息也就算了，無法打開選單視窗……也就是出現禁止選擇技能、收入拿出道具、閱覽地圖的事態，那麼也就等於不可能攻略遊戲了。

這樣的話，諾爾札所說的「最大的魔法」應該就是訊息與視窗之外的某種東西吧？消除那個東西與墮落精靈的宿願有關係？但是，具體來說他們的宿願到底是什麼呢……？

想像到這裡就撞上厚厚的牆壁，我因為強烈的焦躁感而把右手移到胸前開合著。下一個瞬間，亞絲娜不知道為什麼靠了過來，以靴子的尖端邊鑽邊踩我的左腳。

這樣的感覺成為扳機，觸發了新的回憶。在偷聽諾爾札他們的對話時，我和亞絲娜是躲在小小的木箱裡面，在身體緊貼而無法動彈的狀況下，右手不小心伸進亞絲娜的胸甲底下……

「那麼，休息就到此結束吧。因為想在天黑之前回到城堡。」

基滋梅爾的聲音把我從回想中拉回來，我迅速放下右手並對著亞絲娜不停搖頭。細劍使用鼻子輕哼一聲，像要表示把那段記憶永久消除一樣瞥了我一眼後就走向騎士身邊。兩人的前方聳立著高大的岩壁，可以看到洞窟在岩壁中央打開黑漆漆的大嘴。

話說回來，那個時候也沒有發動性騷擾防範規則……應該說，今天早上起床時，亞絲娜的視界裡出現規則的視窗了嗎……我想著這些事情，同時從兩個人後面追了上去。

大部分南區的洞窟地帶不像迷宮那樣是一片黑暗，到處都有從天花板洞穴照射進來的柱狀自然光，所以現場呈現微暗的狀態，也因此左手並不需要拿著火把或油燈。

幸好棲息在這裡的怪物不是蟲系，而是以蝙蝠與水棲生物為主，但是其中最為棘手的當屬幾乎是在艾恩葛朗特初次登場的史萊姆系怪物。國產ＲＰＧ的話就是一開始時最弱的怪物，史萊姆雖然給人這樣的印象，但是在ＳＡＯ裡完全不是這麼回事。因為這座浮遊城裡不存在最常用來攻擊史萊姆系怪物的火焰魔法與凍結魔法。

如此一來就只能用武器拚命了，但是像平常一樣攻擊的話斬擊與突刺的效果都不大，能夠給予正常傷害的就只有打擊武器。但是這三個人小隊的主武器，我和基滋梅爾是斬擊屬性，亞絲娜是突刺屬性，對上史萊姆可以說相當不利。

因此——

「啊啊啊啊啊！真是的——————！」

亞絲娜隨著不隱藏焦躁感的叫聲發動了劍技「傾斜突刺」。以閃光撕裂微暗空氣，朝著下方揮出的神速單發刺擊，直接擊中在洞窟地面蠕動的茶褐色不定形生物「Covetous Ooze」。直徑八十公分左右的史萊姆正中央開了個大洞，同時呈放射狀往外飛散，但是HP卻沒有減少太多。特效光芒一消失就立刻紛紛聚集起來，恢復成原本平坦的黏體。

一看見牠的身體有一部分隆起，在後方待機中的我就急著大叫：

「亞絲娜，迴避！」

解除僵硬的細劍使往後飛退的同時，從隆起部分伸出的細長觸手就像鞭子一樣揮出，想纏住騎士細劍。但亞絲娜迅速把劍抽回來，所以差了幾公釐的觸手只抓到空氣。

被那條觸手捲中的話，史萊姆就會用極大的力道拉扯武器，被搶走之後就會被吞進黏體當中，必須花費一番工夫才能拿回來，武器的耐久度也會有極大的損耗。玩家被捲入的話，布裝備會不會融化我就不知道了。

Covetous Ooze——Ccve雖然音近日文的發霉，但Covetous其實是「貪心」的意思——把觸手收回身體裡後，簡直就像在嘲笑亞絲娜般晃動著身體。

「咕唔唔唔唔！桐人，這要怎麼對付啊！」

由於搭檔終於向我求援，我便往後方瞄了一眼。數公尺外的基滋梅爾正在對付兩隻吸血蝙蝠，但是HP幾乎沒有減少，交給她獨自應付應該沒有問題吧。我再次把視線移到亞絲娜身上，以不會喚來附近怪物的音量回答：

「首先把牠誘導到照得到光線的地方！」

「我……我試試看！」

亞絲娜一點一點往右後方移動，史萊姆則晃動著身體追過去，最後把牠引到從天花板照射進來的自然光圈之中。黑暗中呈骯髒黃土色的黏體，在光線照射下變成金色透明——但也只有這樣的變化。光線不但無法給予牠傷害，牠也沒有因為討厭光線而逃走的樣子。

「……什麼都沒發生耶！」

我給了這麼大叫的亞絲娜下一個提示。

「照到光線而透明的期間，仔細地觀察史萊姆的全體！」

「咦咦？…………啊，好像有什麼東西。」

亞絲娜發揮優越的觀察力，光是凝眼兩秒鐘左右就發現了那個。並非在史萊姆中心，而是在攤成足狀往外延伸的外緣部反射光線後閃閃發亮，像是眼球、魚卵以及水信玄餅的東西。

「那就是史萊姆的核心！用劍技把它打破就能夠一擊打倒了！」

史萊姆像是理解我大叫的內容，瞬間縮起身體變成球狀。但並非感到膽怯的牠，利用反彈高高跳起，在空中延展開來變成薄薄一片。要是被那種狀態的史萊姆包中頭部，除了受到酸液的持續傷害之外，還會陷入窒息狀態當中。

但是亞絲娜沒有後退，反而再次發動劍技。由於史萊姆是在光線中攤開身體，所以她就朝著能看得更清楚的核心施放了單發上段刺擊「閃電突刺」。帶著銀色特效光線的劍尖漂亮地擊中直徑只有兩公分左右的核心。半透明的球體一瞬間抵抗了一下，然後就發出「啪嘰」的聲音爆開。

ＨＰ條歸零的瞬間，史萊姆就失去聚合力，變成無數小碎片四處飛散。被碎片直接打中臉與身體，渾身沾滿土黃色果凍的細劍使應該原本要發出悲鳴，但所有果凍快了一步變成藍色多邊形並且消失無蹤。

這時候亞絲娜還保持刺出右手細劍的姿勢一動也不動，不知道什麼時候解決兩隻蝙蝠回來的基滋梅爾便以開朗的聲音對她搭話道：

「喔喔，不愧是亞絲娜。就算是精靈，也沒幾個能用細劍一擊就打倒史萊姆的劍士。」

「……謝謝……」

簡短回答的亞絲娜之所以不停蠕動著嘴巴，或許是因為史萊姆的碎片飛進去了吧。對於想嚐遍艾恩葛朗特噁心之物的我來說，實在很想詢問她對於味道的感想，但生存本能不斷對我呢喃現在還是閉嘴比較好，所以也只能作罷。

我原本想露出笑臉來對她說聲「辛苦了！」，但也只能夠中止。因為可以聽見些許軟體晃動著的聲音。「噗哼、噗哼」這種史萊姆移動時特有的聲音已經逐漸靠近，但是周圍卻看不見浮標。封測的時候，這種情形確實是——

「上面！」

當我大叫著看向洞窟的天花板，就從宛如冰錐一樣往下垂的鍾乳石間隙裡落下不定形的影子。這次瞄準的對象也是亞絲娜。

稍微遲了一會兒後亞絲娜似乎也發現敵人，隨即在抬頭的狀態下準備往後跳，但是很倒楣的腳被正後方隆起的小石筍絆了一下，結果一屁股跌坐到地上。基滋梅爾迅速擺出軍刀，準備保護亞絲娜。但是只用劍砍落下的史萊姆，只要沒有好運地直接砍中核心，黏體就會在不受到太大傷害的情況下直接擊中兩個人。

我反射性揮舞右手的劍，發動了劍技「音速衝擊」。

長劍以系統容許界限的銳角跳了起來，迎擊降下的史萊姆。因為距離天花板的洞穴有點遠，所以光線照不到史萊姆，只能看見黑漆漆的影子。當然，這個時候也不知道核心在什麼地方。

但是我將雙眼瞪大到極限，同時把日暮之劍＋3轟到不定形的影子上。平常在這個時候就會進行把揮臂動作和系統輔助重疊在一起的「威力增強」，但我反而抵抗輔助，把速度降低到幾乎快要讓劍技泡湯的地步。

撕裂黏體的劍刃傳來勾住高密度小球般的感覺。解除減速全力揮劍之後，尖銳的破裂聲就告知核心遭到破壞。ＨＰ條一瞬間消滅，史萊姆沒有給我閱讀專有名稱的時間就崩壞了。雖說用嘴巴接住飛濺的果凍應該就能知道它的味道，但就是有種不祥的預感，於是伸出左手來護住身體。在著地的同時，所有碎片就變成藍光消失了。

由於是連自己都感覺相當不錯的一擊，於是便稍微以耍帥的態度回過頭去……

「兩位沒事吧？」

試著以漫畫般的台詞做出結論，結果癱坐在地面上的亞絲娜不知道為什麼以怨恨的表情開口說：

「……又跑到嘴裡了。」

「……是什麼味道？」

敵不過好奇心的我畏畏縮縮地這麼問道，結果貪心史萊姆的碎片似乎是「用檸檬汁來醃酸梅一樣，宛如地獄般的酸味」。打倒第二隻時，名為「史萊姆果凍」的素材道具就掉了下來，但我也不是特別喜歡吃酸的人，所以就讓它埋沒在道具欄裡了。

另一方面，亞絲娜才剛站起來就朝我逼近。

「桐人，你沒有告訴我史萊姆有核心，然後一開始也沒有教我發現核心的方法，這些我都先不追究了。但是，你幹掉第二隻時，光線沒有照到史萊姆吧。你是靠運氣砍中核心的嗎？」

「怎麼可能，我的幸運度沒有那麼高喲。」

就算很高好了，小隊成員是這兩個人的時間點應該就已經用光並且變成負數了……我當然沒有把這種想法說出口，而是說出了方法。

「要找出史萊姆的核心，像亞絲娜剛才所做的那樣，以自然光照射是最好的方法，但在一片漆黑的地點，火把或者油燈也可以幫上吧。但是，當你狩獵大量史萊姆而變得習慣之後，就可以利用其他光芒來找出核心。」

「其他光芒……？」

亞絲娜歪起頭來露出不解的表情，在旁邊靜靜聽著的基滋梅爾像是想通了般拍了一下手。

「對喔，原來如此。利用劍技的閃光來照出核心嗎？」

「正確答案～」

我也對著她拍了一下手，然後浮現「嗯嗯？」的念頭。ＮＰＣ能夠使用劍技已經是眾所皆知的事實，但真的可以教他們可以說是系統外技能的應用法嗎？然而基滋梅爾以接下來我也要試試看的表情深深點頭，而亞絲娜則是再次露出了懷疑的表情。

「咦咦？劍技發光到擊中目標不到一秒鐘吧……在那麼短的時間內，真的能夠找出不知道在體內什麼地方的核心嗎？」

「這部分就只能靠習慣……以及劍技的減速了。史萊姆的迴避力不高，所以把技能放慢到極限，藉此來爭取找到核心的時間。」

「減速嗎……」

以一半佩服一半難以置信的表情呢喃完後，亞絲娜就把細劍收回鞘裡。

「……雖然真心覺得這個技術很厲害，但我應該得花許多時間才能學會，所以在漆黑的空間遇見史萊姆的話就交給你了。」

「嗯……好，交給我吧。」

這時我也只能這麼回答，不過基滋梅爾倒是對我說了令人感到可靠的發言。

「別擔心，我也會學會那個技巧。」

「嗯……嗯，拜託妳了。」

這次也只能夠這麼回答了。

之後不只出現土黃色的貪心史萊姆，還有藍色、紅色，甚至是讓人有點親近感的漆黑等各種傢伙出現，而基滋梅爾也正如她的宣言，大概經過三戰左右就抓住「特效光照明（暫稱）」的訣竅，沒有陷入什麼苦戰就擊退了牠們，結果在中午之前就抵達目的地的洞窟內迷宮入口。

真要說的話，希望能夠繞到距離應該不是太遠的岩窟都市葛斯卡伊吃飯並且補給，但是基滋梅爾應該不想進入人族的城市，而且萬一葛斯卡伊裡有活動任務是進行森林精靈路線的玩家，那麼基滋梅爾的顏色浮標就會是濃濃的紅黑色了。

因此我們便在迷宮入口圍坐成一圈，吃著從嘎雷城拿到的乾糧，不過那加了堅果與水果乾的烤餅乾般乾糧竟然出乎意料地美味，連美食家亞絲娜大小姐似乎都感到滿足。恢復氣力的我們隨即闖入迷宮，擊潰種類完全不同的怪物群並且不斷往深處前進，然後剛過下午一點時，就被完全意想不到的障礙阻擋了我們的去路。

「咦……這裡是很久以前精靈建造的迷宮吧？」

茫然抬頭往上看著障礙物的亞絲娜這麼說道，基滋梅爾則是堅定地點了點頭。

「沒錯。根據傳說，大地切斷不久之後的遙遠古代，為了把六把祕鑰分別封印在六個樓層裡而在六個地方建造了迷宮……」

「這樣的話，為什麼會有那種東西……？」

「…………不知道。」

這麼回答的基滋梅爾，往前走出一步後，觸碰封印眼前大門的正方形石板——並排在其內側的數字格。

這無論怎麼看都是數字推盤遊戲……不過方格的配置是六乘以六，所以總共有三十六格就是了。總而言之就是蔓延在史塔基翁的詛咒，也就是益智遊戲。

基滋梅爾以慎重的手勢喀嘰一聲移動著空白部旁邊的格子，然後轉過頭來這麼表示：

「……這應該不是我們黑暗精靈，恐怕也不是森林精靈的東西。我從未在嘎雷伊翁伯爵那裡聽過迷宮裡有這種機關。」

「嗯……這是人族製作的機關喔。」

我一這麼回答，基滋梅爾就立刻露出嚴肅的表情。

「你說什麼……也就是說，有比我們先潛入迷宮，然後在大門上設下這種機關的人族嘍？如此一來……祕鑰也已經被拿走了……？」

「不……不是啦，也不一定是這樣。而且，那個數字……封印可能也不是闖入這裡的人族親自設置的……」

「到底是怎麼回事……？」

面對皺起眉頭露出狐疑表情的基滋梅爾，我和亞絲娜花了一些工夫——因為不能把這一切全是「遊戲的任務」這樣的前提告訴她——說明了在史塔基翁發生的殺人事件以及詛咒的益智遊戲等事情。

聽完後精靈騎士就沉默了一會兒，才又緩緩點頭並表示：

「也就是說，十年前被殺害的人族領主的詛咒從史塔基翁湧出，在遠方的這座迷宮的大門上產生了數字益智遊戲對吧。」

「嗯……目前就只能這麼說明。我想不到遭到殺害的派伊薩古魯斯有詛咒精靈迷宮的理由就是了。」

「不對，詛咒是相當恐怖又無法理解的東西。何況又是死者的詛咒……黑暗精靈之間也流傳了一些故事，是關於倒楣鬼觸碰到毫無關係的詛咒。就像受到聖大樹詛咒的邪龍修馬爾戈亞給人族帶來災難，不就是標準被連累的情形嗎？」

「噢……這個嘛，確實是這樣……」

現在想起來，這座名為艾恩葛朗特的浮遊城，不就是從瘋狂天才茅場晶彥的詛咒中誕生的嗎？我們這些被關在這裡面的玩家也算是被連累的倒楣鬼……不對，前封測玩家的我，在某方面來說是必然的結果吧。

但是，事到如今還繼續感嘆自身的倒楣也沒有用。能做的就只有相信有一天能攻略死亡遊戲，然後每天一點一點前進了。

或許也跟我想著同樣的事情吧，亞絲娜也露出有點看向遠方的眼神並且保持沉默。瞄了這樣的我們一眼之後，基滋梅爾再次轉向大門說道：

「如果這個益智遊戲是詛咒的產物，大概就不能用劍破壞吧。」

「咦……啊，嗯……是啊，我想應該沒辦法破壞吧。」

「那就只能解開了嗎？」

騎士輕鬆地這麼說著，我聽見後就急忙問道：

「那……那個……黑暗精靈也會玩這種益智遊戲嗎？」

「唔？不……小孩子會玩繪畫拼圖或者是輪子，但是沒看過這種數字的益智遊戲。這是把板子按照數字的順序排好就可以了嗎？」

「嗯，從左上方橫向排起。」

這麼回答著的我，內心其實有些慌張。

不知道訣竅的話，光是有十五個格子的數字推盤就相當困難了，現在封鎖大門的數字推盤共有三十五個格子。對於應該是首次看見這種遊戲的基滋梅爾來說門檻實在太高了，應該說NPC——不對，AI擁有解開這種益智遊戲的能力嗎？我記得電腦應該不擅長探索包含遊戲推盤在內的n×n益智遊戲的最少步驟，也就是所謂的NP困難問題。

「基滋梅爾，這就由我來……」

當我說到這裡，張開的嘴巴就再也合不攏了。

這是因為，瞪著隨機排列的格子三秒鐘之後，基滋梅爾的右手就以猛烈的速度動了起來。微暗的通道上毫不間斷地傳出啪嘰啪嘰啪嘰啪嘰的清脆聲音，三十五個格子轉眼就從左上角按照順序排了下來——在我和亞絲娜茫然注視當中，刻畫著35個數字的格子就這樣順利回歸定位。

下一刻，所有石板發出白色光芒，後方的門發出沉重的震動聲開始打開。在門前方回頭的基滋梅爾，臉上露出燦爛的笑容說：

「原來如此，人族的益智遊戲真的很有意思。」

解開封印的門後方只有一條通道，我們在幾乎沒有遭遇到怪物的情況下踏入最後的房間。祕鑰迷宮裡常見的無頭騎士型魔王比第五層強大了許多，但我們也同樣提升了等級，然後基滋梅爾依然擁有犯規的實力，雖然使用了從嘎雷城拿到的回復藥水，但沒有陷入什麼苦戰就成功打倒魔王。

魔王房間深處有一座散發出莊嚴氣氛的祠堂，回收安置在中央祭壇上的漆黑鑰匙——「瑪瑙祕鑰」後，任務就幾乎完成了。ＳＡＯ裡除了轉移門和轉移水晶之外就不存在瞬間移動的手段，也沒有快速移動系統，所以需要自己走回嘎雷城，但想到這樣能和基滋梅爾待在一起的時間也會增加，就不會覺得太辛苦了。

花了來時一半的時間回到迷宮入口，一邊極力迴避史萊姆一邊脫離洞窟之後，塔魯法湖的鮮藍色湖水就迎接著我們。在沒有怪物出沒的沙灘小歇片刻後再次走過湖面回到西北區域。

這次沒有受到墮落精靈襲擊，橫斷紅色荒野——可惜沒有找到結果實的仙人掌——守護著再次穿上聖大樹披肩斗篷的基滋梅爾突破乾枯河谷地帶，當前方終於能看見嘎雷城的大門時，上層的底部已經染上鮮艷的夕陽色。

我聽著高揚的鐘聲並穿過城門，打開視窗來確認時間。下午四點二十分——可惜沒能趕上神話傳述者的老爺爺待在圖書室裡的時間，不過以幾乎往返整個樓層的大型任務來說，這已經是很快的速度了。在心滿意足的疲勞感籠罩下大大地打了個呵欠，基滋梅爾就笑著拍了拍我的背部。

「辛苦了……雖然很想這麼說，不過還有一件工作尚未完成。必須把回收的祕鑰送去給嘎雷伊翁伯爵才行。」

「噢……嗯，說得也是。」

雖然點了點頭，但老實說現在不是很想立刻就到伯爵那裡去。亞絲娜應該也跟我一樣吧。因為把祕鑰送過去完成任務的話，基滋梅爾應該就會跟之前一樣通過城裡的靈樹前往第七層。

黑暗精靈女王居住的王都位於第九層。我們會在那裡迎接精靈戰爭活動任務的終幕。從第三層開始會覺得是一段遙遠的路程，但回過神來時才發現已經通過中間點了。

完全不清楚活動任務結束之後，基滋梅爾和我們的關係究竟會變成什麼樣子。或許只要到王都去就隨時都可以見到她，也有可能連這一點都辦不到。不過至少可以知道的是，應該沒辦法像今天這樣並肩作戰了。基滋梅爾實在是太強了，才會讓我天真地相信不論什麼時候她都會幫忙我們與精靈戰爭毫無關係的任務或者升級。

「……噯，基滋梅爾。」

亞絲娜代替不由得閉上嘴巴的我開口這麼說道。

「把祕鑰送給伯爵的話，妳又要到下一層去了嗎？」

面對個性比我直率一百倍的亞絲娜所提出的問題，騎士露出忍耐著什麼般的表情——或許只是錯覺，但我看起來是這樣——但是立刻又變成平穩的微笑並點了點頭。

「這個嘛……就要看從王城派遣過來的神官們判斷的結果了。我想他們應該會下達命令，要我把四把祕鑰送到第七層的碉堡去吧。」

「這樣啊……——因為是很重要的任務對吧……」

我們抬頭看著聳立在正面的靈樹，然後亞絲娜就這麼呢喃，不過立刻就再次把整個身體轉向騎士。然後朝她靠近一步，壓低聲音問道：

「但是，這樣我就更想問，為什麼基滋梅爾必須獨自收集祕鑰呢？六把裡面已經回收四把了……剩下的兩把讓城裡的騎士團，甚至是神官們去拿過來不就得了。」

「我並不認為這個任務很辛苦，也不討厭這份工作。」

基滋梅爾露出燦爛笑容，然後宛如一個姊姊對妹妹一般溫柔地撫摸著亞絲娜栗色的頭髮。

「這是身為女王陛下騎士的我應該完成的使命，何況還有亞絲娜和桐人幫我的忙……我甚至覺得不要只有六把祕鑰，如果有十把、二十把就好了。」

「…………基滋梅爾……」

這時亞絲娜露出笑中帶淚的表情，基滋梅爾把右手移動到移動到她背部，左手催促我接近之後就小聲地繼續說道：

「而且這個任務暗地裡有各種麻煩的角力和扯後腿的行為。稍早之前也跟你們提過，我隸屬的槐樹騎士團和警備王城的檀樹騎士團、重裝部隊的枸橘騎士團之間感情不太好……尤其是高層，從以前就一直找各種機會互相較勁。得到森林精靈們也想奪取祕鑰的情報時，要由哪一個騎士團出面對應似乎也經過一番爭執……」

「那當然不是為了把麻煩事推到對方頭上，應該是相反對吧？」

我一插嘴這麼說，基滋梅爾就以嚴肅的表情點頭同意。

「沒有錯。留斯拉的騎士帶著並非練習的實戰任務離開城堡……而且對手是卡雷斯・歐的森林騎士，已經有一百年以上沒有出現過這種事態了。三騎士團爭奪著名譽，最後由輕裝敏捷為賣點的槐樹騎士團單獨負責這次的任務。首先有六十名規模的先遣部隊下到第三層，正如你們所知道的，第三層沒有黑暗精靈的碉堡。建設成為據點的野營地以及偵察封印祕鑰的迷宮……這就是主要任務，並不會進行戰鬥。原本應該是這樣……」

這時候基滋梅爾吐了一口低調、深沉的氣。了解之後事情發展的我，原本想要她別再繼續說明了，但基滋梅爾卻快我一步繼續開口：

「……但是，派出部隊一半成員的首次偵察任務，我們就受到了森林精靈的奇襲。從後方遭到攻擊的偵察隊幾乎潰滅，蒂爾妮爾也是在那個時候殞命。當然，先遣部隊的司令官大人已經向騎士團本部提出補充人員的請求……但是本部似乎拒絕了他的請求。應該是認為一下到第三層就失去一半部隊的事情要是曝光，任務就會被其他騎士團奪走吧……」

「怎麼這樣……！基滋梅爾和同伴已經拚命戰鬥了吧，結果高層卻……」

由於亞絲娜的聲音有點大，基滋梅爾瞄了一下周圍後，才把我們帶到設置在城廓牆壁旁的長椅上。她坐在我和亞絲娜中間，將雙手纖細的手指在肚子上交疊，然後一邊抬頭看著聳立在廣場中央的靈樹平穩地說：

「拚命地戰鬥……確實是這樣沒錯。但是身為女王陛下的騎士，並非只要努力就可以了。既然要戰鬥就一定得獲勝……所以我並不怨恨拒絕增援的本部。反而感謝他們願意給我親手挽回名譽的機會呢。」

即使聽見基滋梅爾所說的話，亞絲娜似乎還是無法接受。她緊緊握住雙腳膝蓋上的雙拳，從朝下的嘴角擠出細微的聲音。

「……但是，就算這樣……基滋梅爾僅僅一個人就……」

「亞絲娜，我確實單獨進行著祕鑰回收任務，但其他騎士絕對不是在偷懶。先遣部隊的司令官大人為了以有限的人員完成任務而訂立了新的作戰。由十名左右的騎士輪流出擊來持續吸引森林精靈的注意，然後一名藏身能力特別優秀的成員從迷宮回收祕鑰……我是主動要求負責回收任務，從小時候就經常陪蒂爾妮爾玩抓鬼以及捉迷藏的遊戲，所以對隱身術很有自信。」

——對於精靈來說的「鬼」是什麼，果然是食人鬼系的怪物嗎……

我急忙把一瞬間離題的思考拉回來。

在第三層野營地內，蒂爾妮爾的臨時墳墓前面就曾聽過基滋梅爾自願獨自進行任務一事。伴攻與潛行，我想這是相當巧妙的作戰，但是基滋梅爾並非全無風險。事實上，第三層她雖然漂亮地獲得祕鑰，卻受到森林精靈的菁英騎士，也就是森林精靈．聖騎士的追擊，被逼入差點與對方同歸於盡的狀況當中。

基滋梅爾在妹妹的墓前這麼說過。她說「志願負責祕鑰回收任務時，我就有必死的決心了。不對，我甚至希望自己死在任務當中」。

但是基滋梅爾目前在我身邊露出平穩微笑的側臉，完全看不出當時感覺到的深沉寂寞。我把上半身轉向左邊，對著依然在騎士另一邊握緊拳頭的搭檔表示：

「亞絲娜，基滋梅爾的任務確實很嚴苛。但是，她現在不是一個人了……因為還有我們在。」

「嗯，是啊……一點都沒錯。」

深深點頭的基滋梅爾，以左手溫柔地撫摸著亞絲娜的頭。

「自從亞絲娜和桐人幫我忙之後，我就從未覺得任務很辛苦，也沒有尚未完成任務就喪命的想法。回收六把祕鑰，三個人一起到第九層的王城去吧……亞絲娜一定會喜歡那裡。」

「…………嗯。」

做出聲音細微但是堅定的回答後，亞絲娜就把頭靠到基滋梅爾肩膀上。

我們就坐在長椅上，持續默默地眺望著上層底部的夕陽色慢慢變深的模樣。

7

向嘎雷伊翁伯爵報告之後，「瑪瑙祕鑰」任務就算完成了，我和亞絲娜在獲得大量經驗值的情況下，跟第四層時一樣被賦予選擇獎賞道具的權利。

這當然很令人高興，不過更讓我們感到歡喜的是，基滋梅爾獲得了一整天的休假日。明天一月四日整天都可以自由行動，好像五日早上再移動到第七層就可以了。雖說還是有點在意攻略集團在明天傍晚時可能會到達南區，但封測時期沒有的蜈蚣魔王的情報也已經傳達給亞魯戈了，我判斷應該不會出現準備不足就與其遭遇的危險。

當然無論如何都一定得參加迷宮塔以及樓層魔王的攻略，不過只要基滋梅爾讓我們使用「薇露利之水滴」，就可以從第二區直接移動到第五區，就算不能使用水滴，只要通路迷宮開通了，大概半天左右就能追上攻略集團吧。回到西翼三樓的房間後就和亞絲娜商量了這些事情，然後雙方都同意明天悠閒地過一天。

在走廊上再次和基滋梅爾見面，為了洗去觀念上的汗水與塵埃而前往地下的浴場。由於不想重複昨天的悲劇，雙方便說好不超越溫泉中央的線才入浴，但是聽見靈樹根部另一側傳來兩名女性開心的對話聲與笑聲，就讓我還是跟昨天一樣冷靜不下來。

洗好澡後在休憩室癱著休息了一陣子就到餐廳去。今天的主菜是烤白身魚，它不像人族的料理，上面淋了特殊氣味的香草醬汁，而且烤得酥脆的魚皮香味四溢，讓我忍不住又多吃了一份。

閒聊著第四層與第五層的回憶並喝完飯後茶，我們就帶著滿足的心情離開餐廳。和為了歸還「碧葉披肩」而到寶物庫去的基滋梅爾暫時分別，我和亞絲娜就想探索一下嘎雷城，當我們正想要移動到不曾去過的東翼而開始在走廊上移動時——

夜之幔帳降下的城堡中庭響起鐘聲，我和亞絲娜便停下腳步。以入浴和用完餐後有些遲緩的腦袋想著「這種時間也會響鐘……」後，才發現不是悠閒地待在這裡的時候了。

基滋梅爾不是說過了嗎？只有南邊城門打開時鐘聲才會響……然後城內的黑暗精靈原則上不會出城。也就是說這道鐘聲是在通知嘎雷城有除了我們之外的玩家出現了。

和似乎在同一個時間點注意到同一件事的亞絲娜面面相覷，然後兩個人同時衝向走廊的窗戶。貼在玻璃上往下看著中庭，發現巨大的門確實一點一點地移動著。

率先想到的是，來訪者是摩魯特或者短刀使，甚至是兩個人一起前來。因為嘎雷城是圈外，那些傢伙就算浮標還是橘色也可以進入。要讓門打開需要跟我們一樣裝備同樣的戒指——「留斯拉之認證」，雖然我昨天晚上推測那些傢伙很難進行黑暗精靈這邊的活動任務，但也沒有具決定性的根據。

「——得確認是誰來了才行。」

亞絲娜以緊繃的聲音這麼呢喃，我排除瞬間的猶豫點了點頭。

「嗯，到下面去吧。先全副武裝。」

「了解。」

我們離開窗戶朝著樓梯跑去，然後同時打開視窗。將室內服變更成戰鬥服，同時各自把愛劍實體化。

以幾乎是墜落的速度跑下樓梯來到西翼的一樓。這時沒有利用正面玄關，而是全速移動到走廊盡頭的後門，把單開式的門打開一條縫來窺看中庭的情形。

鐘聲雖然持續響著，但城門已經開始關上了。來訪者要是躲到廣大嘎雷城的某個地方，要找出來就相當困難了。

但就算是這樣，也可以詢問門附近的幾名衛兵，通過的是做何打扮的玩家才對。下定決心後從門後面來到中庭，沿著聳立的岩壁往城門前進。

僅僅前近五步的時候，身邊的亞絲娜就突然抓住我大衣的衣領。我發出「咕咿」的呻吟聲並且停下腳步，然後呢喃：

「怎……怎麼了？」

「桐人，那個。」

壓低聲音回答的亞絲娜，指的不是城門而是靈樹的方向。把視線移過去的瞬間，我也不停地眨著雙眼。

靈樹泉水的池畔，有四道背對著這邊的人影。顯示在他們頭上的顏色浮標和我們一樣是綠色。

以人數來看也能知道應該不是摩魯特。說起來我和摩魯特因為在第三層曾經進行過正式的單挑，所以彼此能看見對方的玩家名稱，浮標上應該會出現「Ｍｏｒｔｅ」的名字，但四個浮標上只有ＨＰ條以及公會標籤。

牙王率領的艾恩葛朗特解放隊，標籤是綠色背景以及灰色的劍與盾。凜德率領的龍騎士旅團，標籤是藍色背景與銀色的龍。但是四個人頭上並非這兩種標籤，而是不曾見過的黑色背景與金色的英文字母Ｑ一般的標誌。

「……桐人，你看過那個標籤嗎？」

我對亞絲娜的呢喃聲輕輕搖了搖頭。

「沒有。亞絲娜妳……知道就不會問了吧。」

感覺對方默默點了點頭。

從系統可以確定四個人當中沒有摩魯特，如果以黑色斗篷男為領袖的煽動ＰＫ集團組成公會，應該也不會登錄那麼顯眼的公會標籤，但只是這樣仍無法確定四個人和ＰＫ集團毫無關聯。既然這座城堡位於圈外，就必須小心行事。

當依然貼在粗糙岩壁上的我思索著該怎麼辦時，亞絲娜就再次小聲地問道：

「噯，比如說城裡的人族……不對，玩家之間在城裡發生戰鬥而浮標變成橘色，周圍的黑暗精靈會有什麼反應？是無視還是……」

「這……這個嘛……」

無法立刻回答的我皺起眉頭。

犯罪者玩家之所以無法進入禁止犯罪指令發揮效果的城市，並不是因為有不讓惡人進入的障壁存在，而是因為會遭到極強大的ＮＰＣ衛兵攻擊。封測時期，有故意讓浮標變成橘色，然後努力想辦法打倒襲擊過來的ＮＰＣ衛兵，通稱「警衛殺手」——Guardian Killer的存在，但是和史塔基翁的「數獨者」不同，在封測結束之前都沒有聽說有人成功過。

嘎雷城內的黑暗精靈士兵們，應該沒有像守護圈內和平的衛兵那樣強到不合常理，但感覺要是人族在城內揮劍作亂的話應該也不會無視。就算我們被那四個人攻擊，我可以斷言至少基滋梅爾一定會來救我們，而身為騎士的基滋梅爾下令的話，周圍的士兵也會行動才對。

我把這樣的推測……

「……應該不可能到最後都無視對方喔。」

簡短地傳達出去後，亞絲娜也嚴肅地點了點頭。

「我想也是。那就搭話看看吧。」

「嗯……結果也只能這樣了。」

就算現在迴避與對方接觸，只要我們不離開嘎雷城，一定很容易就會被發現，何況我們還有許多事情必須在這座城堡完成。

從牆邊的陰暗處離開，在一有狀況就能立刻拔劍的警戒狀態下走近依然眺望著靈樹泉水的四個人。我和亞絲娜都沒有特別抑制腳步聲，但背對著我們的四個人，即使距離不到十公尺也完全沒有反應。理由大概是因為他們正熱烈交談著吧。

「——別幹那種事啦，一定會挨罵喔。」

「但就是會想試一次看看啊。又沒確認過只有黑靈才能夠用靈樹傳送。」

「你想試就去試，但你消失的話我們可不會追過去喲。」

「衛兵要是生氣，我們會丟下你自己逃走喔。」

看來這四人組是三男一女的組合。然後從對話內容聽起來，他們應該是進行黑暗精靈這一邊的活動任務。不過「黑靈」依然不清楚是什麼意思。

即使站在四個人兩公尺後方，他們還是沒有察覺，於是我就用心電感應傳送「拜託了」的訊息給亞絲娜，然後往後退五公分。把一瞬間的傻眼表情變化成超級社交性笑容後，亞絲娜就朗聲向對方搭話。

「晚安！」

這時候四個人像是終於嚇了一跳，雖然迅速轉過身子，但沒有任何人拿起武器。所有人都以茫然的表情瞪著亞絲娜的臉五秒鐘左右，才一起只把視線向上移。他們應該是在確認顏色浮標吧，接著又凝視著亞絲娜三秒鐘，才終於注意到斜後方的我。

最先開口說話的是裝備著大型彎刀與小型盾牌的女性玩家。

「晚……晚安。抱歉，因為嚇了一跳。」

「別這麼說，我才應該為突然間向你們搭話道歉呢。」

亞絲娜笑著道歉之後，稍微浮現在四個人臉上的警戒神情立刻消失無蹤。如果搭話者是我，就得花上十倍的時間來解除警戒吧。

「哎呀，真是嚇了一跳。從來沒想過會在這種地方遇見其他玩家。」

邊這麼說邊來回摩擦胸甲的是剛才做出「想嘗試靈樹傳送」的矮小雙手劍使。他身邊那名高瘦的劍槍使則是聳了聳肩。

「當然會有其他玩家啦，因為這座城堡是公開的領域。」

最後是帶著鐵板般厚重塔盾以及纖細短槍這種有些不搭調裝備的男性。下巴長著短短鬍子的臉龐上露出親切笑容，並且對著我們伸出右手。

「你們好，我們是名為『Q渣庫』的公會。現在正在進行黑靈……不對，是黑暗精靈的活動任務。」

看來黑靈是黑暗精靈的簡稱。如此一來，森林精靈的簡稱又是什麼……我一邊這麼想著，一邊在亞絲娜後面與塔盾男握手。

之後我們依序自報姓名。給人可靠感覺的女彎刀使是「拉茲莉」，感覺有點輕浮的雙手劍使是「提姆歐」，看起來相當幹練的劍槍使是「哈伊斯頓」，然後是剛強的塔盾男「銀堂」。

完全不曾聽過這四個人的名字，同時也是首次聽見Q渣庫這個公會名稱。身旁的亞絲娜似乎跟我一樣。

這座浮遊城裡關了八千名玩家，當然不可能記住所有人的名字——應該說，我知道名字的玩家應該不到一百個人。如果相遇的地方是某層的主街區，那就不會有什麼特別的想法，但是嘎雷城在一月三日的現在是最前線。要抵達這裡必須先打倒一大堆外面乾枯河谷湧出來的棘手毒蟲怪物，在未滿小隊上限人數的情況下能夠辦到這一點，等級應該跟我們差不多才對。但是到目前為止連一次都沒有見過他們，老實說這真的有點奇怪。

我忍不住浮現「不會是ＮＰＣ吧……」這種失禮的想法，然後再次望著四個人的浮標，但顏色果然是貨真價實的綠色。我再次失禮地移下視線，估算起防具的價值。其中兩個人是輕金屬鎧，另兩個人是重金屬鎧，不過全都帶著高級品特有的深邃光澤。而且明明突破了高難度的練功區來到這裡，除了拉茲莉與銀堂的盾牌之外卻沒有太大的損耗。

這表示……死亡遊戲開始到現在經過兩個月，初期沒有全力衝等但是有實力的玩家們已經追上既存的攻略集團了嗎？如果是這樣，那真的令人感到振奮，不久之後ＡＬＳ之類的公會應該會提出邀約吧，當我永無止盡地思考著這些事情時。

「二位是只靠兩個人的力量就進行精靈任務嗎？」

往前走出一步的彎刀使拉茲莉這麼對我們問道。綁成馬尾的深綠色頭髮、深邃的五官，以及沙啞卻清晰的聲音都讓人感覺到活力與主動性。

側眼瞪了一下再次以心電感應傳送「交給妳了！」訊息的我後，亞絲娜便笑著回應：

「嗯，是啊。我們也是昨天才剛到這座城堡。」

「那個……兩位不會是攻略集團的成員吧？」

「嗯……嗯，算是吧……」

亞絲娜縮起肩膀來點點頭，拉茲莉的大眼睛就瞪得更大了。

「哇，我還是第一次遇見攻略集團的人耶。想不到是這麼漂亮的女孩子，真是嚇了我一大跳。」

雖然只能從她的話裡感覺到純粹的驚訝與喜悅，但是後面的三名男性卻一瞬間以尷尬的表情面面相覷。

雖然不由得眨眼想著「剛才那到底是怎麼回事？」，但我沒有從他人表情讀取內心的能力。最近才終於……有點覺得可以了解經常待在一起的亞絲娜在想些什麼而已。

亞絲娜也應該注意到銀堂他們的反應才對，但她的聲音和表情都沒有透露任何懷疑的意思，只是繼續和拉茲莉對話。談到我們雖然參加攻略集團但沒有加入公會、Q渣庫的四個人離開起始的城鎮才不到三週的時間等事情時，亞絲娜便提議接下來到餐廳去談。

肚子應該很餓的四個人立刻答應，於是便通過嘎雷城主館正面玄關爬上二樓。基滋梅爾應該已經結束在寶物庫的事情了吧，但在大餐廳裡還是沒有看到騎士的身影。老實說，我無法預測她和我們之外的玩家接觸會有什麼樣的發展，所以判斷沒有特別去找她的必要，便六個人一起坐到窗邊的位子上。

我和亞絲娜只對靠近的服務生點了茶，銀堂他們則追加了套餐與麵包，而且還加點了兩次主餐的烤魚。唯一沒有追加的是劍槍使哈伊斯頓，比伙伴們更快用完餐的他，瘦削的臉頰上就露出苦笑來為同伴辯解。

「抱歉，我們基本上都很缺錢，所以來到黑暗精靈的據點總是會大吃一頓。因為不論吃多少都是免費。」

結果在旁邊從頭咬著白身魚的提姆歐，立刻用棒球社員般的平頭撞了一下哈伊斯頓的肩膀。

「別因為在美人面前就想耍帥啊！你這傢伙在第五層的精靈村裡明明雙手都拿著串烤！」

「你還各拿了三根吧！」

感情真好。

即使覺得感動，我還是再次因為某件小事情而覺得有點不對勁。

哈伊斯頓說他們缺錢，但裝備卻全是高級品，如果具備能夠來到這種地方的實力——然後沒有因為奇怪的道具或者可疑的賭博而亂花錢，應該能殘留不必擔心每天餐費的珂爾才對。

但是又不能詢問剛遇見的公會他們的財政問題，當我默默啜著茶時，亞絲娜就在極其自然的笑容、口氣與時機之下開口詢問：

「各位是怎麼認識的呢？」

——現在想起來，在第一層托爾巴納相遇時就像隻刺蝟一樣散發出咄咄逼人氣息的亞絲娜大小姐，現在已經圓融許多了呢……

這樣的感慨變成「嘶」一聲的鼻息晃動著杯子裡的水面。結果細劍使像是看出我的思考一樣，藉由溫柔地踩一下我的左腳來傳達別多嘴的意思。

不知道桌面下正在進行這種威脅行為的四個人，再次——這次包含拉茲莉在內都交換著蘊含深意的視線。和ALS的歐柯唐不同類型，但一樣是鬍子紳士的銀堂以餐巾仔細地擦完嘴角後才回答：

「我們是在起始的城鎮認識的。說起來，一開始是完全不打算到圈外去……單純像是交換情報的集團。」

「交換情報……？」

應該是從亞絲娜重複了一遍的口氣裡感覺到疑惑了吧，銀堂繼續說明下去。

「對於攻略集團的兩位來說，這算是很丟臉的事情吧，但就算是在起始的城鎮等待遊戲完全攻略的『待機組』每天也是會肚子餓，然後也需要睡覺。當然就算不吃也不會餓死，睡覺的話在路邊一躺就能睡了，但可以的話還是想吃熱騰騰的食物，然後睡在柔軟的床鋪上。如此一來，當然就需要每天的餐費與住宿費了。」

確實是這樣沒錯。然後連很久沒有回到第一層的我都知道這其實並不容易。

賺取珂爾最快的方法是打倒怪物。SAO並非「蟲和動物身上怎麼可能會有現金」類型的遊戲，所以在起始的城鎮周邊出沒的毛毛蟲和山豬等最弱怪物也會掉下些許珂爾。每天狩獵十隻的話，應該就足以支付普通的餐費與住宿費——只不過，就算敵人是山豬，發生事故的機率也不會是零。

太過集中在眼前這隻怪物而沒有聽見附近湧出其他怪物的聲音然後又被盯上……玩家就是像這樣重複著小小的錯誤然後從中累積知識與經驗並且逐漸變強。但是在這個世界裡，就只有一條性命能拿來支付犯錯的代價。至今為止從死亡遊戲退場的兩千人，大部分是死於離起始的城鎮不遠的區域。然後根據亞魯戈的推測，當中又包含數百名前封測玩家。不論知識再怎麼豐富，因為一次的失誤或者事故而陷入恐慌的話，ＨＰ很輕易就會歸零……

「但我們也不是到圈外去打倒Ｍｏｂ賺錢。其實只要找一找，起始的城鎮裡也是有許多任務。」

這次換成我重複銀堂說的話。

「任務？」

「是的。當然不會去承接到城外去拿什麼東西過來或者打倒幾隻怪物的任務，我們只接像是只在圈內就能完成的跑腿、尋物類任務，比較稀有的甚至還有打掃家裡和帶寵物散步等任務……」

「啊，確實有這些任務！」

或許是很喜歡作為烤魚配菜的醃黃瓜吧，原本正把它挑出來吃掉的拉茲莉這時候插話進來。

「就是打掃垃圾屋的任務吧，那真的很辛苦……要把塞滿房子的道具山分類放到庭院的大木箱裡。只要搞錯任何一個種類就不算完成，然後還有一大堆不知道該算是玩具還是生活用品的道具。」

「妳知道嗎，要是把偶爾會出現在垃圾山裡面的錢幣或者寶石占為己有，就會被關到房子地下的監牢裡半天喔。」

提姆歐也插話進來這麼表示，哈伊斯頓則是以難以置信的表情吐嘈他。

「只有你會幹這種事啦。」

兩人的對話讓亞絲娜發出輕笑，似乎是會長的銀堂也一邊苦笑一邊以誇張的動作張開雙臂。

「總之就是像這樣有許多能安全賺錢的任務。只不過雖然沒有生命危險，卻都是很麻煩的任務，在各個任務地點經常碰面的我們，自然就開始交換起情報來了。」

「對啊對啊。一開始還覺得這個鬍子老爹很可疑，一直對他保持著警戒……」

被拉茲莉用叉子指著的銀堂，這時露出狼狽的表情並且表示「我還沒到被稱為老爹的年紀」。

雖然口氣和長相都完全不一樣，但是看見他的動作之後，我不由得想起死亡遊戲首日相遇，一起狩獵野豬好幾個小時的彎刀使克萊因。

和伙伴們一起留在起始的城鎮的他，不知道是不是以最前線為目標而努力提升等級呢？還是重視安全，一直停留在圈內呢？目前朋友名單上還有他的名字，隨時都可以傳訊息過去，但或許是捨棄了他的內疚感吧，到現在都沒跟他聯絡就過了兩個月。

心理上像是遠在天邊的起始的城鎮，其實使用轉移門的話一瞬間就能抵達。當我想著如果有機會到史塔基翁，乾脆就回到第一層去看看的時候，拉茲莉再次開口表示：

「但是任務基本上就算完成的人數眾多，酬勞也不會減少吧。合作的話就能快點完成，剩下來的時間可以用在尋找日文書籍上，不知不覺間交換情報集團就變成共同攻略集團了。」

「原來是這樣啊……」

似乎能接受四個人認識經過的亞絲娜這麼呢喃，然後把依然放在我左腳上的腳尖移開。

我也認為在起始的城鎮協力攻略圈內任務是相當自然的經過，但這裡是最前線的嘎雷城。為了迴避與怪物戰鬥而誕生的集團，甚至組成了公會——也就是說完成了第三層麻煩且危險的公會任務——身上穿著高級裝備，擊退乾枯河谷內的毒蟲一路來到這座城堡，我想這應該需要飛躍性的心理變化。

哈伊斯頓似乎感覺到我的疑惑，只見他晃動著泛紫色的光滑長髮從正面看著我。

「……既然都說明到這裡了，就必須把話說完才行。組成集團的我們，雖然有好一陣子都能獲得安定的收入……但就算起始的城鎮再大，也沒有無限的任務可以承接。其中雖然也有每天都能完成一次的每日任務，但是這種好事情瞬間就傳開了，光是想承接就得等上半天……」

「嗯……那是當然的。」

我一點完頭，鬍子老爹也就是銀堂就接下去擔任說明者。

「在第一層被攻略下來之前，圈內任務就枯竭了，所以我們才會感到困擾。啊，當然我們完全沒有批評攻略集團諸位成員的意思，甚至可以說是相反……真的很感謝你們，也覺得很不好意思。我們再怎麼努力，也不可能突破迷宮區打倒樓層魔王。」

「咦……沒這回事吧？」

我不小心就忘了客氣的口氣直接開口問道：

「就我看來，你們的裝備等級都很高，能夠來到這裡的話，即使在迷宮區也能順利地戰鬥喔。應該說……」

在我想接著表示「我還想主動邀請你們參加攻略集團」之前，銀堂他們四個人就同時用力地搖頭。

「不可能不可能，絕對不可能。我們不是那塊料……」

銀堂打斷說到這裡的拉茲莉。

「讓我按照順序來說明吧。那個……剛才說到起始的城鎮的任務枯竭了吧。嗯，那個時候已經有一些儲蓄，所以也不是立刻就沒辦法過生活……但就算都住在最廉價的旅館，總有一天錢還是會用光。這時候，我們四個人就商量……是要盡可能節省然後繼續待在圈內，還是花完所有金錢買下裝備與藥水到城鎮外面去。」

「咦……」

正當我想說「能辦得到這種事的話一開始就應該……」的時候，才終於注意到某個事實。

「啊，對喔。完成任務除了金錢之外也能獲得經驗值……」

「正是如此。」

嘴角露出魚尾巴的提姆歐連尾巴都大口咬碎後就咧嘴笑了起來。

「當我們完成起始的城鎮所有圈內任務時，所有人都上升到５級了。」

「５……！」

我不由得嚇了一大跳，同時和亞絲娜面面相覷。

我記得在茅場晶彥的遊戲說明後，在等級１的情況下離開城鎮，然後在霍魯卡村入手韌煉之劍時也才４級而已。如果有確實更新裝備的四名等級５玩家，只要不發生什麼重大事故，應該不會輸給起始的城鎮周邊的毛毛蟲與山豬才對。

但就是會發生重大事故才叫作ＭＭＯＲＰＧ。一定是有什麼巨大的動機，才會讓將近一個月都待在圈內的玩家走到圈外。

「當然有一部分是因為等級提升了的安心感……但我認為之所以會因為那次的商量而離開圈內，完全是基於更加單純的理由。」

用雙手包裹住茶杯的哈伊斯頓，以有些不好意思的表情說道：

「單純是因為，想多解一些任務的慾望……ＳＡＯ裡除了有相當講究的任務之外，也有像是小孩子創作出來的東西，老實說真的讓人無法預測。感覺只有拚命思考解謎的提示，或者在城裡面到處找東西的時候，才能夠忘記死亡遊戲帶來的恐懼……」

「啥？你那時候是想著這種事情嗎？」

坐在右側的拉茲莉繃著臉戳了一下哈伊斯頓的肩膀。但立刻露出滿臉笑容。

「那一開始就應該說出來了啊！這樣就不用拖拖拉拉地商量好幾個小時了吧。」

「對啊對啊，其實大家早就知道你是最喜歡解任務的人了。」

面對提姆歐的吐嘈，哈伊斯頓紅著臉做出「沒有到那種地步！」的抗辯。

再次因為伙伴間的對話而露出苦笑的銀堂，隨即把話題拉了回來。

「於是……我們幾乎用光了手邊的珂爾來購買裝備然後來到圈外。首先解決之前無法出手的討伐系與採集系任務，然後所有人升到等級6，技能格子也增加了……那個時候甚至還想著，照這樣下去不久之後就能追上領先集團了吧……」

銀堂嘴角的笑意突然消失，然後用力握緊雙手。

「……順利完成霍魯卡與梅代伊的任務後，我們便為了前往托爾巴納而準備經過沼地這個捷徑。來到圈外已經過了一個星期，自己覺得已經習慣戰鬥，而且可以輕鬆解決出現在那邊附近的狗頭人，所以有點得意忘形了。沒有注意到在沼澤遭遇到的三隻狗頭人裡面，有一隻是初次見到的怪物……」

「是『沼澤狗頭獵人』嗎？」

聽見我的問題後，銀堂一瞬間瞪大眼睛才點了點頭。

「是的，的確是這個名字。當時我還是單手劍使，劍被狗頭獵人扔過來的鉤繩纏住並且奪走，直接掉在沼澤當中……雖然急忙想撿起來，在沼澤裡摸索時又受到其他狗頭人的集中攻擊……」

「你沒有看攻略冊嗎？」

這次換成亞絲娜用稍微拘謹一些的聲音問道：

「那個時期的話，梅代伊村裡應該也可以免費拿到才對。」

「啊……嗯……」

銀堂很尷尬般和伙伴們面面相覷後才輕嘆了一口氣。

「離開起始的城鎮時，我們當然受到它的照顧了。只不過，那本攻略冊是以怪物與道具的情報為主，任務的話就只記載必須大費周章，或者必須戰鬥的情報……我們有解完起始的城鎮所有任務的自負……不對，應該說是自滿吧。只想著『我們可是比那種冊子還要清楚喲』，所以只大致瀏覽了一下在梅代伊發布的改訂版。之後仔細閱讀，就發現確實寫了對於沼澤狗頭獵人的警告以及對應方法……」

「…………」

雖然想說些什麼而張開嘴巴，卻不知道該說什麼才好。

亞魯戈製作、發布的攻略冊，內容當然偏重在與安全有關的情報上。說起來她就是為了這個目的而製作攻略冊，如果不增加執筆的人，實在無法對應沒有死亡危險的任務攻略法。

「……那個時候我差點就死亡了，提姆歐和拉茲莉的HP也變成了黃色。」

銀堂維持著悄然低頭的姿勢重新開始說明。

「我完全陷入恐慌，想盡辦法要逃走，但怎麼說都是在沼澤裡，根本很難跑動……心裡只想著『不行了，我要死了』。拚了命奔跑後好不容易甩開敵人，但四個人都因為那樣而留下了心理陰影……」

我從SAO正式開始營運之後就一直在最前線戰鬥到現在，不過被死神之手摸過脖子後方的經驗倒是意外地少。但我很了解銀堂說的「心理陰影」是怎麼回事。回想起直接被第二層的最後魔王，公牛國王・亞斯特里歐斯的雷電鼻息擊中，陷入麻痺狀態躺在地板上抬頭往上看著靠近的魔王時，現在我的背部還是會發冷。

但就算是這樣，之所以沒有浮現脫離攻略集團一直待在圈內的選項，完全是因為身旁的亞絲娜……吧。如果是她應該會說與其放棄寧願死亡，我怎麼可能丟下這樣的亞絲娜自己回到起始的城鎮去呢。

這四個人一定也是因為有伙伴在才撐住的吧，我一邊這麼想像，一邊等待銀堂再次開口。

「……夾著尾巴含著淚水逃回梅代伊村，發現有十名左右的玩家聚集在廣場上狂歡。問了發生什麼事情後，才知道我們到練功區去的時候，第一層魔王就被擊敗了。那當然很令人高興，而且也很感謝攻略集團，不過老實說心情其實很複雜。」

平頭的提姆歐代替輕嘆一口氣的銀堂開口表示：

「……我們遍體鱗傷哭著逃回來，結果就聽見那個消息對吧？於是就有種『啊，攻略組果然跟我們不一樣』的感覺……我到國中都參加少年棒球隊……」

「咦！」

我之所以忍不住發出聲音，有一半是因為「真的是棒球社員！」的驚訝，另一半則是他突然就對首次見面的我透露出現實世界的情報。在愣住的提姆歐身邊，哈伊斯頓像要表示無奈般搖著頭。

「不是經常告訴你嗎？不能像這樣輕易地說出現實世界的事情喲。」

「幹嘛，只說自己的事情應該沒關係吧。對吧？」

莫名奇莫就被對方要求同意，我只能僵硬地點點頭。

「啊……噢，嗯。」

「然後呢，棒球是非常容易理解『人外有人』的世界。這個部分不論哪個運動都一樣……隊上都會有讓人覺得絕對贏不過他的傢伙，參加大賽還會遇到一堆連這種傢伙都敵不過的怪物……哎，其實只有就算這樣依然不自暴自棄而繼續努力的傢伙才能進步，但我實在沒辦法。

在梅代伊聽見魔王被打倒時，就又浮現那種久違的感覺。在球場的觀眾席上一邊扯開喉嚨加油，一邊覺得場上那些傢伙距離自己好遙遠……」

提姆歐說到這裡就停了下來，像是回想起晃動著熱氣的盛夏球場一般，視線一直在空中游移著。

身為參加第一層樓層魔王狗頭人領主．伊爾凡古攻略的人，這個時候或許該說些什麼，但我無法立刻說出口。提姆歐說了「人外有人」、「距離自己好遙遠」的發言，但是我完全沒有這樣的自覺。我認為現在的攻略集團之所以是攻略集團，唯一的原因就是遊戲一開始時就全力提升等級，但是在樓層魔王攻略戰時從來沒有輕鬆獲勝過。實際上，提姆歐等人在梅代伊村聽見消息的伊爾凡古戰，身為聯合部隊領袖的「騎士」迪亞貝爾就死亡了。

「……即使如此還是沒有回到圈內的原因是？」

面對亞絲娜宛如正中直球般的提問，提姆歐眨了兩三次眼睛才回答：

「嗯，用一句話來說就是……骨氣吧？」

視線往左右兩邊看去後，拉茲莉、哈伊斯頓以及銀堂都默默點了點頭。

「既然知道沒辦法成為攻略集團……我們還是有比任何人都要了解任務的骨氣。這樣的話，就想試試看在逃回圈內之前，光靠任務能夠前進到什麼地方。」

「光……光靠任務……？」

在感到啞然的我身邊，亞絲娜發出細微的「啊」一聲。

「難道說『Q渣庫』這個公會名稱的Q……」

「哦，亞絲娜小姐，觀察力很敏銳喲！」

拉茲莉彈了一下響指，以為她要點餐的黑暗精靈服務生就靠近桌子。亞絲娜便幫露出慌張表情的拉茲莉點了蜂蜜酒。服務生離開後，哈伊斯頓就接下去說明：

「正如妳所說的，Q就是Quest的Q。渣庫……是這個棒球小子決定的，意思是要賺取大把的金錢和經驗值。」（註：日文的ざっくざく有「大把」「直腸子」之意）

下一刻，亞絲娜就可愛地噗哧一笑，我則是從嘴巴發出「呼噗」的怪聲。知道的公會全是像龍騎士旅團、傳說勇者等帥氣的名字，藉由任務賺取大把金錢與經驗值這種老實又簡單的命名似乎戳中了她的笑點。

喝了一口在絕佳時機送上來的蜂蜜酒，以清爽甘甜滋潤喉嚨之後，亞絲娜便再次開口：

「原來如此……老實說，原本還覺得你們有點可疑，不過這下子總算解開各種謎團了。之所以說缺錢還能夠擁有高級裝備，是因為拿到任務的獎賞吧。」

——然後知道我和亞絲娜是攻略集團時之所以露出尷尬的表情，是因為半途而廢的愧疚感嗎？

雖然沒有把後半段說出口，但銀堂像是感受到我的思考般，邊拉著下巴的短鬚邊回答：

「嗯，正是如此。大部分的任務獎賞，和經驗值相較之下現金確實比較少……裝備品在可以選擇獎賞道具的任務裡已經湊齊了，不去狩獵的話很難賺取大把的金錢。」

「聽你這麼說，好像真的是這樣。」

表示同意後，忽然想起還有一個疑問。雖然拍胸脯表示自己是專門解任務的公會，但是剛來到嘎雷城時，看起來也沒有太多損耗的理由究竟為何？在乾枯河谷湧出的巨大蟲子們，就現狀來說是雜兵怪物的最強等級，對付起來應該很棘手才對。

「……那個……也就是說你們在第三層開始精靈戰爭活動任務的黑暗精靈路線，然後為了繼續祕鑰任務而來到這座嘎雷城對吧？」

我的問題讓Q渣庫的四個人一起點了點頭。

「嗯，是啊。兩位也是吧？這層樓的祕鑰已經回收了嗎？」

反而受到哈伊斯頓提問後，我和亞絲娜就面面相覷然後回答：

「嗯，剛完成不久。不介意的話，等一下就告訴你們要特別注意的地方吧。」

「那真是太好了。」

哈伊斯頓笑著低下頭來，我則是若無其事地提出心裡在意的問題。

「不過，跟解謎之類的比起來，路上的雜兵Ｍｏｂ還比較棘手……你們也因為這座城堡周邊的蟲子Ｍｏｂ而花了一番工夫吧？」

對於不擅長耍心機的我來說，這已經可以說是相當自然的話題誘導了吧，心裡雖然這麼認為，但似乎還是被旁邊的暫定搭檔識破，可以聽見她發出為了掩飾苦笑的乾咳聲。但是Q渣庫的四個人果然如同公會名稱般一根腸子通到底，沒有露出什麼懷疑的模樣就直接回答了。

「沒有啦，攻擊就交給護衛，我們幾乎都只是在防禦……」

我無法立刻理解銀堂說的話，只能微微張開嘴巴。

「……護……護衛？你們僱用了其他玩家嗎……？」

「沒有啦，怎麼可能，我們沒有那種閒錢。是黑暗精靈的NPC……兩位身邊沒有嗎？」

被他這麼反問，我就再度和亞絲娜面面相覷。

說到黑暗精靈的NPC，率先浮現在腦海裡的是基滋梅爾，但她並不算是我們的護衛，我們是來到嘎雷城才再次跟她相遇。難道說——眼前的四個人有「屬於他們的基滋梅爾」嗎？就和我們一樣，在第三層的迷霧森林裡打倒原本無法擊敗的森林精靈．聖騎士，迴避了基滋梅爾的死亡，然後和她一起行動？

我忍不住環視大餐廳，但看不見那樣的人影。或許是抵達城堡就解散小隊了，如此一來我們那個表示要去寶物庫的基滋梅爾就有可能和另一名基滋梅爾在城內碰個正著。我無法想像那個時候會發生什麼事情。

亞絲娜在僵住的我身邊發出略微沙啞的聲音：

「……那名護衛叫什麼名字……？」

「名字？」

銀堂露出沒想到我會這麼問的表情，接著就看向伙伴。

「你們知道那個黑靈的名字嗎……？」

三個人一起搖頭，然後由拉茲莉回答：

「浮標是顯示『黑暗精靈．斥侯』喲。那就是名字吧？」

聽她這麼說後，換成我和亞絲娜交換了一下視線。

身為近衛騎士的基滋梅爾，階級應該是「黑暗精靈．皇家侍衛」。如此一來，Q渣庫的護衛是另一名基滋梅爾的可能性就變得相當低，但為了慎重起見還是確認了一下。

「順便問一下，那名護衛的性別是……？」

「男的喲，態度很冷漠就是了。」

不只是我，提姆歐的答案也讓亞絲娜輕呼出一口氣。

詢問詳情之後，得知他們的導入活動正如原本的故事發展，黑暗精靈和森林精靈同歸於盡，必須靠他們四個人想辦法解決從野營地司令官那裡承接的任務，不過從第三層的最後任務「奪回祕鑰」開始，身為護衛的黑暗精靈．斥侯就一直以第五名小隊成員的身分與他們同行。

進入人族的城市時，他會在入口消失，來到練功區後又會出現，承接毫無關係的任務，或者持續在同一個地點進行定點狩獵的話他似乎就會消失。極端冷漠的性格很符合黑暗精靈給人的印象，完全不會回應眾人的閒聊。

封測時期我獨自進行精靈戰爭活動任務時，沒能有這樣的護衛跟在身邊。應該是正式營運後導入的輔助系統，不過那名護衛的戰鬥力如果接近基滋梅爾的話，就能理解專門解任務的四個人為什麼可以輕鬆來到嘎雷城了。

但從另一方面來看，也可以感受到一絲危險。因為精靈戰爭活動任務將在第九層結束。擔任護衛的斥侯當然也會在那時候消失，把攻擊手交給他負責的四個人，之後還能夠確實地戰鬥嗎……

我一點一點啜著蜂蜜酒並這麼想著，但隨即覺得太過雞婆。他們在精靈戰爭之外的任務都是在沒有護衛的情況下努力過來，而且說起來我和亞絲娜不論是在戰鬥還是精神上也都有點太過倚賴基滋梅爾。雖然只把斥侯當成護衛NPC，但是Q渣庫的四個人在活動結束後，失落感可能也不會那麼重。

「……噢，時間這麼晚了嗎？」

銀堂的聲音把我從沉思當中拉回來。

並排在桌上的盤子已經被清空，提姆歐與拉茲莉露出睡眼惺忪的模樣。消除視窗的銀堂站起身子，把手放在提姆歐的平頭上。

「桐人先生、亞絲娜小姐，很高興跟你們聊天。我們要到城主那裡去承接任務，今天就先告辭了……」

「抱歉跟你們問了那麼多事情。」

亞絲娜從椅子上站起來，站在她身邊的我也低下頭。約定好明天早上再見，我們便目送四個人離開大餐廳。

大門關上，四個浮標消失在眼前的瞬間，我和暫定搭檔就看向對方的臉。經過三秒鐘左右，亞絲娜才丟出一句：

「……除了攻略集團之外，最前線也有那樣的人存在耶。」

「專門解任務的公會真的是盲點……就算不賺經驗值，光靠任務的獎賞也能夠來到這裡呢。」

「我們其實也沒有打太多怪啦。」

「哎，是沒錯啦。」

對話再次中斷，同時呼出一口氣。

離開圈內以最前線為目標的玩家能夠增加當然是件好事，專門解任務這種型態也開拓了新的可能性。與銀堂他們相遇是值得高興的事情——明明應該是這樣，但是內心深處那種奇妙的焦躁感卻遲遲無法消失。

難道說是因為原本認為可以和基滋梅爾在這座城堡裡度過一段悠閒時間，結果卻被人打擾才會產生這種幼稚的焦躁感嗎？嘎雷城是公共空間，所以所有玩家都有進入的權利，在SAO……不對，是在所有MMORPG裡主張「這地方我包了」都是典型違反禮貌的行為。

既然雙方都進行黑暗精靈活動任務，今後也會有機會交換對彼此都有利的情報。我告訴自己應該學習對Q渣庫的四個人一直保持友好態度的亞絲娜，捨去小孩子氣的獨占意識。

「我說過不喜歡暫時性地圖，現在我收回這句話。」

暫定搭檔突然這麼呢喃，我則是認真地凝視著她的側臉。

「為……為什麼？」

「不為什麼！對了，基滋梅爾到哪裡去了？」

這強行改變話題的行為讓我急忙轉動眼睛，以毫無意義的大動作環視著四周。不知道什麼時候其他的黑暗精靈都已經離開，當然也看不見基滋梅爾的身影。

「應……應該回房間了吧……」

「那我們也回去吧。」

「說……說得也是。」

我追上大步往前走的細劍使，同時深深覺得到底哪一天才能完全理解這個人的思考回路……不對，或許永遠不會有那麼一天吧。

8

為了在前往基滋梅爾的房間前先換好衣服，打開城廓西翼三樓客房的門時，我和亞絲娜就不由得一起發出「咦！」的聲音。因為纖細的精靈騎士就端坐在客廳的沙發上。

「基滋梅爾，妳怎麼在這裡？」

亞絲娜小跑步靠過去這麼問道，騎士邊舉起右手細長的玻璃杯邊回答：

「當然是在這裡等亞絲娜你們啊。跟新客人的談話已經結束了嗎？」

「咦，妳知道我們跟玩……不對，是人族的劍士見面了嗎？」

這次換成我這麼問，結果基滋梅爾就咧嘴笑了起來。

「那是當然了。因為不想打擾你們才沒有靠過去。」

「怎麼會打擾呢……」

基滋梅爾嘴裡這麼回答，不過就某方面來說，她這種貼心的舉動真的讓我鬆了一口氣。基滋梅爾跟其他黑暗精靈比起來——至少比擔任Q渣庫護衛的黑暗精靈·斥侯更像真正的人類，我無法想像那四個人遇見基滋梅爾會有什麼樣的反應，也無法確定當基滋梅爾基本上認定這個世界是ＶＲ遊戲的四個人接觸會帶來什麼樣的影響。

我在玩ＳＡＯ之前的網路ＲＰＧ時，最不擅長的就是角色扮演。現在雖然僅限在眾黑暗精靈面前，但不知不覺間就變得能夠扮演「在艾恩葛朗特旅行的人族劍士」，而這也讓我內心產生些許的感概。這個時候基滋梅爾以手勢催促我們坐下，同時開口表示：

「已經跟客人談完了嗎？」

「嗯，那些人說要去城主大人那裡。」

面對這麼回答的亞絲娜，騎士放好新的杯子，然後從桌上的酒瓶倒出淡金黃色的液體。接著也在我的杯子裡注入液體，結果立刻就發出曾經聞過的清爽香氣。那是她妹妹蒂爾妮爾喜歡的月淚草酒吧。

三個人輕碰了一下杯子，一口把有點烈——不過不會真的酒醉——的酒喝盡後，我就開口說：

「那四個人大概明天早上就會離開城堡往南邊前進，到晚上應該都不會碰面了。明天是基滋梅爾難得的假日，我們也應該有效率地……」

當我說到這裡時，就被亞絲娜用手肘戳了一下。感到疑惑的我先是想著「到底在做什麼」，然後才注意到是怎麼回事。

Ｑ渣庫的四個人接下來要到南區域去取回瑪瑙祕鑰。但是我們今天才剛去拿回那把祕鑰而已吧。

根據黑暗精靈的傳說會讓艾恩葛朗特崩壞，森林精靈的傳說則是會讓大地回歸的謎樣裝置就是「聖堂」，而打開聖堂大門的六把祕鑰不可能存在好幾組。就基滋梅爾的認知，我們從第三層到第六層是克服的許多困難才收集到四把獨一無二的祕鑰。

但是遊戲系統上，有多少進行精靈戰爭任務的玩家就存在多少組祕鑰。Ｑ渣庫的四個人現在應該也從城主嘎雷伊翁伯爵那裡承接了回收瑪瑙祕鑰的任務。搞不好基滋梅爾明天就會目擊完成任務後回歸的四個人所拿的新祕鑰……甚至可能會發生這樣的事態。

要是被問到四個人前往祠堂的目的，我該怎麼回答才好呢，說起來如果ＮＰＣ搭載了如此高等的ＡＩ，也應該做好這個部分的整合吧，當我以極快的速度想著這些事情時——

「原來如此……真的給你們人族添麻煩了……」

基滋梅爾這麼呢喃，然後一口氣喝乾還殘留在杯子裡的些許月淚草酒。我在半自動操縱的狀態下把手朝酒瓶伸去，又幫基滋梅爾倒了一杯酒並且畏畏縮縮地問道：

「咦……基滋梅爾知道那四個人去祠堂的理由嗎？」

「要去取回祕鑰吧？」

「…………」

基滋梅爾以稀鬆平常的表情這麼回答，我和亞絲娜則是同時認真地凝視著她的臉。注意到我們視線的基滋梅爾一瞬間露出感到不可思議的表情，但立刻就點頭表示：

「噢……你們不知道呢。」

「不……不知道什麼？」

亞絲娜一小聲地這麼反問，基滋梅爾就露出有些抱歉的笑容。

「不是跟你們說明過，先遣部隊的司令官大人使用眾多騎士來擾亂森林精靈的事情嗎？其實祕鑰回收任務也實行了類似的活動。」

「到……到底是怎麼回事？」

「我們從祠堂回收祕鑰之後，還是會有其他騎士或者斥候兵前往祠堂，把神官們製造出來的假祕鑰送到野營地或者碉堡。在路途上如果有人族願意幫忙，也會接受他們的好意。這也是為了擾亂森林精靈……」

「…………」

我和亞絲娜再次說不出話來。還有假的祕鑰存在固然令人驚訝，但更重要的是——

「……這樣的話，那些擔任誘餌的騎士和士兵也會遭遇危險吧……？」

聽見我的問題，基滋梅爾就伏下視線並輕輕點頭。

「嗯，正是如此。已經有不少騎士受到森林精靈的襲擊並且喪命了。」

「天啊……為什麼一定得做到這種地步？」

騎士溫柔地把手放在探出身子的亞絲娜右肩。

「取回受到封印的祕鑰就是如此重大的任務與決斷。絕對不允許失敗。這座浮空的城堡是唯一集結了留斯拉與卡雷斯·歐的人民，人族、矮人族之歷史與睿智的成果，如果城堡崩壞的話這些全部都會隨著眾多的生命消失。我們絕對不能辜負遠古的巫女大人犧牲自己尊貴生命所保護的東西。女王陛下應該是為了永遠關上聖堂的門才會收集六把祕鑰………」

基滋梅爾說到這裡就停了下來，但我的腦袋有一半正想著其他事情。

我和亞絲娜在第三層闖入基滋梅爾與森林精靈·聖騎士的戰鬥之後，黑暗精靈與森林精靈的決鬥應該還是不斷在那座森林裡重複著。因為那是精靈戰爭活動任務的導入活動，所以這也是理所當然的事，但如果相信基滋梅爾剛才所說的說明，那麼黑暗精靈們就等於因為「劇本上的需要」而被迫背負了賭上性命的任務。

但是，設計這個任務的人——ARGUS的員工，真的有考慮到如此詳盡的地步嗎？MMORPG裡每個玩家都能遭遇同樣的任務已經是常識，不這樣的話就無法保持公平性。確實從世界的內側看起來，就會變成同一個角色不停地死亡並且復活，不過應該不會有任何玩家抱怨這件事情吧。事實上，就拿入手韌煉之劍的任務來說好了，同一個少女就永遠重複著生病與痊癒的狀況。

精靈戰爭任務甚至不惜加入「假祕鑰」與「誘餌騎士」等要素，也要取得世界與遊戲系統的整合性，而這真的是現實世界的工作人員幹的好事嗎？說不定並不是如此，而是這個世界本身所…………

「怎麼了，桐人？」

突然被叫到名字的我，一抬起頭就和應該跟我一樣陷入沉思當中的基滋梅爾眼神相對。

「沒……沒有啦，只是在想一些事情……」

「嗯，我能了解你的心情。因為我也有忍不住思考我們所運送的四把祕鑰究竟是不是真貨的時候。」

「咦……唬人的吧？」

不小心的以現實世界的口語式問句來反問，不過基滋梅爾似乎早就吸收這樣的語彙，只見騎士一臉認真地點頭表示：

「不唬人。從祠堂回收的時候應該還是真貨，不過一旦回收到碉堡或者城堡的寶物庫裡，就算被神官們替換了我們也不會知道……」

「原……原來如此……」

——總而言之，就可能性來說，我們和Q渣庫的四個人所收集的祕鑰都可能是假貨……不對，以劇本來說應該是兩者都是真貨嗎……？

當我快要再次陷入沒有答案的沉思當中時，身邊的亞絲娜就以擔心的口氣表示：

「那個，都不惜製造假祕鑰來錯開森林精靈的注意了，還把真假祕鑰全都收集在同一個地方是不是不太好啊？實際上第四層的約費爾城就遭到襲擊了。」

「正常來說確實是這樣沒錯。」

點完頭的基滋梅爾把視線移到天花板上。

約費爾城客房有很大的窗戶可以欣賞外面的景色，但嘎雷城是從岩壁雕刻出來的建築物，所以只有走廊那一邊有窗戶。相對的設置了許多照明，除了像史塔基翁與斯里巴司的旅館裡能見到的壁掛式油燈之外，也有類似水晶燈般的懸吊式燭臺在天花板上閃爍著小小的火焰。

「……我們一直認為約費爾城不會受到襲擊。第四層的森林精靈只有少量的小船，沒想到他們會跟墮落精靈聯手……你們沒有提出警告的話，一定來不及做好迎擊的準備，就算有約費爾子爵的力量，城堡還是可能會被攻陷。但是……」

騎士這個時候把頭轉回來，像是要讓我們安心一樣露出微笑。

「就算墮落精靈再會耍手段，也不可能以龐大軍隊進攻這座嘎雷城。你們也看見沒有『碧葉披肩』的我，在城外走不到十步。森林精靈應該也有類似的外套才對，雖然數量應該很少……然後現在再也無法製造以聖大樹樹葉縫製而成的那件披肩斗篷了。即使知道有可能失去大地切斷以前傳下來的所有祕寶，還是以僅僅不到十人的人數襲擊這座城堡，我想就連森林精靈也不可能做出如此魯莽的事情。」

「那墮落精靈呢？那些傢伙也擁有同樣物品的可能性呢？」

亞絲娜繼續追問，但基滋梅爾再次搖了搖頭。

「妳忘了嗎？墮落精靈們受到聖大樹的詛咒。要是穿上其樹葉做成的披肩斗篷，雖然不至於會被燒成黑炭……但應該得承受劇烈的疼痛與傷害。」

「啊……對……對喔。」

看見像要表現害臊而微微露出舌頭的亞絲娜，基滋梅爾也發出「呵呵」的笑聲。但是立刻就變回嚴肅的表情，像在思考什麼事情般把手環抱在胸前。

「……但是亞絲娜說得沒錯，祕鑰長時間放在同一個地方確實可能引來不必要的危險……這座嘎雷城裡就有靈樹，雖然很可惜但還是取消明天的休假，早上就立刻……」

咦咦——！

在我這麼大叫之前……

「不行！」

堅決表示自己意思的亞絲娜，幾乎是飛躍矮桌來移動到基滋梅爾身邊，然後緊抓住騎士的雙手。

「抱歉，我不該說讓妳擔心的話，我同意這座城堡很安全了，所以明天跟我們在一起吧！我正在想各種度過休假的方式呢！」

聽見對方連珠炮式的發言，基滋梅爾黑紫色的眼睛眨了好幾次，然後才像個溫柔姊姊對著愛撒嬌的妹妹一般——這已經不知道是第幾次有這種感覺了——露出笑容並點了點頭。

「我知道了，那就跟預定一樣後天再出發吧。那麼，妳明天打算做什麼？」

「還是祕密。到了早上我就會發表，敬請期待嘍。」

看見這麼說完後就露出燦爛笑容的亞絲娜，我稍微有種不安的感覺。

幾分鐘後，纖細的酒瓶被喝乾，基滋梅爾相當輕鬆地靠在沙發的椅背上。

「呼……好像有點醉了。」

這句話讓我認真地望著她的臉，但淺咖啡色的肌膚沒有任何變化，我也無法想像ＡＩ喝醉會是什麼情形。但是亞絲娜卻像很擔心般探出身子問道：

「不要緊吧？能走回房間嗎？」

「哈哈，我還沒喝到走不動的地步。不過……」

基滋梅爾說到這裡就停下來，依序看著我和亞絲娜。

「……我被分配到的房間，自己一個人睡實在太大了一點。今天晚上，我可以睡在這張長椅子上嗎？」

「啥？」

雖然反射性發出這樣的聲音，但我和亞絲娜完全沒有拒絕基滋梅爾的理由。當我想要回答

「當然可以」時，才注意到一件事。兩女一名男的狀況，誰該睡沙發根本不用想也知道。

「啊，那基滋梅爾和亞絲娜一起睡寢室的床吧。我睡沙發就可以了。」

但是騎士卻挺直背桿，用力搖了搖頭。

「不行，這裡是你們的房間……不能把桐人從寢室趕出去。這樣的話，我還是回自己的房間吧。」

基滋梅爾這麼說完後就準備站起來，結果亞絲娜就緊緊抓住她單薄的束腰上衣衣角。依然處於撒嬌模式的她，發出「唔……」的沉吟聲後視線就朝深處的門看去。

「……那張床可以睡三個人吧。」

「啥？」

出乎意料的提議讓我只能這麼大叫，但基滋梅爾還是冷靜地回答：

「嗯，說起來確實是這樣。」

「等……等一下，但是這樣一個人只有六十公分的寬度……」

這麼反駁之後，我內心才慌張地想著黑暗精靈不知道懂不懂國際單位，但基滋梅爾只是聳了聳肩膀。

「和三個人一起睡在第三層野營地的帳篷時差不多吧。還是說桐人，你不願意跟我睡同一張床？」

「不……不是這樣啦。」

騎士看著只能這麼回答的我，臉上露出促狹的笑容。

「那就沒問題了吧。」

實際上浮現三個人應該要以什麼樣的排列組合睡在床上的問題，但最後三個人一致同意基滋梅爾睡在中間，亞絲娜左邊，而我睡在右邊這樣的意見。擔心的空間問題，也因為亞絲娜和基滋梅爾緊靠在一起，讓我獲得了大約八十公分左右的領土。

跟在兩個人後面來到床上，在幾乎快跌到床底下的位置上躺平身體。雖然這樣的排列不必擔心早晨的悲劇再次出現，但是有可能變成醒過來時緊抱住基滋梅爾的情形。然後對於ＮＰＣ有不適切的接觸造成性騷擾防範規則發動時，將跳過對方按下確認視窗的按鍵這道程序，警告時間一過就不由分說地強制進行傳送。由於我不想在監獄裡醒過來，所以認為盡量保持距離才是上策……

「桐人，睡得那麼旁邊會摔下床吧。」

泛藍色黑暗的另一頭傳來這樣的呢喃聲，從棉被裡伸過來的手抓住我的右手。在沒辦法的情況下往右邊移動了十五公分左右，結果指尖就碰到基滋梅爾身體的某個部位。

「再靠過來一點比較暖和喔。」

「不……不用了，這樣就夠了。」

「你也不是還會覺得害羞的年紀了吧……」

──這表示我是大人？還是小孩子？

心裡雖然這麼想，但是基滋梅爾也沒有多說些什麼。亞絲娜之所以沒有介入我們輕聲的對話，似乎是因為她老早就睡著了。

但稍微動了一下體感溫度就明顯上升，我也感覺到強烈的睡意。我閉上眼睛，緩緩吐出長長的一口氣。

小孩子的時候，我只習慣睡在自己的床上。小學時的校外教學與教育旅行就不用說了，連跟家人出去旅行都很難睡著，可以說相當難搞。

即使來到這個世界，這種情形也持續了一陣子。因此覺得反正也睡不著，就多次徹夜進行定點狩獵。但不知道從什麼時候開始，這種情形就消失了。即使幾乎每天晚上都在不同地點住宿，最近只要一躺到床上，不到十分鐘就會入睡。

原本茫然想著不知道是不是習慣了在虛擬世界睡眠的行為，但立刻就注意到並非如此。我之所以能夠輕鬆入睡，是因為和亞絲娜組成搭檔的緣故。跟獨行的時候相比，明明需要擔心的事情變多了才對……不對，或許是因為獲得某種足以抵消擔心的東西也說不定。

如果亞絲娜和基滋梅爾也能跟我一樣就好了，我一邊這麼想，一邊陷入沉穩的睡眠當中。

就這樣，一月三日的夜晚靜靜地過去了——

——事情當然沒有那麼簡單。

被刺在腦袋裡的強制起床鬧鐘吵醒的我，在閉著眼睛的狀態下用手摸索視窗並且關上只有我聽得見的噪音。

微微張開眼睛，發現室內還是一片黑暗。在進入寢室之前，我就自己將鬧鐘設定在凌晨兩點，所以這也是理所當然的事，但這時候還是湧起早知道就別這麼做的懊悔之心。把神經集中到耳朵上，就聽見基滋梅爾與亞絲娜安穩的鼻息，同時也誘惑我再次陷入舒服的睡眠當中，但我還是擠出意志力來持續睜開雙眼。

忍耐了三十秒左右，睡意的水位終於開始下降，於是小心翼翼地在不吵醒兩個人的情況下離開床鋪，躡手躡腳地移動到客廳。對黑暗精靈來說，只有設定者本人才聽得見的鬧鐘，應該也算是「人族的咒語」吧……我一邊這麼想一邊踩著無聲的腳步，慎重地打開門後來到走廊。

亞絲娜也就算了，原本認為大概有百分之五－的機率會被基滋梅爾發覺，不過似乎平安無事。我再次打開視窗，裝備上長大衣與愛劍。

環視左右兩邊，發現彎曲的走廊上沒有人影。雖說就算遇見衛兵應該也不會怎麼樣，但為了慎重起見還是繼續躡腳走著，朝向西翼中央部的樓梯。

這次緩緩爬上傍晚聽見鐘聲時全速往下衝的階梯。

根據封測時代的記憶，就算抵達最上層的四樓，樓梯還是繼續往上延伸。再繼續往上爬，盡頭是一扇小小的門。轉動門把，靜靜把門推開的瞬間，外面冰冷的寒氣就包裹住全身。

門後面是城廓西翼的屋頂。雖然沒有光源，但是從艾恩葛朗特外圍開口部分傳過來的藍白色月光稍微稀釋了黑暗。

不過存在於廣大屋頂的物件，大概就只有我走出來的樓梯小屋而已。如果是單機型ＲＰＧ的話，應該是會設置一兩個寶箱的地點，但很可惜的是現在連顆小石頭都看不見。

和經過精心研磨的城廓牆壁不同，屋頂的地板殘留著粗糙的鑿痕，走在上面的我首先移動到面對中庭的外緣。雖然設置了高三十公分左右的矮牆，但是這樣根本無法防止跌落。由於距離鋪設石板的地面有將近二十公尺之遙，從頭落下的話有ＨＰ全損的可能性。

為了慎重起見，確認過背後沒有任何人在之後便低頭看著中庭，結果眼前就是一片與白天時完全不同風味的絕景。無數的營火把巨大靈樹染成深藍與橙色，從枝葉上滴下來的水滴也像是液化的火焰般閃閃發亮。兩人一組的衛兵緩緩走在營火周圍的景象，甚至給人一種幻想般的感覺。

著迷地看了一陣子後才回過神來，仔細地檢查過中庭各個角落確認沒有異狀。由於沒有響起鐘聲，所以知道沒有任何ＮＰＣ或者玩家出入城門，但就算是這樣，我還是環視現場，直到自己能夠接受才往後退了一步。

我回過頭，這次看向城廓的外側。

嘎雷城這棟建築物在設定上——是鑿開原本存在的圓形窪地的壁面建造而成，所以外圍部是被天然的斷崖絕壁所包圍。即使從我所在的屋頂，高低差也有五公尺以上，就算裝備了帶有AGI獎勵的日暮之劍，應該也很難直接衝上去。

但是我從封測時期就一直很在意這種斷崖的另一邊是什麼樣的景象。南方的城門確實是難以攻陷，但是不自己親眼確認過，還是無法保證有侵入者……尤其是森林精靈的大軍從崖上進攻的可能性為零。

我把視線從垂直的懸崖上移開，開始往右側走去。前方聳立著比兩翼多出一層樓高度的城廓主館那三座相連的硬山頂式屋頂。角度雖然陡峭，但還沒有斷崖那麼誇張。

屋頂的頂點剛好到達斷崖的邊緣，只要能衝到那裡說不定就能爬上去，雖然封測時期實際上實行過這個點子，但不論再怎麼努力都在三公尺的地方滑落。只不過現在的我等級比當初還要高，靴子也是抓地力優良的高級品。在硬山頂式屋頂前方二十公尺處停下腳步，腦袋裡描繪了一遍路徑後就開始緩緩跑了起來。

全力加速，在最後五公尺時提升到最高速度。屋頂下方是禁止進入的主館五樓，我記得應該是城主的私人房間，萬一要是被發現對方很可能發怒，但也只能見招拆招了。全力跳躍到屋頂的中段，以牆面奔走的要領斜斜地跑上應該有七十度的斜面。到了第五步時靴底有打滑的感覺，第七步時打滑了大約十公分左右，但又硬撐了兩步才再度跳躍。

「呼唔喔喔！」

叫出這種聲音的話很可能會把嘎雷伊翁伯爵吵醒，所以忍耐著發出無聲的吼叫，並且把右手伸到極限。指尖勾到一點點斷崖邊緣，順勢使用左手與雙腳拚命爬了上去。

最後的最後被紫色系統障壁阻止入侵——原本有遇見這種情況的覺悟，結果並沒有發生，我好不容易把身體拉到懸崖上，然後仰躺下來持續著急促的呼吸。現實的肉體應該沒有因為剛才的動作消耗任何三磷酸腺苷，但是卻嚴酷地使用了虛擬角色的肌肉，所以呼吸無論如何都會變得急促。

但不到幾秒就平靜下來，於是我便緩緩撐起身體。

存在於眼前的是平凡無奇的寬廣平面。雖然應該不是設計師打混，但放眼望去全是幾乎沒有起伏的粗糙岩石表面。站起來後用腳踢了一下岩石，隨即有凹凸不平的堅硬感觸傳過來。至少可以確定不會從多邊形縫隙掉落到異空間當中。

這就表示，即使是數百人的軍隊站在上面也沒問題。雖然基滋梅爾說沒有聖大樹樹葉製成的披肩斗篷精靈族就無法走過城外乾枯的河谷，但並不保證這座懸崖也適用同樣的限制。必須確認嘎雷城的屋頂之外是否有爬到這裡來的路線。

環視了一圈後，我首先朝正北方走去。岩山上別說怪物，就連一株仙人掌也看不見，我以遙遠前方那根支撐艾恩葛朗特樓層的巨大柱子為目標，在藍色月光中有氣無力地走著。

即使景色如此單調，喜歡高處的亞絲娜應該也會中意這裡才對，但我是因為某種理由才不帶她一起來。

其實我仍然無法完全相信「Q渣庫」的四個人。只要把難以數計的任務從頭到尾都解過一遍，確實可以獲得不輸給高效率打怪的經驗值，同時也能夠從獎賞當中獲得高性能的武器防具。加上有強大的黑暗精靈士兵經常在身邊擔任護衛，表示不擅長戰鬥的四個人能夠來到這座嘎雷城也不是什麼不可思議的事情。

但還是殘留著「為什麼要如此拚命」的疑問。

說起來他們來到圈外的原因，是為了賺取餐費與住宿費……也就是希望盡量讓待在起始的城鎮的待機時間能夠舒服一點。雖然知道自己比想像中還要強，有一段時間甚至以成為攻略集團為目標，但也表示因為差點被「沼澤狗頭獵人」滅團而放棄了。

如此一來就乾脆專心於解決任務，組成意思是「利用任務大賺特賺」的公會來持續活動……到這裡都還可以理解。讓我覺得不對勁的是，在這個時間點來到前線的行為。

就現狀來說，比我們還要前面的玩家，大概就只有以逆時鐘方向這種正攻法來突破第六層的公會ALS、DKB，還有大叔軍團以及情報販子亞魯戈而已吧。出現在這個第二區的怪物以及棘手地形的情報都還沒有擴散出去，就算身邊有ＮＰＣ護衛還是有可能出現犧牲者。如果我是他們，應該最少會跟攻略集團保持一層的距離，等待入手亞魯戈的攻略冊等充分的情報之後才挑戰任務。精靈戰爭活動任務並不是什麼先搶先贏的競爭。

這樣的話，他們抵達嘎雷城這種讓人覺得太過性急的行為，是不是隱藏著什麼其他的理由呢？比如說接到某個人的委託，然後某個人正是想要加害我們的玩家。也就是Ｑ渣庫的四個人其實是跟摩魯特等ＰＫ集團勾結……我無法完全捨棄這樣的懷疑。

雖然百分之九十九是我想太多，但是在麻痺事件中遭受襲擊之後，我就發誓再也不掉以輕心了。如果Ｑ渣庫和摩魯特他們勾結或者是被利用的話，應該會尋找城門之外的入侵地點才對。然後不論任何人都會一定先想到的就是越過嘎雷城外圍斷崖的方法。雖然不像一之谷或者嚴島，但自古以來奇襲通常都是從山崖往下衝……我這麼說會是杞人憂天嗎？

我小心翼翼地看著周圍，同時走在荒涼的岩山上。但依然看不見任何人類與怪物的身影。如果繞過一圈都沒有遇到任何人，明天遇到Ｑ渣庫時就在內心向他們道歉吧……當我這麼想的下一個瞬間。

「嗚喔哇啊！」

這次我發出有聲音的悲鳴，然後拚命拉回差點往前踏出的右腳。身體搖搖晃晃，用力揮舞的雙手不停抓著空氣。浮在空中的右腳下方沒有地面。由於融入背景色當中所以沒有注意到，不過平坦的岩山就像被刀子切開一樣變成陡峭的懸崖，落差至少有三十公尺以上。

連肺部的空氣都噴出來後才好不容易把重心拉回來後面，整個人一屁股跌坐到地上。心臟的悸動平歇之後，才趴著畏畏縮縮地往崖下窺探，角度甚至超過垂直的陡峭絕壁一直延伸到遙遠下方的地面。不論是玩家還是森林精靈，都不可能從下面爬到這裡。

在趴著的情況下直接後退，和懸崖拉開一段距離後才站起身子。打開視窗叫出地圖後，發現目前的位置距離艾恩葛朗特的外圍部只剩不到兩百公尺。也就是說，這裡就是岩山的北端。

雖然時間已經將近凌晨三點，但還是得確認這座山崖究竟延伸到什麼地方。我從道具欄裡拿出水瓶，喝了一口後開始往東方走去。就算和邊緣保持了充分的距離，但在天亮前的黑暗當中很難分辨境界線。雖然很想拿出油燈來照明，但岩山上如果有除了我以外的玩家，那在這個沒有遮蔽物的平面上，就算距離一公里也會被發現吧。

我一邊盡最大的努力來注意周圍與懸崖邊緣，一邊慢慢地走著。有時候還是會靠近崖邊往下窺看，不過發現角度依然相當陡峭。看來森林精靈的奇襲和Ｑ渣庫的內應都是我想太多了……就在我邊這麼想邊走了十五分鐘左右時。

前方出現完全出乎意料的物體。

出現的不是突出物而是一處凹陷。一大塊四方形，像是很久之前的ＲＰＧ會出現的那種沒有屋頂的朝下階梯就出現在眼前，深處還透出些許火光。

「…………」

重新起動停了兩秒鐘左右的思考，在不發出聲音的情況下單膝跪地。我試著碰了一下階梯的邊緣，發現跟嘎雷城一樣，是將岩山往下挖掘而成的階梯。鑿痕的紋理也與城堡十分相似，不過仍無法斷定是黑暗精靈所造。

萬一樓梯底下存在某個敵對勢力並與其發生戰鬥，然後對方又強大到足以奪走我的性命，我就不知道該如何對亞絲娜和基滋梅爾道歉了。實際上根本沒有機會道歉就是了。

雖然很可惜，但還是別冒這個險，之後再跟她們兩個人商量看看……心裡這麼想著的我準備站起來時，我的嗅覺似乎聞到不屬於這種地方的味道。

不是什麼惡臭。應該說完全相反。是香料、洋蔥與肉的油脂燒焦的味道。這難以言喻的味道——毫無疑問是漢堡排的味道。

「………………」

這次思考暫停了三秒左右。胃部開始瘋狂緊縮，嘴裡不停冒出口水。在差點流下口水前回過神來，保持單膝跪地的姿勢思考著。

如果階梯下方是「以漢堡排的香味吸引獵物來加以吞噬的食人鬼」，我還大剌剌地走下階梯被牠殺害，那我就是世界上最蠢的傢伙了。但是……但是，萬一這個樓梯下方是「一年只出現一次的漢堡排妖精所提出的邀約」呢？既然都有一年只結一次果，而且每次只出現三十分鐘的仙人掌了，也可能存在這種奇蹟吧？

我緊握雙手，考慮了十秒鐘左右，才在內心呢喃著。

——亞絲娜、基滋梅爾，抱歉了。但就算知道可能是陷阱……我還是有種非得走下這個階梯的感覺。

接著我就靜靜地站起來，踏進往下的狹窄階梯。

開口是僅僅只有七十公分的正方形，往下走三階肚子就碰到了頂端的部分。內心想著「樓梯入口應該要是長方形」並且把身體往後倒，有點像是滑落一樣走下階梯。往下走了二十階左右，終於來到可以站著行走——但身高絕對不算高的我頭頂也幾乎快碰到天花板——的通道。

由於寬度也窄到不足以跟別人擦身而過，至少可以不用擔心在這條通路上被食人鬼或者巨人襲擊了。通路上雖然沒有照明，但前方十公尺左右的轉角處可以看到似乎是火焰的紅光正在晃動，也飄盪著更加濃厚的烤肉味道。我躡手躡腳且小心翼翼地前進。

來到通道往右轉的地方後，貼在轉角處一瞬間往深處窺探，然後立刻把頭拉回來。

「…………？」

我在腦袋裡重生從相機裡切下來般的光景，同時皺起眉頭。

通路前方是一間三公尺左右的四方形房屋。正中央放著小小的桌椅，右邊牆壁是一整片書架，左邊牆壁上果然有道小門。深處的牆壁邊放置著暖爐般的黑色圓筒，穿著黑色長袍的某個人物正凝視著放在圓筒上面的平底鍋。滋滋聲與誘人香味的源頭絕對就是那個平底鍋。但很可惜的是，我沒辦法看見鍋子裡面裝了什麼。

由於黑色長袍是背對著這邊，所以不清楚是人族還是精靈，又或者是哥布林、半獸人等亞人型怪物。至少可以確定的是，比我矮的人不可能是食人鬼之類的敵人。下定決心再次窺探，這次持續把焦點放在對方身上，一直到顏色浮標出現為止。

出乎意料的是，黑色長袍似乎是由天鵝絨般的高級布料所製成，背上垂下白色將近灰色的凌亂捲髮，頭上則戴著跟長袍一樣素材的三角帽子。浮在上空的浮標是黃色——也就是NPC。名字是「Bouhroum：Dark Elven Anecdotist」。不但名字唸不出來，連發音應該是「阿涅庫多提斯特」的職業也完全不知道是在做什麼，不過至少可以確定對方是黑暗精靈。如此一來……應該不會突然遭受攻擊才對吧。

下定決心後走過轉角，直接經過大開的門進入房間。

「……晚……晚安～」

這麼搭話的瞬間，身穿黑色長袍的黑暗精靈就往上跳起五十公分，以捲髮在空中擴散開來的速度整個身體轉向這邊。

「你……你你你這傢伙是什麼人！」

這麼大叫的是瘦削且布滿深邃皺紋的臉上戴著小圓眼鏡，至少應該超過八十歲以上的老人。不對，從捲髮底下露出一半的長耳朵確實是精靈族的證明，實際上根本無法想像他究竟有多少歲數。嘴邊也被銀色鬍鬚覆蓋住，而且鬍鬚還垂到幾乎都快碰到地板了。

目前為止在艾恩葛朗特遇見的人物當中，應該就屬他最像是魔法師了，當我看見這個身影的瞬間，口中就發出「咦咦」的呢喃聲。些許的似曾相識感……感覺好像在什麼地方見過他，但是我應該不會忘記如此具有特徵的人物才對。

至少老人應該沒有見過我，眼鏡底下的小眼睛瞪得老大，不停晃動著長大的鬍鬚再次放聲大叫：

「小……小鬼，你是人族吧？是從哪裡進入老朽的祕密房間？」

「什麼從哪裡……就很普通地從樓梯……」

我這麼說著並指向來時的通道，結果老人立刻舉起左拳。

「笨蛋，那根本不是出入口！」

「咦……那麼是什麼？」

「是換氣口！說起來，上面是連鳥都飛不過的荒山山頂喔！你是從哪裡爬上去的？」

「這……這個嘛……」

雖然覺得老實說一定會挨罵，但對方早已經發火，所以也無所謂了。

「從嘎雷城主館的屋頂……」

「…………」

這時候不只是雙眼，連鬍鬚下面的嘴巴都張得老大的老人，保持這樣的表情三秒鐘之後，才突然發出奇妙的聲音。

「嘎哈。嘎哈哈哈……人族的小鬼說自己是從梅朗小子寢室的屋頂爬上來的嗎……」

「嘎哈嘎哈」似乎是他的笑聲。老人放下高舉的左手捋了捋鬍鬚，然後以放軟的語氣自言自語著。

「原來如此原來如此，幫忙收集祕鑰的人族劍士就是你嗎？老朽知道你不是盜賊了，但為什麼要在這種深夜爬到岩山上面呢？」

「嗯……不知道該說是散步還是探險……就很在意山頂的模樣，到處亂晃時發現階梯，不對，是換氣口，然後從那裡聞到一陣香味……」

「呵啊啊啊啊！」

老人突然放聲大叫，這次換成我輕輕跳了起來。但對方似乎不是在生氣，也不是ＡＩ產生什麼錯誤，他再次迅速回過頭，空手一把抓住放在暖爐上的平底鍋把手。

「好燙啊啊啊！」

老人再次大叫並把平底鍋移到桌子上，然後呼呼吹著變紅的右手。我原本只能啞然看著這一切，但看見平底鍋裡發出滋滋聲的內容物後就有了變化。

那是一塊長十五公分，煎得恰到好處的橢圓形絞肉。也是我在艾恩葛朗特首次遇見的真正漢堡排。

或許是注意到我的視線了吧，老人急忙停止吹手並出聲說道：

「怎……怎麼，別以為老朽會分給你啊！這是老朽這個來ㄇ無多的老人每個月一次的享受！真是的，差點就燒焦了。」

「…………咕唔唔……」

如果眼前的料理是精靈的村子或者城堡經常會出現的白身魚或者雞肉，那麼我的自制心應該就能贏得獲勝的判定，然後回答「我不會說想吃喲」。

但那可是漢堡排。雖然不是特別喜歡，但是不存在咖哩與拉麵的艾恩葛朗特裡，這種香氣與具衝擊性的外表已經可以說是暴力了。光是想像刀子切下去的瞬間溢出的肉汁，思考能力似乎就快要被連根拔起。

就沒有什麼方法讓這個頑固的老人，至少把一半……不對，是三分之一的漢堡排分給我嗎？我用跟被摩魯特襲擊時同樣急迫的集中力來運轉腦袋，接著突然接收到小小的天啟，讓我猛烈地吸了一口氣。

我以極力裝出平靜的聲音，對著用木製鍋鏟般道具把漢堡排移到鐵盤上的老人說道：

「那個……你就單吃漢堡排嗎？」

「……什麼意思？」

老人把盤子遠離我，用懷疑的眼神看向這邊。

「沒有啦，人族的話不會單單吃那個看起來很美味的肉排喲。只有加上麵包、蔬菜之類的配菜，才能夠完美地享受肉的味道。」

「哈！」

下一刻，老人就發出瞧不起人般的聲音，並輕輕地揮舞著左手。

「老朽一百年前就吃膩蔬菜了。因為城裡的廚師老是說什麼為了讓老朽長命百歲，每天都提供一些菜葉類和水果給老朽吃……把那種東西放到盤子上，會浪費老朽這塊寶貴的Fricadelle。」

——F……Fricadelle？

差點就要問「這不是漢堡排嗎」，不過還是在最後一刻壓抑下衝動。外觀、香味和味道是漢堡排的話，精靈族要怎麼稱呼它都不是問題。我立刻揮動右手叫出視窗。應該是沒什麼機會看見人族的「幻書之術」吧，當老人一露出有點興趣的表情，我就從道具欄裡拿出目標物。

「那麼……這樣如何？」

我放在指尖上面的是帶著鮮豔紫色的長橢圓體。留在道具欄裡面的最後一個半魚人產番薯。雖然漢堡排的配菜一般來說都是馬鈴薯，但是現在身邊並沒有這種食材，而且番薯也並非完全不適合漢堡排。

「……那是什麼？」

就連活了數百年的黑暗精靈老人，似乎也是首次看見由半魚人栽種的番薯，只見他皺起了灰色的眉毛。我繞過桌子靠到他身邊並且說明：

「在第四層採集到的番薯。用平底鍋把這東西煎熟，一定會很合漢堡……不對，是Fricadelle的味道喲～」

如果亞絲娜在這裡，應該可以使用豐富的語彙與詩一般的表現來輕鬆籠絡，不對，是說服眼前的老人，但沒有把她叫醒而自己偷偷離開也是我的選擇，所以也無法感到懊悔。老人依然維持懷疑的表情，以右手抬起圓眼鏡同時說道：

「你說番薯？顏色太奇怪了吧……」

「裡……裡面是一般番薯的顏色喔。鬆軟又甘甜，真的很好吃喲。」

我不知道為什麼說出烤番薯攤販的宣傳台詞，這時候老人就交互望著我的臉和右手的番薯，最後發出一聲刻意的乾咳。

「咳咳……嗯，也是可以試試看啦。如果那東西真的如你說的那麼好吃，那就把一半的Fricadelle分給你。但番薯得全部歸老朽。」

竟然如此濫用權勢，心裡雖然這麼想，但是我已經吃過許多次半魚人的番薯，所以便點頭答應對方的條件。

從我手上接過番薯的老人，把殘留著大量油脂的平底鍋移回暖爐上，然後在房間右邊深處的小廚房迅速將番薯切成厚一公分左右的圓片。把番薯排在發出啪嘰聲的平底鍋上，甘甜香味就隨著輕快的聲音擴散開來。

老人發出「唔嗯唔嗯喔喔」的聲音並且窺看著平底鍋，我則是帶著稍微加快的心跳注視著他的反應。如果是直接丟進火堆裡烤這種原始的調理法，當然就不需要料理的技巧，但是放在平底鍋上炸感覺就需要相當高的熟練度。但如果老人能夠從食材道具製作出目前在鐵盤子上冒出熱氣的漢堡排，應該就不會跟我一樣沒有取得料理的技能。

大約一分鐘後，老人左手拿著盤子，然後以長長的肉叉不停地移動番薯。炸成金黃色的圓形蕃薯片，光看外表的話的確很完美。

「怎……怎麼樣哩？」

平時的壞習慣出現，忘了用尊敬的語氣就直接發問，老人則側眼瞪了我一下。

「都還沒吃呢。讓我嚐嚐看……」

換成一般的叉子，一口吃下小塊的炸番薯。花了很長的時間咀嚼並且吞下之後，老人就發出漫長的沉吟聲。

「唔唔唔唔唔～～嗯。」

「怎……怎麼樣哩？」

我忍不住重複了一遍同樣的台詞，這次老人從正面注視著我，然後簡短地說道：

「普通啦。」

「普通嗎……」

這樣交易就不成立了嗎……等等，這個時候我應該有把留在盤子裡的所有番薯吃掉的權利才對，當我這麼想時——

「但是這東西加上奶油的話就是最強了。」

「奶……奶油？」

這個世界哪裡有這種東西啊，但我眨眼睛看著對方的反應，老人就從右手邊的架子上拿下一個小壺。然後咚一聲把它放在桌上，接著對我說道：

「別呆站在那裡，快坐下吧，人族的小鬼。」

「咦……好……好的。」

我坐在兩張圓板凳的其中一張上，而老人則是把新的鐵盤放在我面前。

「小鬼，是你贏了。一半Fricadelle就給你吃吧……然後根據老朽深不可測的慈悲心，番薯也給你兩塊吧。」

在我說些什麼之前，對方就用刀子把巨大漢堡排切成兩半，然後將從斷面流出肉汁的那一塊移動到我的盤子上。在旁邊並排上兩塊炸番薯，接著將剩下來的番薯全移到自己的盤子上後，老人就坐到我的對面。他隨即把壺拉過去，以小刀挖起一大塊乳白色物體並且倒在番薯上。壺交到我手上之後，我也做出了相同的動作。

看來鐵盤上似乎施加了保溫魔法之類的東西，我的內心沒有任何詞彙能夠形容依然熱騰騰的漢堡排旁邊，搭配炸番薯的奶油開始融化的凶惡光景。只能捨棄思考大快朵頤一番了，這麼想的我右手持刀、左手持叉，做出「我開動了！」的宣言。

稍微瞄了桌子對面一眼，發現老人正切下一大塊肉排並將其送進嘴裡。大口咀嚼了一陣子後也吃起番薯，又繼續嚼了好一段時間，臉上就露出極為幸福的表情，同時發出「呵喔喔喔喔……」的滿足聲音。

下一刻，第二次的似曾相識感又襲上心頭。

我以前確實曾在某處見過這個老人。並非被囚禁在艾恩葛朗特的這兩個月，而是在這之前……但無論怎麼想都不可能有這種事情。現實世界裡應該不可能認識黑暗精靈族的老爺爺才對。那麼是在哪裡——……

「啊……啊，啊啊！」

我半抬起身體並大叫，老人則是用狐疑的表情說道：

「怎麼了小鬼，你不吃嗎？」

「要吃啊，雖然要吃，但在那之前……老爺爺，你該不會是『冥想』的……」

「唔？」

老人高高舉起右邊的眉毛，狠狠瞪著我的臉。

「小鬼，你認識老朽嗎？老朽確實是留斯拉的神話傳述者兼冥想術的高手，『大賢者』布乎魯姆，老朽在哪裡見過你嗎？」

——見過喔！在封測時期！

沒辦法這麼大叫，我只能空虛地開合著嘴巴。

長達一個月的封測裡，唯一被發現的特別技能「冥想」。那是不滿足特殊條件就不會出現選項的隱藏技能，在第二層擊破岩石才能學會的「體術」也是其中的一種。實際上，體術也在封測期間被情報販子亞魯戈發現了，但封測已經快要結束，所以情報沒能擴散出去。

因此我在封測期間就只學會了冥想，但我記得它的性能相當微妙，根本沒什麼地方能派上用場。賦予冥想修業任務的NPC不論外表、聲音還是說話的方式，都跟眼前的漢堡排老爺爺一模一樣。不同的地方就只有服裝與長耳朵。

封測時期的冥想NPC是名穿著粗糙茶色貫頭衣的人族老人。居處也不是嘎雷城附近的地窖內，而是在第六層西區一整片濕地深處的唯一一棟房子，態度基本上相當冷漠，當然也沒有非常喜歡漢堡排這樣的設定。

但是他唯一一次，也就是當我學會冥想技能時露出的滿足笑容，就和享受漢堡排與奶油番薯調和口感的黑暗精靈老人臉上的笑容完全重疊在一起，也因此打開了我的記憶之門。不會錯了……眼前自稱布乎魯姆的老人，是封測時期的冥想ＮＰＣ因為某種理由而更改了背景設定的人物。我慎重地選擇用詞遣字並且回答：

「……沒有啦，雖然不曾見過，但是聽過你的傳聞……」

「哦哦，老朽的名聲已經傳到人族的城鎮去了嗎？嘎哈哈哈……」

發出俗氣的笑聲之後，老人就切了一塊漢堡排送進嘴裡，接著露出陶然的表情。我心想「趕快先吃一口吧！」而把視線落到桌上的鐵盤，並且把刀子插進切成一半的漢堡排。稍微燒焦的表面具有彈性，鬆軟的內部則是煎得恰到好處，切斷的瞬間就溢出肉汁，同時擴散出香料的芬芳。

由於太過期待，我一邊感受著臉頰內側整個緊縮的感覺，一邊把隔了兩個多月都沒吃過的漢堡排送到嘴邊。在心中向亞絲娜道歉，發誓有機會一定會帶她來這裡之後，就張開大嘴準備一口咬下——

但是在那之前。

「對了小鬼，還是問你一下好了，你想學習冥想技能嗎？」

「啥……？」

在張開大嘴的情況下看向老人，就發現他的頭上竟然浮現一個黃金的「？」符號。那是表示任務開始，而且布乎魯姆本人看不見的符號。

「這……這個嘛……」

雖然一大半的思考能力都被距離嘴巴僅僅兩公分的漢堡排奪走，但我還是努力運轉腦袋。

這時候要是回答NO，應該就再也沒有機會學會特別技能「冥想」了。很偶然的是，前天升上20級的我，也還有一個空著的技能格子。但封測時期的共通意見是，冥想技能是要持續擺出類似坐禪的奇怪姿勢一定時間後，才能獲得些許HP持續回復，以及異常狀態抵抗力上升的微妙效果，應該有許多比它更應該優先放進寶貴技能格子裡的技能才對。

由於也有正式營運後性能往上修正的可能性，這時候還是把它學會並且用用看，不行的話再把它從技能格子裡移走就好了，但想起如果跟「體術」的碎岩一樣需要麻煩的修行才能學會，就讓我無法立刻答應下來。

「呃，啊……嗚～～」

正當我發出沉吟聲，浮現「這時候還是先保留答案，先把漢堡排吃完再說……」的天真想法時。

「小鬼，如果想學會，就不能吃那塊Fricadell喲。」

「咦？……為……為什麼？」

「因為這就是學會冥想術奧義『覺醒術』的修行啊。」

「覺……覺醒……？」

這首次聽見的單字，甚至讓我一瞬間忘記嘴邊的漢堡排，開始不停地眨眼睛。

最普通的解釋是，「冥想」的技能樹上方還有「覺醒」這個上位技能……聽起來應該是這樣。但是封測時期的冥想NPC完全沒有提過這件事情，而且效果也完全不明朗，說起來——

「那是……不先學會冥想技……冥想術就無法修行的技術嗎？」

聽見我的問題後，布乎魯姆先吃了第三口的漢堡排，才咧嘴笑著說：

「哦，你這小鬼觀察力倒是很敏銳嘛……當然是這樣，但是覺醒術的修行條件是解開城堡圖書室之謎，然後發現這間小房間。你雖然是從換氣口，但還是來到這裡了，就算你完成了條件吧。」

「…………」

我的視線從布乎魯姆老人臉上移動到左邊牆壁上的一扇小門。

「……也就是說，那扇門後面連接著嘎雷城的圖書室嘍？」

「沒錯。」

——這樣的話，回去時就走這條路吧。

不願面對現實的我先這麼想著，然後才把意識拉回到眼前的難題——具體來說也就是叉子上面的多汁肉塊上。

如果完全相信布乎魯姆老人所說的話，那麼當這塊漢堡排進入我口中的瞬間，就會無法學習充滿謎團的「覺醒」技能。以玩家身分冷靜判斷的話，有機會學習連情報販子亞魯戈都不知道的特別技能，絕對優先於一盤料理才對。但就算知道這個道理，距離嘴巴只有兩公分的漢堡排不論是外表、香氣以及預想中的口味都太有魅力了。或許這是唯一一次學會覺醒技能的機會，但是也沒有人能保證之後還能吃到經過困難交涉後才取得的漢堡排。

——怎麼辦……我該怎麼辦才好？

我咬緊牙根，握住叉子的右手不停地發抖，同時承受腦袋與胃部遭到撕裂般的糾葛所折磨。凝視桌子另一邊交互吃著熱騰騰漢堡排與番薯並且說著「呼呼呼，太好吃了」的布乎魯姆老人，然後再次瞪了一眼手邊的漢堡排，才擠出所有的精神力放下右手。

剛才我準備吃漢堡排時，默默對還在嘎雷城客房裡熟睡的亞絲娜做出將來有一天會帶她過來的約定。但那是在還能夠吃到漢堡排的前提下所立下的誓言。這樣的話，我就不可以主動做出打破誓言的選擇。

花了五秒鐘以上的時間把叉子放回鐵盤子上，反覆大口呼吸了好幾次之後，我便對著老人問道：

「……在進行覺醒術的修行之前，可以只吃番薯嗎？」

「不行。」

毫不容情地立刻回答後，老人繼續把剩下來的漢堡排和番薯同時送進嘴裡，然後以陶醉的表情做出「太棒啦」的宣言。

等待他咀嚼並且把食物吞下之後，我才再次開口表示：

「老爺爺……不對，布乎魯姆先生，請教我覺醒術吧。」

下一刻，浮在老人頭上的「？」符號就變成表示承接任務狀態的「！」符號。

從黑色長袍懷裡拿出手帕來仔細擦拭嘴角的鬍鬚後，布乎魯姆老人才嚴肅的口吻回應：

「好吧。不過，修行可不輕鬆喔。老朽活了一大把歲數了，最後通過試煉學會覺醒術的人雙手都數得出來……當然，裡面沒有任何人族。」

「試……試煉？不是修行嗎？」

如果內容是要到什麼地方打倒某種怪物，那我反而會很高興。我祈禱著老人會說出這樣的內容，同時等待他開口說下去。

以指尖將銀色鬍鬚梳整齊的老人，這時候說出充滿謎團的回答。

「那是修行，也是試煉。首先確實挺起背桿來。」

「咦？嗯……嗯。」

在圓椅子上端正坐姿之後，老人這次就從長袍裡拿出一根短杖，接著輕輕敲了一下我眼前的鐵盤。

盤子上果然施加了魔法，變冷了的漢堡排又開始發出滋滋的聲音。濃密的油脂、香料以及奶油的氣味飄盪，讓我好不容易沉靜下來的食慾再次蠢蠢欲動。

「聽好了……在這種狀態下，屏除雜念撐三個小時，好好保持心靈的穩靜。如此一來，小鬼你就算是學會了覺醒術的皮毛。」

「……心……心的穩靜……？」

面對這完全出乎意料的試煉，我只能交互看著喜歡漢堡排的老人以及老人所做的漢堡排。

這確實可以說是符合覺醒技能形象的修行，但是他到底打算如何判斷我的內心是不是充滿雜念呢？如果是身體和表情沒有任何變化這種程度的事情，那在艾恩葛朗特裡其實不會太難。因為虛擬角色就算長時間維持同樣的姿勢腳也不會麻，腰也不會痛，另外只要不是太過於誇張的姿勢，那麼屬於隱藏參數的疲勞度也不會上升。雖然實在沒有刻意在三個小時內保持靜止狀態的經驗，不過一旦得這麼做，我也覺得自己應該辦得到。

實際上的效果依然不明，但是高位特別技能的習得條件應該不會比「體術」簡單。布乎魯姆老人果然有某種方法可以察覺到我的邪念與雜念才對。正確來說不是布乎魯姆老人而是ＳＡＯ的系統就是了。

思考到這裡，我才突然注意到。

現實世界的我戴著的NERvGear，應該詳細記錄著腦的動作電位活動。如果腦部在極度集中狀態時與陷入散漫思考狀態時的腦波有任何差異，我覺得系統——也就是布乎魯姆老人應該有辦法發現。看來想學會覺醒技能，就不能只是讓虛擬角色靜止，必須做到真正的精神集中才行。而且是要在漢堡排放於眼前發出滋滋聲的情況下撐三個小時。

雖然對覺醒技能很感興趣，但很可惜的是，我這個把食慾看得比色慾還重的中二男生，實在不認為自己具備那樣的精神力——

——不對。

這樣的話，乾脆反其道而行，把精神全部集中在漢堡排上面就可以了吧。就算NERvGear是最尖端技術的結晶，應該也無法得知思考的內容才對。三個小時裡只想著漢堡排的事情。感覺這我應該能辦得到。

「……我知道了。隨時可以開始。」

現在時刻已經超過凌晨三點。也就是說修行結束時已經是凌晨六點之後的事情了，不過全力衝刺的話，應該能在亞絲娜她們醒來之前回到房裡。

在深呼吸的我面前，老人從懷裡拿出一個新的道具，然後咚一聲把它放在桌上。那是一個由木頭與玻璃所組成的大型沙漏。形狀與現實世界裡的沙漏幾乎一模一樣，不過沙子全部在上層的玻璃罩裡，一粒都還沒有開始往下掉。

「好吧。那麼，現在覺醒術的修行——正式開始！」

布乎魯姆老人用手杖輕輕敲了一下沙漏的瞬間，不可思議的綠色沙子就無聲地開始流動。

我急忙專心凝視著眼前的漢堡排。

明明不斷受到魔法鐵盤的加熱，肉汁卻完全沒有被烤乾。被刀子一刀切成兩半的斷面發出閃亮的光輝，滿溢到盤子上的肉汁與從圓形番薯片上滴落的奶油混合在一起畫出誘人的大理石花紋。真想丟下刀子，直接用叉子豪邁地把它叉起來一口咬下。割開圓麵包把它夾起來當成漢堡也是不錯的選擇。那個時候會想加上滿滿的烤肉醬，不對，應該是甜中帶辣的照燒醬與美乃滋。好想吃好想吃好想吃………

「嘎啊啊啊啊啊啊——！」

布乎魯姆突然發出尖銳的叫聲，然後以短杖嚴厲地敲打我的肩膀。

「笨蛋！一開始就渾身充滿邪念！給我重頭來過！」

「咦……你知道我在想什麼嗎……？」

「別小看了大賢者布乎魯姆！你的腦袋裡充滿了想吃Fricadelle的邪惡慾望吧！」

「嗚……是……是我有眼不識泰山……」

低頭道歉之後，老人便用鼻子發出哼一聲。

「怎麼樣，要放棄嗎？」

「怎麼可能……我要繼續挑戰。」

「哦哦，這樣啊。」

老人用短杖敲了一下沙漏，落下一點點的沙子一瞬間就回到上面的玻璃罩。

「那麼，再次……開始！」

第三次揮動短杖的同時，我也緊緊閉上眼睛。

看來布乎魯姆老人，不對，應該說ＳＡＯ系統與NERvGear具備的眼力超乎我的想像。既然「只想漢堡排作戰」沒有用，那只有試試看難易度比較高的無念無想境界了。

阻絕五感輸入的情報，讓心情冷靜下來。幸好放空是我的得意技。任由意識在黑暗中擴散，什麼都不想，但是又不會睡著，只是一直放空、放空～……不過味道真的很香耶……滋滋的聲音也非常動聽……可以的話，希望把這種聲音設定成起床的鬧鐘聲……不過這個香味……好想吃照燒美乃滋漢堡喔…………

「嘎啊啊啊啊啊啊──！」

「啪嘰」一聲，肩膀被比剛才更強的力道擊中，我跟著發出細微的悲鳴。

「好痛！」

「小鬼，跟剛才完全一樣嘛！」

眼睛一打開，就看見布乎魯姆老人正高高舉起短杖。

「第一次十秒，第二次也只有二十秒！看你這個樣子，根本不可能撐三個小時吧！」

「唔～～……」

雖說早就知道會這樣，但是似乎無法阻絕漢堡排的聲音與香氣，反而強調了它的存在。在這個空腹感越來越強的情況下，要持續無念無想的狀態不是一件容易的事。

「還要繼續嗎？」

老人以「反正你絕對辦不到」的表情這麼問，我則是發出「唔唔唔」的沉吟。

我自己也了解，漢堡排集中作戰失敗的時候，通過修行的希望就很薄弱了，但是這時候投降也很令人不爽。現在再次轉動腦袋，就覺得以遊戲的任務來說，要保持思考完全停止狀態長達三個小時實在太困難了。應該有某種攻略法或者是祕訣存在才對。

布乎魯姆確實這麼說了。捨棄雜念邪念，保持內心穩靜——感覺關鍵應該是如何解釋「穩靜」這兩個字。就算集中思考，內容是「想吃漢堡排」的話確實距離穩靜狀態相當遙遠吧。如此一來，把思考固定在不伴隨慾望與興奮的對象上，或許就能夠滿足這個條件了。

開始想到的是愛劍。物件的外表、手感以及重量都已經深深刻畫在腦海裡。劍當然是用來戰鬥的道具，但是沮喪或者感到不安時，只要連同劍鞘一起握著，就很不可思議地能夠冷靜下來，然後湧出再次起身戰鬥的活力。被囚禁在這個世界，以完全攻略遊戲為目標的玩家，心靈或多或少都受到主武器的支持。

但是又覺得光靠劍的影像要持續保持三個小時的穩靜狀態實在有點困難。最糟糕的情況是努力了一兩個小時後再也撐不下去，然後又得重新計時三個小時，屆時應該會沒有再次挑戰的精神力了，而且也不難想像醒過來的亞絲娜會立刻傳送訊息給我。

有沒有什麼是比愛劍更讓人執著而且記憶鮮明的東西。說起來，我最近很少獨自半夜裡靠在旅館牆上或者大樹樹幹上，然後雙臂抱著劍與不安戰鬥的舉動了。這是因為……

「啊…………」

不知道是如何解釋我所發出的輕聲呢喃，布乎魯姆老人以引誘的口氣表示：

「怎麼樣，要放棄嗎，嗯？放棄的話就可以吃那塊Fricadelle喲。」

「不……我要繼續挑戰。」

如此宣言之後，我便告訴自己這是最後一次挑戰了。

「很好。那麼……開始！」

老人的短杖敲了一下沙漏，重置的綠色沙子開始無聲地落下。

我再次閉上眼睛，微微低下頭並且打開記憶的大門。

重新在腦內螢幕播放的是撕裂黑暗的銀色流星。

那不是真正的流星。是在第一層的迷宮深處，屠殺強敵「廢墟狗頭人・突擊兵」的劍技所發出的光芒。來自細劍的基本技「線性攻擊」……使用者是當時不知道名字，甚至不清楚其存在的細劍使。

細劍使當時打倒了重武裝的狗頭人，整個人軟倒在牆壁上癱坐著，而我對她說的第一句話是「妳剛才過度攻擊的程度也太誇張了吧」這種一點都不詩情畫意的內容。由於她似乎沒有聽懂，當我正想說明過度攻擊這個用語的意思時，細劍使就以極度冰冷的態度回了一句「就算過度，又有什麼關係呢？」。

那就是我和目前的暫定搭檔——亞絲娜相遇的經過。

當時的亞絲娜連吃東西時都把兜帽整個拉下來，也把對話精簡到最小限度，臉上更是從未出現笑容。她的臉上首次出現疑似笑容的表情，是在……對了，就是追上打倒第一層的樓層魔王「狗頭人領主．伊爾凡古」，為了將第二層轉移門有效化而獨自脫離魔王房間的我時。

她對我表示「第一次在這個世界裡，有了自己的目標與想追求的東西」，當我詢問是什麼東西時，她只微笑著回答了一句「祕密」。當天確實是十二月四日……然後今天是一月四日。

即使是過了一個月，依然能鮮明地回想起她臉上的笑容。

不知不覺間忘了漢堡排的聲音與香氣……不對，甚至連正在進行「覺醒」的修行都忘記了，我再次經歷了一遍與亞絲娜一起走來的道路。

為了幫在第二層被捲進強化詐欺事件，風花劍被人騙走的亞絲娜而到處奔走，在第三層與基滋梅爾相遇，展開一段與祕鑰相關的冒險，第四層坐在取名為蒂爾妮爾號的貢多拉上進行水上戰鬥，在第五層為了迴避ＡＬＳ與ＤＫＢ的抗爭，挑戰了少人數的魔王攻略行動……在這樣的日子裡面，我認為我和亞絲娜的笑容都增加了不少。

雖說依然被囚禁在死亡就會真正喪失生命的死亡遊戲裡，多達百層的艾恩葛朗特攻略也才終於來到第六層，對於未來很難保持希望，但我們兩個，有時還會加上基滋梅爾共三個人來努力活過每一天。

有好幾次都面臨死亡的危機。也曾經憤怒到發抖，甚至受到絕望的襲擊……之所以還能夠看著前方邁步前進，一定是因為亞絲娜待在我身邊的緣故吧。

這樣的日子——我很清楚兩人之間的搭檔關係不可能一直持續下去。正因為遇見了極限狀況，我們才會從對方身上感覺到什麼，做出並肩戰鬥的選擇。如果沒有被捲進ＳＡＯ事件，就算在現實世界的某個地方擦身而過，我和亞絲娜也根本不會停下腳步吧。

目前還不知道會如何結束暫定搭檔這樣的關係。但就算不解除搭檔，也還是會有分離的一天。不是我們的ＨＰ歸零，腦部遭到NERvGear破壞，就是死亡遊戲被完全攻略，我們也順利回到現實世界……只要持續在最前線戰鬥，總有一天一定會遇見其中一個結局。

所以我不會想替對於亞絲娜這名玩家抱持的感情取一個名字。我的任務是把身為封測玩家的所有知識完完全全地傳授給她，然後持續在身邊保護她的安全，直到她不需要我為止。亞絲娜隱藏著遠大於我的才能與可能性。她一定可以超越ＤＫＢ的凜德與ＡＬＳ的牙王，不對，甚至可以超越「騎士」迪亞貝爾成為真正的領袖。我甚至覺得，我之所以會被囚禁在這個世界，就是為了守護亞絲娜直到那一刻。

話雖如此，我也不認為自己只是盾牌或者棄子。我自己也從亞絲娜那裡獲得了許多東西。像這樣光是閉起眼睛就浮現出來的各種情景，甚至連亞絲娜鼓起臉頰來戳我側腹部的感覺都變成鮮明記憶的一部分，給予我活下去的力量。

在被囚禁到這個世界……遇見亞絲娜之前，我認為和他人扯上關係只是徒增麻煩。在學校裡也不想交朋友，連跟雙親與妹妹之間都築起一道牆，只藉由透過網路來獲得暫時的慰藉。

但是養成我這個人的是把我培育到十四歲的雙親、即使態度惡劣也還是一直尊敬我的妹妹，以及至今為止所遇見的所有人。不論是什麼人，一定都會從別人身上獲得些什麼，而自己也同時會有所付出。就連想要殺害我們的摩魯特等人也不例外。

我不知道他們為什麼要針對我們。或許摩魯特和我們懷疑是ALS裡名為喬的短刀使，以及他們的老大黑色斗篷男……那些傢伙也有自己的動機、原因甚至是正義存在吧。

但是當我對摩魯特使出「憤怒刺擊」時，確實是為了保護亞絲娜而選擇殺了那個傢伙。正確來說是日暮之劍的準度補正發揮作用直接刺中他的心臟，但我即使知道幾秒鐘的貫通持續傷害會殺死摩魯特也還是沒有拔劍。

只有兩隻手的我，當然無法解救所有玩家。不論有什麼樣的理由，只要摩魯特他們想要殺害亞絲娜，我就會永遠拿著劍對抗他們。為了守護在眼底深處對微笑的溫柔笑臉，不論什麼事情我都願意做……

「……好了，到此為止。」

即使聽見這樣的聲音，我還是無法立刻睜開眼睛。

理解這是誰的聲音並想起狀況之後，我才抬起低下來的頭。完全不覺得已經過了三個小時，但是沙漏裡的綠色沙子已經全部落到下面了。

「修行……結束了嗎？」

我抬頭看著站在桌子另一端的黑色長袍老人，以沙啞的聲音這麼詢問。

「哼……哎，我就打個大折，算你完成覺醒術的修行吧。原來如此，對於人族的小鬼來說，也只有那個才會比剛煎好的Fricadelle重要了。」

聽見這簡直像完全看透我在想什麼的發言後，我原本想確認是否真是如此，但最後還是放棄了。要是對方詳細說明我思考的內容，那可不是覺得丟臉就能了事。

過了一陣子之後我才注意到，再次確認與摩魯特等人戰鬥的意志時，我的精神應該稍微偏離了穩靜狀態。但之所以沒受到「嘎啊啊啊！」的指責，或許是老人真的能窺探我的思考吧。

但是這個時候因為三個小時持續只想一件事的反動，讓我的腦袋只剩下一半還能運轉。茫然望著浮在老人頭上的金色「！」符號消失，當我準備從椅子上站起來時，就注意到鐵盤上面的漢堡排還是熱騰騰的。

「那個……既然修行結束了，我可以……」

在我問出「可以吃這個嗎」之前，布乎魯姆老人就迅速把鐵盤拉過去，然後堅定地說：

「不行！這時候吃的話修行就前功盡棄了！」

「咦咦咦……？真的嗎……？」

學習特別技能怎麼說都是系統上面的事情，雖然覺得出現在技能樹上面的技能，不可能因為說想吃漢堡排而消失，但大賢者大人都如此斷言了，我當然沒有辦法反駁。

有一天一定要和亞絲娜再次到這個房間來吃漢堡排……在內心如此發誓的我站起身子。這時候換成布乎魯姆老人坐了下來，同時迅速把刀子刺進漢堡排裡冷冷地丟出一句：

「好了，快點回去吧！還有想再來的話別再從換氣孔，記得使用正確的出入口！」

「是是是。」

點完頭後，我就望著老人口中「正確的出入口」，也就是左側牆上的門。

門後面應該通往嘎雷城的圖書室。就距離來說，從那邊回去當然比較近，但我在那座岩山上還有事情沒有完成。

「那麼我下次再來。布乎魯姆先生，真的很謝謝你。」

面對還是客氣道謝的我，大賢者溫暖地丟給我「下次記得帶三個，不對，是四個番薯過來」的發言。

離開小房間，辛苦地從南方通道半途的狹窄階梯——不對，是換氣孔爬上去後，我再次回到岩山上面。

視窗上面顯示的時間是上午六點十五分。外圍開口處後面的一整片天空染上藍紫色，東邊開始傳來鮮紅的曙光。我將肺部吸滿冷空氣，重新起動還有一點茫然的頭部。

現在回想起來，這真是一段不可思議的體驗。感覺就像是奇妙的童話……但是回過頭去，就看見在紅褐色岩石表面上張開大口的正方形階梯。

輕輕搖了搖頭後，隨即操作依然打開的視窗，移動到技能標籤。左側顯示五個技能格子，當中有四個設置了「單手用直劍」「體術」「搜敵」「隱蔽」等技能。熟練度依序是１６８、９７、１４２、１１７。只拿來輔助用的體術就不用說了，隱蔽技能的熟練度之所以只有一百出頭，完全是因為有可靠的搭檔在，需要隱藏身形的場面變少了的緣故吧。

乾脆把它從技能格子裡移除吧……一瞬間這麼想，但我立刻改變念頭。在修行覺醒技能的時候，不是才再次確認與亞絲娜的搭檔關係不可能一直持續下去嗎？將來回歸獨行時，應該會需要隱蔽技能才對。

跟這些事情比起來，還是先確認解鎖的上位特別技能比較重要。

亞絲娜與基滋梅爾隨時都可能會醒過來。必須快點把事情解決，然後跑回城裡去才行，但在那之前一定得完成這件事……心裡這麼想的我，同時把視窗右側的技能名單按照解鎖日期重新排序。

一看見出現在最上面的技能名稱，我就發出了脫線的聲音。

「哦咦……？」

這是因為出現在那裡的並非布乎魯姆老人提過好幾次的「覺醒」——而是封測時期也沒有什麼幫助的「冥想」技能。

「這……這到底是怎麼回事……？」

雖然很想從換氣口鑽回去這樣質問人賢者，但很可惜的是已經沒有時間了。左右轉動了一下脖子，想著先把技能裝進格子裡試試看，然後用指尖把冥想技能拉到左邊。

放進第五個技能格子，手指離開的瞬間，我就再次發出聲音。

「呼嘎……！」

表示在技能名旁邊，原本應該是0的熟練度數字，以非常快的速度開始上升。瞬間就超過100、200，而且還完全沒有停下來的跡象，持續向上攀升。300、400……到了450才終於踩下煞車，但十位數與個位數依然持續變化，然後剛好在500時靜止。

整整放空了三秒鐘左右，我才先用指尖擦了擦那個數字。但是它當然沒有消失的模樣。

熟練度５００。

兩個月來每天不斷使用的單手用直劍都還只有１６８。而且和每次攻擊都有提升熟練度機會的武器技能不同，冥想技能只有持續坐禪姿勢數十秒鐘，身體獲得支援效果時熟練度才會上升。很難想像到底要坐禪多少次才能達到５００這個驚人的數字。

我以僵硬指尖擊點技能名稱，拉出詳細視窗。

Ｍｏｄ取得畫面裡可以看到出現這種怪現象的原因。簡樸到極點的Ｍｏｄ樹狀圖上，熟練度５００的地方寫著「覺醒」兩個大字。

「……覺醒不是其他技能，而是冥想技能的Ｍｏｄ嗎……？」

茫然這麼呢喃之後低頭看著附近的換氣口，布乎魯姆老人就突然探出頭來大叫「沒錯！」

——結果並沒有發生這種事情。

Ｍｏｄ正式的名稱是「Skill Modifier」，指的是各種機能的熟練度到達一定數值就能取得的特殊效果。其他遊戲裡也有被稱為Perk或者Extension，不過基本上都是一樣的東西。就算是同樣的技能，也會根據選擇的Ｍｏｄ而出現不同的效果，所以可以說是相當重要的要素。

比如說我在單手用直劍技能熟練度達到50時取得「劍技冷卻時間縮短Ｉ」，１００時取得「快速切換」，１５０的取得機會目前仍未使用，感覺應該會選取「會心一擊率上升Ｉ」吧。

但如果是會心一擊原理主義者，也就是名為會擊者的那群人，應該會把三次機會全都灌注在

「會心一擊率上升Ⅰ」「會心一擊率上升Ⅱ」「會心一擊率上升Ⅲ」上面，即使是使用同樣的武器，戰鬥方式也會有所變化。

其他的技能大概也是熟練度到達60就有取得Mod的機會，而特別技能「體術」也不例外，我在習得之後花了一整天在收集強化素材時順便把熟練度提升到50，取得「放寬裝備條件」──即使慣用手裝備著武器，空著的手腳也能發動體術技能所需要的Mod。

但是從技能樹看起來，冥想技能只有熟練度到達500時才有取得Mod的機會。這也就是說，我完成了大賢者布乎魯姆的試煉後突然就取得覺醒的Mod，所以系統為了讓帳面的數字符合現況而一口氣把冥想的熟練度提升到500……事情應該是這樣吧。

雖然覺得「這也太誇張了」，但又想不到其他解釋。為了確認要求如此高熟練度的Mod具備什麼樣的效果，我畏畏縮縮地點了覺醒兩個字，然後閱讀浮現的說明文。

上面寫著──「將精神集中到極限，發揮出祕藏的能力」。

「這是什麼啊！」

忍不住這麼大叫的我，聲音空虛地在寬廣的岩山上迴盪著。

這樣的一行文字，根本無法了解具體的效果。事到如今也只能實際用用看了，心裡雖然這麼想，但是又不存在使用技能的按鍵。也就是說它並非快速切換那樣能夠主動選擇的Mod，而是學會就有效果的被動Mod。問題是本人完全無法感覺到它的效果，為了慎重起見而確認了一下HP條，但果然沒有亮起任何支援效果的圖示。可以確定的就只有沒辦法把冥想技能從第五個技能格子中移出去了。並非系統上被鎖住，只不過當我把它移出去的瞬間，高達500的熟練度就會瞬間歸零，覺醒Mod也會就此消滅吧。

在這裡擺出坐禪姿勢，發動冥想技能的話覺醒Mod的效果或許就會自動打開，但很可惜的是現在沒有這麼做的時間。我壓抑下焦燥的心情並消除視窗。差不多快到就算亞絲娜傳訊息過來也不奇怪的時間了，但是在回城堡之前還是得確實完成做到一半的事情。

環視變亮了的岩山，確認除了我之外沒有其他人類或者怪物的影子後，立刻沿著西側陡峭的懸崖跑了起來。

由於和深夜時不同，不必擔心腳步會踩空，所以就以發揮所有敏捷力的衝刺跑了一分多鐘，前方的地面就突然間消失。緊急煞車之後從崖邊往正下方看去，雄偉的城門就這樣映入我的眼簾。也就是說嘎雷城被山羊都爬不上來的垂直絕壁所包圍，就只能夠從大門出入。可以確定森林精靈不可能越過高山來發動奇襲了。

擔心的事情之一消失之後，我便輕呼出一口氣。雖然Q渣庫的四個人與摩魯特他們暗中勾結的可能性尚未完全消失，但是只能從正門入城的話，只要注意鐘聲應該就能避開最糟糕的事態——比如說深夜醒過來時，發現入侵者正從眼前揮落小刀——才對。今後應該也會在大餐廳遇見那四個人，那個時候再把為什麼這麼快來到最前線的疑問弄清楚就可以了。

我挺直背桿……想著該如何回到房間的瞬間，收到即時訊息的圖示就隨著輕快的效果音亮起。我不由得縮起脖子，然後才點了一下訊息，結果就顯示出我那個暫定搭檔「現在在哪？」的簡潔提問。

考慮了一秒鐘後，我就回了「早晨散步中，立刻回去」，接著左右移動視線。目前的位置是在鄰接嘎雷城東側的岩山上。但是我和亞絲娜被分配到的客房是在城廓西翼，所以筆直的路線無法回到原來的房間。看來只有再次繞過圓筒狀的岩山，再從主館的三角屋頂爬下去……

想到這裡，我就再次窺探絕壁的下方。

厚重城門上是設有垛牆的通道，一名黑暗精靈衛兵正在上面緩緩來回行走。我所站立的岩山和通道的落差是六公尺左右，雖然是無法空手爬上來的高度，但以我現在的能力值，應該可以直接跳下去才對。

只不過，要是突然吹起強風而無法順利降落在通道上，只要跌落遙遠的地面一定是立刻死亡。雖說在死亡遊戲化的ＳＡＯ進行無意義的挑戰是絕對不能做的事情，但不知道為什麼，這個時候就是覺得先試試看能不能從岩山移動到城門通道比較好，於是我便慎重地調整位置。

趁衛兵走到遠方的另一側時看準時機往地面踢去。通道的寬度大約是兩公尺，所以只要沒有太嚴重的突發狀況，我的計算應該就不會錯，往下落的我張開雙臂來控制姿勢，最後順利地在正中央著地。

雖然沒有受傷，但無法完全抑制聲響，讓通道前方逐漸遠離的衛兵迅速轉過身子。由於他舉起纖細的長槍衝了過來，我立刻就舉起左手上帶有印章的戒指。

即使不清楚這個動作是否有意義，但衛兵還是放下長槍，以懷疑的表情詢問「你在這裡做什麼」。

「呃……那個……散步。」

我說出了剛才回信給亞絲娜時的藉口，士兵聽見後似乎也接受了我的說法。

「這樣啊。在城裡到處看看是沒關係，但可不要妨礙到我們的任務。這座門是防守嘎雷城的關鍵。不能錯漏任何一隻想偷溜進來的老鼠。」

「說……說得也是。」

點完頭之後，突然注意到某件事的我就問道：

「那個……這座城堡至今為止曾經被敵人進攻過嗎？」

「如果你說的敵人是指森林精靈，那麼答案是一次都沒有。因為精靈族在那片乾枯的沙地上立刻就會變得衰弱。」

這麼說完，衛兵就朝著門的南側指去。往下一看就發現有峽谷往前延伸了數百公尺，它們是由比我跳下的岩山還要矮的山崖所形成，堆積在谷底的白砂上設置了石板橋。一看見這一幕的瞬間，我就浮現新的疑問，於是把頭轉向衛兵。

「這樣的話……那些石板是誰排上去的？很久之前建造這座城堡的黑暗精靈們，應該也沒辦法在山谷裡面工作吧？」

「嗯，沒有錯。」

衛兵點點頭，然後轉過身子抬頭看著我們背後——聳立在嘎雷城中庭的巨大靈樹。

「人族的劍士啊，你知道那棵靈樹為什麼可以活數百年嗎？」

「呃，因為它吸取了地下的溫泉吧？」

「哦，看來你學了不少東西啊。」

烏亮頭盔下以滿足表情點著頭的衛兵，接著又指向靈樹根部那一片泉水。

「很久很久以前，曾經有從靈樹之泉建造通往城外的水路，然後在其周圍種植樹木的計畫。如果樹木能在乾枯山谷裡成長，那我們就能到城外去活動了。但是把水引到離城門一百多公尺的地方泉水就快乾涸了，只能緊急停止計畫。那些石板看起來像通道，其實是古代水路的殘骸。」

「哦哦……原來是這樣啊……」

漢堡排都變成Fricadelle了，公尺卻依然是公尺嗎……我一邊這麼想，一邊向衛兵道謝。

「謝謝你告訴我這麼多事情。」

「別客氣。雖然也不能說是代價，但要請你確實地保護騎士大人。」

「好的，這你大可放心。」

點完頭後，我就從衛兵身邊離開。在通路西側發現往下的階梯——這次是長方形入口——從該處來到中庭後，就猛衝到西翼的側門。

從最近的階梯往上跑，當我一飛奔至三樓的客房，眼神就和坐在客廳沙發上的兩名女性對上了。桌子上的茶杯還冒著熱氣，聞到香氣的瞬間沒有吃到漢堡排的胃部就提出了空腹的訴求，但現在根本沒空管肚子餓了。

「嗨……嗨，早安啊，亞絲娜、基滋梅爾。」

自認是以極其自然的笑容向對方打招呼，但細劍使卻半瞇著眼睛往上瞪著我，然後以比平常更加冷酷一些的聲音問道：

「早晨的散步有趣嗎？」

「那……那個，外面很冷。還有我肚子餓了。」

「我想也是，因為是一月嘛。」

看來她很不高興……我不由得縮起了脖子，幸好這個時候黑暗精靈騎士出手幫我解圍。

「呵呵……哎呀，別這麼生氣嘛，亞絲娜。這個年紀的少年本來就喜歡到處亂跑。」

什麼少年……心裡雖然這麼想，但是兩個月前才剛滿十四歲的我，對於長命的精靈族來說確實像是個嬰兒吧。

從這個觀點來看，年紀看起來和我差不多的暫定搭檔大人應該也只是個孩子，但是亞絲娜卻以最高級的假正經表情回答基滋梅爾。

「就算是去散步，至少也留張紙條告知一聲吧。又不是小孩子了。」

「沒有啦，真的很對不起。」

雙手合十不停低頭道歉之後，亞絲娜的表情終於稍微和緩一些。然後這次換成筆直地看著這邊，再度開口表示：

「起床後發現你不在房間裡，我真的很擔心。你沒忘記這裡是圈外吧？」

她在基滋梅爾面前使用「圈外」這個遊戲系統用語，然後還沒注意到這個事實，看來真的是讓她擔心了。這時我也正色說出只有一半的事實。

「抱歉，因為真的很在意，所以去調查了城堡周圍的岩山。」

「哦……？」

跟圈外這兩個字比起來，基滋梅爾似乎更在意我的說明，於是我便把準備喝的杯子放回桌子上。

「你爬到城堡的外圈去了嗎？怎麼辦到的？」

「那個……從這裡的屋頂，衝上城主大人寢室的屋頂……」

聽見我這麼說的基滋梅爾，表現出跟布乎魯姆老人同樣的反應。一瞬間瞪大了眼睛，接著發出「咯咯咯……」這種平常不太會聽見的笑聲。

「這樣啊……看來桐人是個超乎我想像的頑童呢。蒂爾妮爾那個野丫頭，就算有這種想法也不敢付諸實行吧。」

「哎呀，也沒有那麼誇張啦……」

「我想人家不是在稱讚你。」

被亞絲娜吐嘈的我眼睛骨溜一轉，基滋梅爾再次短暫笑了一下後就正色表示：

「那麼……你在外圈找什麼呢？」

「沒有啦，也沒有特別找什麼東西。」

實際上我還真找到神話傳述者的隱藏房間這種預期外的「某種東西」，但是覺得還是下次再仔細說明這件事，直接開始說明當初的目的。

「……我在想森林精靈會不會越過那座山來進攻。」

「哦……原來如此——這我倒是不曾想過……」

「沒有啦，實際上只是我的杞人憂天。山……外圈的外面是高達三十公尺以上的垂直懸崖，不論是精靈還是人族都不可能從那裡爬上來。因此今天一整天可以放心度過了。」

我一這麼說，亞絲娜就眨了好幾次眼睛才開口詢問。

「……桐人，你是為了今天才去調查那座山的嗎？」

「嗯，應該可以說是這樣啦……」

「這樣啊。」

輕輕點頭之後，亞絲娜就露出燦笑。

「如果是這樣，就原諒你擅自外出嘍。那麼我們快去吃早餐吧。」

「嗯，說得也是。至於要如何度過今天的休假日，交給亞絲娜就可以了吧？」

基滋梅爾這麼說著並且站起來，亞絲娜則輕拍了一下她的背部。

「那是當然了！敬請期待喲！」

花一整天巡迴各地的澡堂……希望不要是這樣。心裡這麼想的我跟著兩個人離開房間。

享受過加了許多在中庭田地裡培育的羅勒般葉類蔬菜所製成的綠色沙拉、混合了碎果實的蛋包飯、加入切片水果的優格般物體、烤得酥脆的薄片吐司這種健康又充實的早餐之後，亞絲娜還是不準備發表今天的行程。看來她是準備把「期待」一直保留到出發之前。

單手拿著飯後的紅茶，重複著「一定是要去哪裡做什麼吧」「呵呵，才不是呢」的問答時，Q渣庫的四個人就出現在大餐廳裡。他們全都是一副睡眼惺忪的模樣。

我看著注意到我們後就靠過來的四個人，內心其實有些慌張。和昨天晚上不同，我們的桌子前面還坐著基滋梅爾。但突然就站起來離開也很不自然，當然也不能要他們別過來。

期待對話別往遊戲系統方面發展，等待著他們來到，結果銀堂他們理所當然般坐到我們隔壁桌。有所覺悟後就和他們打招呼，並介紹基滋梅爾是「和我們一起冒險的黑暗精靈騎士」。

幸好似乎會因為這種狀況而興奮不已的提姆歐這時候還處於迷糊模式當中，初次見面就這樣很順利地結束了。昨天晚上從基滋梅爾那裡聽到藉由假祕鑰來擾亂敵人的作戰，所以就算Q渣庫今天打算挑戰的任務成為話題也沒關係，但為了慎重起見，我還是主動提出其他的話題。

想要一石二鳥的我提出的問題是，究竟是什麼理由讓Q渣庫的四個人如此急性子地跑到幾乎沒有情報的最前線區域來。

哈伊斯頓開口說出的回答雖然讓人感覺不出任何可疑之處，但完全沒有預料到的理由還是讓我和亞絲娜嚇了一跳。

「沒有啦，其實我們本來也覺得史塔基翁的連續任務還得再花上三天左右的時間。但卻因為意料之外的理由不得不中斷任務……」

「發生什麼事了……？」

「咦，桐人先生你們不知道嗎？任務的最重要人物，領主賽龍突然間消失了。應該是一月一日的晚上吧……詢問領主館的僕人也全都表示不知道他的去向，任務記錄裡面也沒有任何提示，真的很讓人頭痛。」

9

目送前去進行瑪瑙祕鑰回收任務的四名Q渣庫成員離開後，我和亞絲娜就默默地面面相覷了五秒鐘以上。

「……賽龍先生消失的理由……是因為被摩魯特他們殺害了嗎……？」

「……他是說一日的晚上對吧。那的確是摩魯特和短刀使發動奇襲的日子……但是，真的有這種事嗎……？死亡的是『我們的賽龍』，『大家的賽龍』應該還活生生地待在領主館裡才對啊……」

當我們有點自言自語般交換著意見，坐在亞絲娜身邊的基滋梅爾就微微歪著脖子表示：

「到底是怎麼回事？」

「噢，我們在史塔基翁這個城市進行的任務……嗯，任務的意思就是人族的『依賴』或者『委託』……」

說完這樣的前提之後，我才大略地說明「史塔基翁的詛咒」的內容。

十年前發生的殺人事件以及消失的黃金魔術方塊。領主賽龍委託我們搜尋方塊，以及到隔壁城鎮斯里巴司搜索廢棄屋。被出現在那裡的領主麻痺後，以馬車運送的途中，賽龍就遭到殺害了——

聽完說明的基滋梅爾，在依然皺著眉頭的情況下緩緩點頭。

「——來這座城堡之前，發生過這樣的事嗎……殺害人族領主的，就是襲擊你們的賊人吧？他們身上還有墮落精靈的毒針……」

「嗯，沒錯。」

「這樣的話，我可不能坐視不管。亞絲娜——」

騎士把身體往右轉，開始對細劍使搭話。

「我很期待亞絲娜幫我計畫的度假方式，但在那之前我們要不要先調查一下你們入手的兩把鑰匙要如何使用？」

「咦……咦咦？」

下一刻，亞絲娜就發出驚訝的聲音，我也跟著瞪大雙眼。

我也很在意進行到一半就丟著不管的詛咒任務，能在這個時候有點進展當然不是什麼壞事，但基滋梅爾同行的話就表示她也得進入主街區史塔基翁。嘴巴開合了好幾次後，我才質問騎士：

「等等……基滋梅爾願意幫忙的話當然是如虎添翼，但妳可以進入人族的城市嗎……？」

「又不是精靈族一走進去就會無法呼吸吧？我雖然沒有進入過人族的城市，但聽說從前有不少同族者因為好奇心或者任務而潛入人族城市，說起來在『大地切斷』之前，人族和亞人族日常就往來於各自的城市之間了。只要戴上兜帽，我的耳朵應該就不會被發現吧。」

「呃……嗯，或許吧……」

——就算看不見耳朵，也會看見寫著黑暗精靈皇家侍衛的NPC顏色浮標啦……

這麼想的我立刻對著搭檔使眼色。但亞絲娜不知道為什麼露出燦爛的微笑，然後對著基滋梅爾點頭。

「嗯，我們一起去吧！其實我今天剛好也想帶基滋梅爾到史塔基翁去呢。」

「咦……咦咦咦！」

這麼大叫的當然是我。

「這就是妳的計畫嗎……？」

「正確來說是史塔基翁的轉移門。我記得是從第三層才有精靈族的靈樹吧？所以我就想基滋梅爾和其他的黑暗精靈應該都沒看過艾恩葛朗特的第一層和第二層吧。」

亞絲娜一轉向左邊，基滋梅爾就深深點頭。

「嗯，妳說得沒錯。雖然也有精靈族到連結上下層的天柱之塔去探險，但也僅限於第三層以上……就我所知，自古以來從未有人踏入第二層與第一層。如果能透過人族的門到第一層去，就能夠向第九層的親人和同儕炫耀一番。當然對將來有一天會再見的蒂爾妮爾也一樣……」

聽見基滋梅爾這麼說的亞絲娜，就在帶著微笑的情況下伸出左手來觸摸騎士的背部。

我雖然也受到感傷的氣氛襲擊，但腦袋裡同時也有各種想法。

顏色浮標的話，史塔基翁的街上有數百名NPC，玩家們應該也不會特別去詳看經過的NPC由英文表記的名字才對。但還是有令人感到不安的地方。身為NPC的基滋梅爾，到底能不能通過轉移門呢——我至今為止從沒看過NPC使用各層主街區轉移門的畫面。

假如三個人進入轉移門內，只有基滋梅爾沒有被傳送走而單獨留下來……不對，那個時候我和亞絲娜立刻回來就可以了。但是更加嚴重的事態……比如說系統故障，把基滋梅爾一個人或者三個人全都傳送到亂數決定的座標，甚至無法確定絕對不會出現基滋梅爾這個存在完全消失的最糟情況。

「不對……等一下。」

忽然想到某種可能性的我，隨即在桌子下面叫出視窗。訊息標籤的收件匣裡還殘留著昨天在第四區域的洞窟前接到的即時訊息。碰了一下訊息，使用回信機能傳送新的問題。

「NPC在加入小隊的狀況下通過轉移門會有什麼結果？」

這按照慣例完全省略前置說明的問題，情報販子亞魯戈不到三十秒就有所回應了。

「如果是任務NPC的話會被從小隊裡移除。花錢僱用的護衛NPC則會跟過去。100c

——順便送你一個情報，FR的前頭目前在第三區正中央附近。」

雖然又欠了一筆帳，不過總算入手想知道的情報了。大城市裡具有衛兵勤務所或者與其類似的設施，在那裡付出以每小時計算的費用就可以僱用NPC護衛。我從來沒有用過這種功能，也從未看過利用中的小隊，所以不清楚帶著護衛直接經過轉移門會出現什麼情況。

雖然不是我和亞絲娜付錢請她與我們同行，但另一方面第六層的祕鑰任務也已經完成了。也就是說現在的基滋梅爾是基於本人的意思來跟我們同行，所以無法立即判斷是亞魯戈提到的哪一種情況。

但至少可以確定，系統上預測到會有NPC進入轉移門的狀況，所以應該不會出現基滋梅爾被隨機傳送到其他座標而永遠消失的事故才對。我抬起頭來，對似乎在討論第九層的兩個人搭話。

「雖然不是肯定，但基滋梅爾應該能使用轉移門。既然如此決定，那就快點出發吧。從這裡要到史塔基翁有很長一段距離……」

「唔嗯，說得也是。我隨時都可以出發。」

「我也一樣！」

聽見女士們的回答，我也迅速站了起來。將亞絲娜吃剩的吐司抓起來丟進嘴裡後就開始行走。由於立刻就從後面傳來「太粗魯了！」的斥責聲，我不由得縮起脖子，這時候不只是基滋梅爾，連剛好坐在旁邊桌子前面的黑暗精靈女官們都發出竊笑。

就我的預測，從嘎雷城到主街區史塔基翁的路程，不論再怎麼趕路都得花上四個小時。即使極力迴避練功區的戰鬥，到了分隔第二區與第一區的隧道迷宮也只能跟裡面的怪物戰鬥，覆蓋第一區中心部的深邃森林仍屬未知區域，所以必須整個繞向西邊，經由斯里巴司才能回到史塔基翁。

但即使基滋梅爾為了再次借出「碧葉披肩」的手續就花了將近十分鐘，我們還是成功地將我預測的四小時減少到將近一半。

理由之一是基滋梅爾這次也讓我們使用了「薇露利之水滴」，不用花費時間經過隧道，直接在塔魯法湖上散步來移動到第一區。第二個理由是一接近第一區的大森林，精神立刻提振了一．五倍的基滋梅爾主張不經過城市直接穿越森林，然後在完全沒有迷路的情況下帶領著我們。而且還繞到在森林深處發現的小遺跡，打倒魔王獲得了寶物，所以如果不繞道的話大概只要花一個半小時左右就能抵達目的地。第三個理由當然就是基滋梅爾那具壓倒性的凌厲劍技了。

當前方的樹木變少，更遠處可以看見純白的史塔基翁市街時，亞絲娜就以打從心底感到佩服的聲音詢問黑暗精靈。

「哇啊，城市就在正前方……基滋梅爾，妳明明沒有地圖，怎麼會知道路呢？」

「別太小看我了，亞絲娜。我們精靈在森林裡面絕對不會迷路。」

「這樣啊，太厲害了！」

亞絲娜似乎由衷感到佩服，但是我卻煞風景地想著「應該是存取了地圖檔案吧……」。這個時候，昨天冒險的一幕就重新浮現在我腦海裡。

為了尋找瑪瑙祕鑰而踏入第四區的迷宮裡，基滋梅爾毫不遲疑地以最精簡的次數解開多達三十五格的數字推盤遊戲。

那不是只用一句「因為她是AI」就能解決的現象。舊型電腦如果想要以窮舉法解決包含尋找n×n益智遊戲最精簡解法在內的NP困難問題，將會需要龐大的CPU能力。但是仔細一想，把數字推盤遊戲變成迷宮大門的也是SAO系統，所以系統本來就應該知道最簡短的解法。如果那個時候基滋梅爾是在沒有自覺的情況下就存取了系統內的解法。那麼精靈們應該也一樣是存取了地圖檔案，所以走在森林裡才完全不會迷路。

我左顧右盼並且跟在亞絲娜她們後面離開森林。或許因為正值寒冬時節，前方是一大片略帶褐色的草原，再往前則可以看到史塔基翁階梯狀的市街往上延伸。

在柔和光線底下大動作伸了一個懶腰的基滋梅爾，把淺黑色披風的——貴重品碧葉披肩早就收進腰包當中——兜帽整個拉下來。而且還把披風拉到身體前方，把繩子繞過槐樹騎士團的徽章來固定住，這樣光從外表根本看不出來她是黑暗精靈了。

由於亞絲娜也戴上了胭脂色的兜帽，讓我也想仿效她們，但感覺三個人都遮住臉的話反而會變得更加可疑。攻略集團現在應該在遙遠第三區的濕原地帶和巨大青蛙與巨大田鱉戰鬥，所以應該不會在史塔基翁遇見熟人。

筆直地穿越草原，在途中走上了街道，從南門進入圈內——結果在進入圈內之前停下腳步的基滋梅爾，抬頭看著白色基調的城市並且呢喃：

「雖然很美……不過這個城市真是奇妙……」

我和亞絲娜已經看慣了，但是不論什麼地方都是由二十公分方形磚頭堆積起來的史塔基翁街道，看起來確實不太尋常。

「人族生活的大城市全是這種模樣嗎？」

「怎……怎麼可能！是這個城市特別奇怪喲。」

亞絲娜迅速搖頭，試著對基滋梅爾說明。

「之前不是跟妳提過黃金魔術方塊從領主館裡消失的事情嗎？聽說這個城市是只用跟那個方塊同樣大小的木頭與石頭建造而成。」

「哦……」

「好了，別一直站在這裡說話，快點進去吧。我肚子餓了。」

靠基滋梅爾的力量成功抄了捷徑而縮短許多時間，所以目前還不到十點，但是我的肚子也覺得有點餓了。在開始調查詛咒任務之前，讓基滋梅爾嚐嚐人族製造的蛋糕也不錯……心裡這麼想的我朝著大門走去。

雖然有點緊張，不過跨越圈外與圈內的境界線，視界裡浮現「INNER AREA」幾個大字時，基滋梅爾也沒有露出什麼特別的反應。她似乎看不見圈內的顯示。現在想起來，基滋梅爾應該曾經潛入第三層的茲姆福特。

寬廣的主街道上確實是有不少玩家，但幾乎都是從下層來到此地的觀光客。正如我所預料，沒有人注意基滋梅爾的黃色浮標。緊張的心情得到舒緩的我向兩人做出提議。

「要不要先到附近的店裡喝個茶？然後上午調查領主事件，下午再利用轉移門到下層去吧。」

「贊成！」

「嗯，那也好。」

由於得到同意，我們便朝著距離南門不遠處一間點甜品項目相當豐富的餐廳前進。從主街道轉往西邊，並肩走在稍微狹窄的路上。

一陣子後基滋梅爾就停下腳步，以指尖撫摸著用來蓋建築物的深茶色木磚並且表示：

「……刻意把木頭切成這種大小然後堆積起來嗎……人族的想法也真是奇怪……」

下一刻，我和亞絲娜就看著對方的臉龐。

精靈族裡不論是黑暗精靈還是森林精靈，甚至是墮落精靈都絕對不會砍伐還活著的樹木。當然建築物與家具也使用了木材，但似乎只利用壽命到了盡頭的樹木。

現在想起來，史塔基翁南部的老街，在人族的城市裡面也是浪費最多木材的一個區域。看來不應該一開始就帶她來這裡……雖然開始感到後悔，但基滋梅爾一看見我們的臉，眨了眨眼睛後就露出微笑。

「等等，我不是在抱怨。精靈和人族都各有自己的生活方式。以前的我……不對，所有的黑暗精靈從很久很久以前，就一直認為精靈以外的種族都是愚蠢的下等生物，但至少我遇見你們並且和你們一起行動之後，我就知道了許多人族的優點。說起來一開始在我快要敗給森林精靈騎士時……也是因為桐人和亞絲娜是人族這樣的理由才會出手救我吧……」

基滋梅爾溫暖的言語，讓我和亞絲娜再次看了對方一眼後才同時縮起脖子。

發見兩名正在交戰的精靈騎士時，之所以不是幫助森林精靈．聖騎士而是選擇解救基滋梅爾，最大理由是因為封測時期的我就是這麼做。單純是因為清楚路線才會做出這樣的選擇。

不過我在封測時期又為什麼會選擇她呢？我當時不是獨行玩家，和其他人湊成了四人小隊，所以並非由我一個人來做出決定，不過我記得也沒有對提案表示反對意見，短短幾秒鐘就有了共識。

其他三名成員都是男性，而基滋梅爾又是漂亮的大姊姊……或許是這樣吧。但是ＳＡＯ之外的遊戲或小說裡，黑暗精靈通常都是壞人，說起來也很有可能選擇幫助看起來像正義騎士的森林精靈才對。

那個時候，除了基滋梅爾是女性之外，我還感覺到什麼其他的理由嗎？

「……那個，基滋梅爾。」

靠近騎士的亞絲娜小聲這麼向對方呢喃著。

「我們在第三層之所以會出手相助……」

慌了手腳的我想著「妳到底想講什麼」，但是她的話說到一半就不得不中斷了。基滋梅爾突然把亞絲娜的肩膀拉過去，往我後方瞥了一眼後低聲叫道：

「什麼人！」

這嚴厲地斥喝讓我迅速轉過身子。

寬度約三公尺左右的巷子裡沒有其他人影。由於這附近沒有商店街，所以道路兩旁都是門戶緊閉的民家，就算再怎麼定眼凝神都看不見綠色、黃色以及不可能出現的橘色浮標……

就在這個時候。一道嬌小的剪影簡直就像從建築物的陰影滲出來般出現。全身包裹在灰色的兜帽斗篷底下，無法看清對方的真面目。頭上出現的顏色浮標是顯示為ＮＰＣ的黃色。

由於基滋梅爾立刻握住軍刀刀柄，我的右手也準備朝背後的愛劍伸去。但是人影迅速搖著頭，同時以我們幾乎快聽不見的音量表示：

「我沒有任何害意。」

那是相當年輕的女性——而且似乎在什麼地方聽過的聲音。

雖然在腦袋裡思索著「到底是在哪裡……？」，但是無法立刻想出來。顯示在浮標上的名字是「Ｍｙｉａ」，感覺好像看過也好像沒看過……

在感到煩惱的我身邊，基滋梅爾再次開口問道：

「妳是誰。為什麼跟蹤我們？」

由於基滋梅爾也深深拉下斗篷的兜帽，所以對峙的兩個人外表看起來十分相似，只不過身高完全不同。跟還比我高一點的基滋梅爾比起來，灰色斗篷女仔細一看就能發現幾乎是小孩子的體格。

「我只是有話想對那邊的劍士大人說。」

如此回答的ＮＰＣ，舉起纖細的左手筆直指著我的臉。

「咦……我嗎？」

「劍士大人，您應該有跟這個一樣的東西吧？」

這麼說的同時，從她左手掉落的是綁在細細繩子上的小鑰匙。這次我就真的看過了。

「桐人，那是……」

對亞絲娜的呢喃聲點點頭，接著打開道具欄，把三天前才剛入手的道具實體化。賽龍被摩魯特殺死時，身上掉下兩把鑰匙，這是其中一把鐵製的鑰匙。

我拿起同樣繫著細繩的鑰匙並消除視窗，和NPC一樣垂在右手上。

結果就發生了不可思議的現象。看起來極其普通的灰色鑰匙發出「鈴鈴……」的細微聲音並且開始緩緩晃動。移動視線後，發現從NPC手上往下垂的鑰匙也出現同樣的反應。

「……妳是誰？那把鑰匙到底是……？」

我這次一這麼問，灰色斗篷的NPC就把鑰匙收回懷裡，並且往這邊靠近幾步。基滋梅爾雖然還是握著刀柄，但是沒有拔刀的意思。

「只要拿著這把鑰匙，在城裡就不安全。我們換個地方吧。」

擁有Miya這個浮標的NPC所說的話，讓我和亞絲娜看向對方的臉龐。無法否定這是某種陷阱的可能性。但我們就是來調查賽龍遺留下來的兩把鑰匙，現在線索既然出現了，當然無法漠視。

「我們知道了。那要去哪裡呢？」

做出判斷的是亞絲娜。NPC點點頭後，稍微瞄了一下四周才呢喃了一句「跟我來」。

灰色斗篷的女性帶領我們來到史塔基翁南方市街區西部街道最為複雜的區域，然後進入其中一間小房子裡。以不同於鐵鑰匙的青銅色鑰匙打開門，讓我們入內後就窺探外面的情況，然後再次確實地鎖上門。

短短走廊前方就是客廳，明明才剛過十點，室內卻很黑暗。這是因為大窗戶外的百葉窗全都放了下來，陽光只能從少數小窗戶照射進來的緣故。NPC把牆上的油燈點燃後，隨即轉過身子來謝罪。

「抱歉，沒辦法開窗——現在就去準備飲料。」

灰色斗篷說完就準備前往旁邊的廚房，但是亞絲娜留住了她。

「不用麻煩了。倒是希望妳快點讓我們知道詳情。」

「……這樣啊。」

停下腳步的NPC以手勢請我們坐到放置在客廳中央的沙發上，我們三個人便並肩坐下。NPC一坐到對面的扶手椅子上，就緩緩把兜帽拿下來。

下一個瞬間，亞絲娜就輕輕屏住呼吸。其實我也跟她一樣驚訝。從身高來看，原本覺得她應該很年輕，但看見真面目後發現不只是年輕，她根本是個小孩子——是個大概只有十歲左右的女孩。為了慎重起見，還是檢查了一下她從剪成西瓜皮般整齊的金髮旁露出的耳朵，確定她並非精靈。

「我叫作米亞。」

NPC唐突地自報姓名，我則是再次看向她的顏色浮標。表記是Miya唸作米亞，雖然簡單不過是帶有不可思議餘韻的名字。

「我叫基滋梅爾，是一名騎士。」

依然戴著兜帽的基滋梅爾如此回報姓名，於是我跟亞絲娜也模仿她的做法。

「我叫桐人，算是……劍士吧。」

「我的名字是亞絲娜，同樣是劍士。」

「基滋梅爾小姐、桐人先生……還有亞絲娜小姐嗎？」

只有這個地方像個ＮＰＣ一樣確認完名字的發音，米亞略帶灰色的綠色眼睛就筆直地凝視著我。

「桐人先生，你身上的鐵鑰匙，是從史塔基翁的領主賽龍那裡得到的吧。」

「嗯……嗯。」

肯定之後才注意到這可能會招致危險的誤會。

「啊，但……但絕對不是用武力強行奪來……那個，正確來說是撿到的……」

我急忙加了這麼一句，這時坐在我身旁的亞絲娜以冷靜的聲音反問：

「米亞小姐。妳……知道領主賽龍有什麼下場嗎？」

「…………是的。」

將長長的睫毛伏下來後，米亞就輕輕點了點頭。

「我從在領主館裡擔任園丁的提羅那裡聽說了。賽龍……我的父親三天前的夜裡到城市外面時受到盜賊襲擊而死……」

——園丁？

——父親？

兩個單字在腦袋裡發生衝突，好一陣子後才穩定地回復到應該待的地方。

知道領主賽龍身亡的就只有我、亞絲娜、基滋梅爾、摩魯特、短刀使以及跟在賽龍身邊的壯漢ＮＰＣ。駕駛載貨馬車離去的那名壯漢，就是名叫提羅的園丁吧。

先不管這個了……眼前的少女剛才確實稱呼賽龍是「我的父親」。如果她的話為真，那她就是死去領主的女兒了。

摩魯特等人發動襲擊的隔天早上，亞絲娜曾經問我「賽龍先生有家人嗎」，我則是回答「不記得那座宅邸裡有夫人以及小孩子存在」。不論是封測時期還是這一次，我確實都不曾在領主館看見賽龍的家人。但這無法成為賽龍沒有家人的證明。

「米亞小姐……是賽龍的女兒嗎？」

在默默思考著各種事情的我身邊，亞絲娜開口這麼詢問。米亞回答「是的」並且點了點頭，在感覺到些許猶豫的氣息後，亞絲娜就向少女謝罪。

「……抱歉，米亞小姐。當您父親受到賊人襲擊時，我們就在現場。不對，正確來說，賊人的目標是我以及桐人。賽龍先生只是被捲進來罷了……」

我聽著她這麼說，同時受到腦袋裂成兩半般的感覺襲擊。

米亞是NPC，和她的對話應該也是「史塔基翁的詛咒」任務的劇情之一。但是殺害賽龍的摩魯特是玩家，那齣慘劇是跟任務完全無關的偶發事件。結果短短三天就能夠像這樣把它加到劇情裡面嗎？賽龍確實在我和亞絲娜面前陣亡了，但我一直認為其他的賽龍立刻會在史塔基翁湧出，對於我們之外的玩家來說，應該可以順利地繼續任務才對——

「亞絲娜小姐沒有必要道歉。」

米亞那以十歲來說算是成熟的聲音，讓我抬起不知道什麼時候低下去的頭。

「我已經從提羅那裡聽說所有事情了。不論是父親施放毒煙並且擄走二位……還是想把二位關到領主館地下的迷宮，代替他盡自己應該完成的使命，不對，或許該說是贖罪吧……」

「贖罪……」

我在下意識中重複這個單字，米亞聽見後就以不可思議的綠色眼睛看向我。我下定決心後就對NPC少女提問：

「……妳知道父親的所作所為嗎……？」

「…………是的。」

再次伏下視線的米亞緩緩點了點頭。

「這件事情，前幾天也從媽媽那裡聽說了。」

「媽……媽媽……？」

我又再次像隻鸚鵡般重複了對方的話。既然是米亞的母親，那也就是賽龍的太太……當我茫然這麼想的時候，亞絲娜就用手肘輕推了一下我的右臂。這個刺激終於讓我腦袋的回路連結了起來。我不是早就向亞絲娜說明過，十年前賽龍有戀人這件事了嗎？

「那個……妳的母親不會是上任領主的徒……不對，是僕人吧……」

差點就把封測時期的知識「徒弟」給講出來，幸好米亞沒有感到懷疑，只是輕輕點頭同意我的說法。

「是的……母親的名字是賽亞諾，我聽說到十年前她都還服侍著上任領主派伊薩古魯斯大人。」

賽亞諾。

我是在四個月前的ＳＡＯ封測時期首次遇見她。而且印象相當強烈，只要閉上眼睛就能立刻想起她凜然且姣好的容貌。現在看起來，眼前的米亞確實與她有幾分相似。

史塔基翁的詛咒任務，其正確的……不對，由於已經不清楚什麼才是正確，所以應該說「封測時期路線」裡，我在斯里巴司的祕密別墅當中遭到賽龍麻痺，丟進袋子裡後搬運到史塔基翁，而在城裡的巷弄救了我的就是賽亞諾。

她過去曾是領主館的僕人，同時也是天分受到派伊薩古魯斯認定的益智遊戲達人兼幹練的劍士，在十年前的某個夜晚，目睹了暴怒的賽龍以黃金魔術方塊擊殺派伊薩古魯斯。

原本她應該立刻通知衛兵，但是賽亞諾煩惱許久後決定持續保持沉默。因為賽亞諾是賽龍的戀人，而賽龍會殺害派伊薩古魯斯也是因為得知不會被選為繼承人，然後派伊薩古魯斯暗中指導的欽定接班人就是賽亞諾。她在賽龍離開房間後把染血的黃金魔術方塊帶走，封印在領主館地下試煉迷宮的最深處，再把進入迷宮的鑰匙放在斯里巴司的祕密別墅中，接著辭去女僕的工作。

賽亞諾期待賽龍能夠懺悔自己的罪過並且向他說出一切。那個時候她就打算告訴賽龍鑰匙的所在位置，但是賽龍把臉被打爛的屍體當成不知名的旅人，而且還捏造出派伊薩古魯斯被旅人殺害的謊言。結果造成史塔基翁充滿益智遊戲的詛咒，詛咒甚至漸漸往城市外面擴展。

我在封測時期和賽亞諾潛入領主館，與賽龍對峙並且成功說服他，使用了黃金鑰匙進入領主館地下的迷宮。三個人突破了大量的益智遊戲以及本來應該不會出現的靈體系怪物群抵達最深處，與派伊薩古魯斯的怨靈對決並獲得勝利後回收魔術方塊，以聖水清洗之後供奉在旅人（實際上是派伊薩古魯斯）的墓前，亡靈就再次現身赦免賽龍的罪……就是這樣大團圓的故事。

但是這次應該懺悔罪過來解開詛咒的賽龍已經被ＰＫｅｒ摩魯特殺害了。常識上來看，這件事應該是只有我和亞絲娜的任務受到影響，但不知道為什麼被適用在所有玩家身上，賽龍從史塔基翁，不對，應該說從艾恩葛朗特裡消失了。

現在已經無法按照跟封測時代一樣的順序來解開任務。因為黃金鑰匙在我的手上，或許可以進入領主館的迷宮來回收魔術方塊，但光是這樣真的可以解開派伊薩古魯斯的詛咒嗎？說起來，為什麼不是關鍵人物賽亞諾出現在我們眼前，而是她的女兒米亞呢？

「……賽亞諾小姐……妳的母親現在到底在哪裡……？」

慎重地這麼問完，少女就緊閉起櫻桃小嘴，然後靜靜地搖搖頭。她從上衣胸口拉出鐵鑰匙，然後凝視著鑰匙並且回答：

「……我不知道。母親接到父親被殺的通知後，隔天早上就留下一封信和這把鑰匙給我，然後不知去向了。」

「信裡寫了什麼……？」

「寫了對我感到抱歉、十年前在領主館發生的殺人事件的真相，以及如果自己沒有回來的話要我去找巴羅先生……」

「巴羅先生是……？」

感覺好像在哪裡聽過這個名字，這麼想的我再次提問，結果回答者不是米亞而是亞絲娜。

「是和賽亞諾小姐同一時期待在領主館裡擔任園丁的大叔。我們三天前不是去找他談過了嗎？」

「啊……噢，對喔……」

我一這麼呢喃，米亞也跟著點頭並且追加了一段說明。

「現在擔任園丁的提羅先生就是巴羅先生的兒子。十年前我的父親殺害了前任領主派伊薩古魯斯大人……表面上是說旅人被殺害而派伊薩古魯斯大人也失蹤了，之後包含母親和巴羅先生在內的許多傭人都離開宅邸。但是提羅的言詞發展遲緩，要在城裡生活應該會很辛苦，所以父親……新領主賽龍就決定照顧他。」

「……這樣啊……」

回想起出現在祕密別墅的壯漢那種沉默寡言又對主人極為順從的態度，就覺得賽龍也不是徹頭徹尾的壞人並且輕嘆了一口氣。

基滋梅爾沉穩的聲音打破出現在現場的沉重沉默。

「米亞。妳剛才說過只要持有鑰匙在街上就會有危險吧。這又是為什麼呢？」

雖然這一點確實也很令人在意，但是對我來說，NPC之間進行劇本裡應該沒有的對話這種狀況更令人緊張。我就吞著口水注視兩人的對話究竟能不能成立──

「……我和母親一直居住在廣場附近的房子裡，母親留下鑰匙和這封信然後消失的當天晚上，有小偷進入我們家。因為聲響而醒過來的我到客廳一看，發現全身黑衣的賊人正握住這把鑰匙，看見我之後就拔劍襲擊了過來……那個時候好不容易擊退了賊人，把鑰匙搶了回來，因為覺得繼續留在家裡很危險，所以立刻轉移到這間房子來。」

「哦？這是誰的房子？」

「父親……領主賽龍在拜入派伊薩古魯斯大人門下住進領主館之前就是在這裡生活。父親雖然從未回到這裡，但母親偶爾會帶我來這裡打掃。」

「原來如此……這樣賊人應該還不知道這間房子吧。」

在雙手環抱胸前的基滋梅爾身邊，我也跟著呢喃「原來如此」。這裡就是領主賽龍的老家嗎？到處調查一下或許能發現些什麼——……不對，等一下，在這之前……

剛才米亞好像說了有點奇怪的話？

「等……等一下，米亞小姐。妳說從拿短劍的小偷那裡把鑰匙搶回來……是米亞小姐自己一個人擊退敵人的嗎？」

當我試圖回想少女說過的話時，亞絲娜就探出身體來這麼問道。沒錯，這裡就是問題點。米亞雖然輕鬆地說擊退了賊人，但十歲左右的女孩子真的能辦到這種事嗎？

我再次認真地望著眼前這麼頂著西瓜皮髮型的女孩子。雖然還是穿著灰色斗篷，但纖細的身軀可以說是一目了然。疊在膝蓋上的雙手也像娃娃一樣小，不要說長劍了，似乎連小刀都無法揮動。

這時米亞輕輕對著亞絲娜點了一下頭，面不改色地回答：

「是的，我從小就接受母親的……」

但是沒辦法聽她把這句話說完。突然傳出「喀鏘」的堅硬破碎聲，微暗客廳深處的小窗子破掉了。

「怎麼了？」

邊叫邊站起來的我看見了在地板上反彈並往這邊滾過來的黑色球體。一看見棒球般大小的物體，基滋梅爾就以緊張的聲音大叫：

「大家快屏住呼吸！」

反射性在肺部吸飽空氣然後緊閉起嘴巴。球體就在這個時候裂成兩半，從裡面湧出大量的紫色煙霧。

——又是毒煙嗎！

我在腦袋裡這麼咒罵，從背後拔出日暮之劍＋3。雖然不清楚毒的種類，但是像這樣的事件不可能只是煙霧彈這麼簡單。

旁邊的亞絲娜迅速操縱視窗，將面具般的物體實體化。皮革製的物體是從遭到殺害的賽龍身上掉落的防毒面具。原本以為她是要自己用，但是她跳過矮桌後直接就罩在米亞的小臉上。

接著玻璃窗再次裂開。這次雙開式大窗連同百葉窗片一起被粉碎，兩道黑色人影從該處衝進室內。在地板上靈活地前翻後站起身子，兩個人同時拔出較短的彎刀。頭上浮現的浮標是清晰的黃色，表示在上面的文字是「Unknown Burglar（不明入侵者）」。他們不是玩家而是ＮＰＣ。

朝向這邊的剃刀般銳利刀刃發出閃光的瞬間，我才終於想起這裡是在城市當中。

應該是——事件戰鬥吧，但這間房子是在禁止犯罪指令的圈內。怪物無法進入圈內，玩家的ＨＰ也完全受到保護，不論發生什麼事都不會有任何減少。這不是ＳＡＯ的絕對規則嗎？

……等等。

玩家攻擊玩家算是犯罪，那麼ＮＰＣ根據劇本攻擊玩家的話能夠稱為犯罪嗎？我到目前為止都沒有這樣的經驗，但是在圈內因為任務的一環而發生事件戰鬥時，指令可能不會保護我們。

桌子另一邊的亞絲娜雖然很想對著米亞大叫「快退下！」，但因為屏住呼吸而辦不到。半透明的紫煙已經來到臉龐的高度，吸進鼻子的瞬間不知道會被課以什麼樣的異常狀態。如果指令無法發揮機能，那麼持續性傷害這種程度的的損傷還能夠靠喝藥水來撐過去，但這次也是麻痺毒的話可就糟了。我一邊試圖靠著手勢傳達意思，一邊架起愛劍往前跑。

拔出軍刀的基滋梅爾站在我的右側。她應該裝備著極其稀有的解毒戒指，但是在被毒煙纏身的狀態下根本沒有什麼用。

一身黑的闖入者除了用布料毫無縫隙地罩住頭部之外，臉上還戴著面具，那張面具的外表雖然與賽龍遺留下來的不同，但應該也是用來防毒的吧，也因此完全看不到對方的長相。

兩個人只是擺出烏亮的彎刀，沒有立刻發動攻擊。這也是理所當然的事，因為只要等個三四十秒，我們就會沒辦法呼吸了。也就是說，我們必須在這之前排除敵人。只有一瞬間對基滋梅爾使個眼神，然後我們就同時衝了出去。遲了一會兒，蒙面黑賊也撲了過來。

武器相交的瞬間，敵人的浮標就變成鮮豔的紅色。對於20級的我來說，眼前的顏色也相當深。武器互抵時感受到的壓力，也跟第四層的嘎雷城戰鬥過的森林精靈‧下級騎士差不多。

咬緊牙根想把敵人的刀刃推回去時，立刻就因為無法呼吸而感到痛苦。身邊的基滋梅爾與對方互抵的軍刀也冒出火花，不過就連菁英騎士的臂力似乎也沒辦法一口氣就幹掉對方。不想辦法打破這種膠著狀態，一定會著了紫煙毒的道……

「桐人先生、基滋梅爾小姐，請退到內側！」

背後突然傳出稚嫩卻威風凜凜的聲音。反射性將身體往右移後，鮮豔的紅色閃光就穿越我的左側。

傳出一連串「咚喀喀！」的撞擊聲，一身黑的賊人在胸口拖著三條特效光的狀態下飛了出去。遲了一會兒，和基滋梅爾僵持不下的賊人也被相同的攻擊擊中，整個人被轟飛到深處的牆壁上。

援護基滋梅爾的是亞絲娜。而救了我的是——米亞。使用的劍技也跟亞絲娜一樣是細劍三連突刺「三角刺擊」。

嚇破膽的我，低頭看著眼前的皮革面具少女，此時她手裡正握著較短但看起來很高級的細劍。但是立刻就把視線移回前方。我可不能浪費這個機會。為了追打翻倒狀態的敵人，我和基滋梅爾一起跳了起來。

但是兩名賊人一起把左手伸向腰部，然後從腰帶抽出某樣東西丟了過來。雖然用劍彈開了，但兩名黑衣人也趁機靈巧地站起來，以後空翻的要領從破掉的窗戶逃到外面。

咻噠噠噠……腳步聲逐漸遠離。我在腦內大叫著「別想逃！」，同時跳過窗框來到房子的後院。一邊將空氣送進快撐不下去的肺部，一邊鑽過打開的木門環視左右方。白天的巷弄裡已經沒有人影，也看不見紅色浮標。

「……逃走了嗎？」

由於聽見背後傳來這樣的聲音，我便回過頭去，結果看到黑暗精靈騎士以嚴肅的表情站在那裡。我點點頭，回到院子裡並且確實關上木門。

「從逃走的速度來看，對方是練家子……幸好有基滋梅爾在。嗯，不過對被牽連的基滋梅爾真的很不好意思。」

聽見我的話後，騎士的表情沒有改變，只是搖了搖頭。

「不，看來並非如此。」

「咦……？」

「史塔基翁的詛咒」怎麼說都是人族之間的紛爭所引起的事件，和精靈族沒有任何關係……當我正想這麼說時，基滋梅爾就把某種細長的東西拿到我的鼻頭前方。賊人逃走前丟過來的飛針嗎，我一邊這麼想一邊將視線聚焦於物體上，結果嘴巴立刻嚇得無法閉攏。

纖細的手指捏著的正是上面帶有六角螺旋的恐怖毒針——「修馬爾戈亞之刺」。

最先想到的是，逃走的兩名蒙面黑衣人說不定就是摩魯特與短刀使。但我立刻就否定了這個可能性。顏色浮標在變紅之前跟基滋梅爾一樣是黃色，而且如果是玩家的話，浮標的顏色不會變紅而是變橘才對。

但是這樣的話，那兩個人到底是——

「我看過那兩個傢伙所持的薄刃彎刀。」

基滋梅爾低沉的聲音傳到呆立於現場的我耳中。

「那是墮落的暗殺者所使用的武器。」

「…………妳說的墮落是指墮落精靈？」

提出這畫蛇添足般的問題後，騎士便輕輕揚起眉毛。

「喂喂，振作一點啊，桐人。艾恩葛朗特裡沒有墮落哥布林或者墮落半獸人喔。」

我在腦袋裡呢喃著「我寧願是這兩種怪物」，同時僵硬地對基滋梅爾點頭。

「啊……噢，嗯，說得也是。但是……為什麼墮落精靈會出現在這種地方？這個任……事件應該和精靈族毫無關係才對……」

「唔嗯，確實如此。也有可能是我從嘎雷城就被他們跟蹤了，但如果是這樣，也不用等到人族的城市，在荒野或者森林裡行走時應該就有許多襲擊的機會了吧。」

這準確的推論讓我只能點頭同意她的看法。但這樣的話，對方的目標就是——

轉過身一看，發現亞絲娜與米亞正從破窗右側的後門走出來。右手拿著騎士細劍的亞絲娜以最高警戒模式迅速環視周圍，另一方面米亞的臉上則還戴著防毒面具。使出「三角刺擊」的細劍已經收回吊在灰色斗篷內側的劍鞘裡了。

快步走過來的少女，像是聽見我和基滋梅爾的對話一樣，以聽不出剛受到襲擊的沉穩口氣做出肯定的判斷。因為戴著面具，聲音多少有點模糊，但還不至於聽不清楚。

「剛才那些傢伙，打扮和前天溜進我家的小偷一模一樣。我想這次的目標依然是母親留下來的鑰匙。」

「……這……這樣啊……」

這就表示僅僅十歲出頭的少女米亞，獨自擊退的不是普通的小偷，而是墮落精靈的密探或者暗殺者。看見她剛才不輸給亞絲娜的凌厲劍技就還能接受……老實說還是很難接受。只看年齡的話，她和我在第一層韌煉之劍任務裡相遇的病弱少女阿卡莎也只有一兩歲之差。

但現在有比解開疑問更加重要的事情。我取出收在腰包裡的鐵鑰匙，把它拿到跟米亞所戴的皮革面具相同的高度。我凝視著掛在少女脖子上另一把產生反應並開始出現細微共鳴聲的鑰匙，接著開口詢問：

「米亞，這把是什麼鑰匙？妳知道它要用在什麼地方嗎……？」

「不……」

少女搖了搖頭，不過立刻就又開口表示：

「母親的信裡面只寫了這是父親的遺物，希望我能善加保管。如果她知道有危險的人想奪走鑰匙，我想她絕對不會放在我手邊。」

「這樣啊……」

這是不找到失蹤的母親賽亞諾就無法解開謎題的情況吧，心裡剛這麼想，基滋梅爾就彎下腰來對著米亞搭話。

「米亞，妳是怎麼找到我們的？在巷弄被我注意到之前，妳就從後面跟著我們了吧？」

「是的……抱歉做出如此沒禮貌的事情，但因為想要確認各位不是小偷的同夥……」

「等等，我不是在責怪妳。在那種狀況之下，妳會這麼做也是理所當然。」

基滋梅爾溫柔的語調讓米亞輕輕點了一下還戴著面具的臉龐，然後把可愛的右手按在上衣的胸口。

「……母親留下來的鑰匙和桐人先生那把父親帶在身上的鑰匙會互相吸引。就算距離遙遠，只要兩把鑰匙完全相對就會微微震動。」

「咦，真的嗎……？」

我微調手中鑰匙的角度與高度，把它正對著掛在米亞脖子上的鑰匙。結果繩子前端的鑰匙確實會微微震動。應該是感覺到震動吧，米亞的身體也為之一震。

看來兩把鑰匙是以震動來通知彼此方向，然後以共鳴聲來通知距離的構造。只要理解這一點，要在錯綜複雜的史塔基翁街道裡找到我們就不會太難，但還是殘留著到底要用在哪個鑰匙孔的疑問。然後為什麼毫無關係的墮落精靈要奪取這把鑰匙也令人摸不著頭腦。

「桐人啊。」

當我仔細地望著賽龍的遺物時，手依然放在米亞左肩上的亞絲娜就像注意到什麼一樣開口說道：

「在斯里巴司的祕密別墅找到的黃金鑰匙對那把鐵鑰匙沒有反應嗎？」

「咦？等等，這我也不知道……」

我歪著脖子打開視窗。從道具欄裡的貴重物品欄位取出黃金鑰匙，順便也檢查了一下任務記錄，看見最新的內容沒有任何變化，依然寫著「史塔基翁的領主賽龍遭到盜賊所殺。必須找到留下來的兩把鑰匙要用在什麼地方」。

說起來這究竟是誰寫的呢……我把這個疑問吞回去並關上視窗。鐵鑰匙垂在右手上，黃金鑰匙因為沒有繩子所以用左手捏著它來和鐵鑰匙相對，不過即使靠近還是拉遠都沒有震動或者聲響。

但是再次將兩把鑰匙並排在一起，就發現除了顏色之外都很相似。艾恩葛朗特的鑰匙全都是符合奇幻世界的撞匙型，所以說起來每一把都有點相似，但這兩把鑰匙的鑰匙頭與齒槽的凹凸模樣都有許多共通點。

「那個……」

聽見細微的聲音後，我便轉移視線的焦點。往前踏出一步的米亞，透過皮革面具認真地往上看著黃金鑰匙。

「那把金色鑰匙，是十年前母親從領主館裡拿出來的嗎？」

「嗯……嗯嗯，應該是吧。是從派伊薩古魯斯在斯里巴司的祕密別墅裡找到的。」

「說不定……」

一瞬間含糊其辭後，米亞才以呢喃的口氣繼續表示：

「說不定母親就是去找這把鑰匙了。」

「咦……」

這時站在米亞背後的亞絲娜代替啞然的我點了點頭。

「這樣啊，的確有可能。園丁提羅先生雖然跟著賽龍，不過他就算理解麻痺我們並且關進領主館地下迷宮當中的命令，可能也沒聽說這麼做的目的吧。如此一來，或許就沒辦法跟賽亞諾小姐說明黃金鑰匙的下落……」

「是的，母親消失的前一晚，當提羅先生到訪時我也在現場，提羅先生沒有說到關於鑰匙的事情。」

「這也就表示……賽亞諾小姐到斯里巴司的祕密別墅去了？不對，沒有這把鑰匙就沒辦法打開地下迷宮，她應該知道鑰匙被拿走了才對。賽龍被殺之後，可能擁有鑰匙的就是我們和賊人……這麼說來，賽亞諾小姐這三天是一直在尋找我們嘍……？」

對我的推論提出異議的是基滋梅爾。

「不對，不可能是這樣。擁有黃金鑰匙的人也會有鐵鑰匙，賽亞諾小姐知道兩把鑰匙會產生反應，打算找現在的持有者的話就不會把其中一把鐵鑰匙放在家裡了吧。」

「呃，嗯……說得也是……」

把鑰匙放在家裡，確實就像是沒有帶某種雷達去找某種珠子一樣。如此一來，賽亞諾小姐到哪裡去了呢……

「桐人，你再仔細想想。」

再次被基滋梅爾用姊姊——或者也可以說老師般的口氣叫到名字，我只能以呆滯的表情回答：

「啥？想什麼？」

「光是只有鑰匙的話根本沒有什麼用。被帶走的鑰匙，一定會有派得上用場的地方吧？」

「啊……對……對喔。」

我這麼呢喃，抬頭仰望北方的天空。越過沿著巷弄林立的木磚製房屋屋頂，可以稍微看見聳立在史塔基翁北端的白大理石領主館。

聽了園丁提羅的敘述後，賽亞諾就推測發動襲擊的盜賊目的是奪取黃金鑰匙吧。實際上摩魯特他們的目標不是黃金鑰匙而是我和亞絲娜的性命，但不知道什麼是ＰＫ集團的賽亞諾不可能知道這一點。

如果是要找奪取黃金鑰匙的盜賊，那確實不需要鑰匙，而且可能性雖然低，但黃金鑰匙與鐵鑰匙由不同人持有時就會白費工夫。還是像基滋梅爾所說的那樣，到賊人準備使用鑰匙的地方站崗才比較實際。

封測時期和我一起戰鬥的她，是一名聰明且忍耐力極強的劍士。失蹤之後的三天裡，有可能是潛入領主館地下迷宮入口處附近，持續躲藏著等待賊人出現。但很可惜的是這麼做才是真正的白費工夫。因為黃金鑰匙還在我身上，摩魯特他們對於鑰匙和方塊都沒有興趣。

「……賽亞諾小姐在領主館的話，必須盡快跟她會合並說明事情經過才對……」

基滋梅爾與亞絲娜迅速點頭來同意我說的話，米亞則依然保持沉默。幾秒鐘後，依然戴在她臉上的面具微微朝上，然後以幾乎快要聽不見的音量詢問：

「桐人先生，還有亞絲娜小姐——我的父親欺騙了你們，甚至使用毒來綁架，強迫你們進行危險的任務。只能說禍不單行……在路途上因為被強盜襲擊而喪命也是神明給他的懲罰吧。就算母親想幫父親報仇，也沒有道理要各位幫忙。我原本也只是打算警告二位可能會有危險……但是，兩位為什麼願意幫忙到這種地步呢？」

「這……這個嘛……」

少女的話極為正常，但我卻無法立刻回答。

我雖然得到賽亞諾的解救，但那怎麼說都是封測時期的事情。這個世界的她應該不清楚我的長相與姓名，所以沒有理由幫麻痺我和亞絲娜後裝袋的賽龍報仇。雖然跟「史塔基翁的詛咒」任務依然進行當中有關，但就算這樣跟米亞說她也不會懂，我本身也覺得任務的正確路線根本不重要了。

當我猶豫著該如何說明這些事情時——

「跟道理或者邏輯無關。」

亞絲娜繞到米亞面前，蹲下來表示：

「米亞小姐試圖要提醒我們會遇到危險。這樣的妳有了困難，我們當然要出一份力嘍。妳很擔心媽媽吧？」

「…………」

再次沉默了數秒鐘後，米亞才微微上下移動著腦袋。

「……是的。那個……謝謝你們，亞絲娜小姐、桐人先生還有基滋梅爾小姐。」

「別客氣。剛才發動襲擊的傢伙和我也有不少的過節……」

微笑著這麼回答的基滋梅爾，這時候微微歪起脖子。

「話說回來米亞，妳要戴著那張面具到什麼時候？毒霧已經消失嘍。」

「啊……嗯……」

點頭的米亞雙手已經移到面具的側面，結果又把視線移到亞絲娜身上。

「那個，亞絲娜小姐。這頂面具可以再借我一下嗎？」

「咦……？當然可以，不過這樣不好呼吸吧？」

「沒關係。不知道為什麼，戴上它感覺很平靜。」

「這……這樣啊……」

依然感到疑惑的亞絲娜回答完，身體就一瞬間靜止了下來。我也了解她在想什麼。米亞戴的防毒面具是屬於死亡的賽龍。如果分隔十年，甚至是從未見過面的父親身上的氣味能讓十歲少女感到平靜，那無論如何都說不出要她脫下來了……只是美少女劍士的容貌就這樣蓋住多少有點可惜就是了。

再次點頭然後迅速起身的亞絲娜，把右手放在米亞背上說道：

「那我們一起去領主館吧。妳的母親一定在那裡。」

「好的！」

當米亞做出堅定回答的瞬間。

浮現在我視界左上角的第三條ＨＰ條下方就出現了第四條ＨＰ條。一看見顯示在Ｍｉｙａ這個名字旁邊的小小數字，我好不容易才能壓抑下大喊「怎麼事？」——怎麼一回事的略稱——的衝動。

目前我的等級是20而亞絲娜是19。在第五層分開後被其趕過的基滋梅爾是21——而米亞的等級則是23。

基滋梅爾是菁英等級的ＮＰＣ，擁有比同等級ＮＰＣ以及怪物更強大的能力值，所以無法直接拿來比較，不過米亞至少應該具備跟基滋梅爾同等的戰鬥力。

——幸好她沒有認為我們是殺害賽龍的犯人。

——應該說，ＮＰＣ的小隊成員遲早可能會變得比玩家還要多。

我心裡這麼想著，同時運動有些僵硬的雙腳，從木門來到外面的巷弄。

10

很可惜的是，在領主館的地下無法找到賽亞諾。

其實我們沒辦法找到的不只是她。這裡所指的不是人而是道具，有一個最重要的物品從領主館裡消失了。

可能是領主賽龍死亡——目前似乎是被當成失蹤——的緣故吧，館內傭人數量大幅減少，領主館籠罩在寂寥氣氛之中，我們這支四人小隊抵達之後，率先前往地下二樓的迷宮入口。但是那裡看不到賽亞諾的身影，當然大理石門也依然緊閉著，於是我們就到外面去尋找園丁提羅。

終於在後院角落發現到的提羅，不知道是不是還記得我和亞絲娜，一開始不論問什麼都只表示「不知道」「不清楚」，等戴著皮革面具的米亞嚴厲地追究「你在隱瞞什麼」之後才終於吐實。

賽龍被殺的隔天——也就是一月二日上午，賽亞諾突然出現在領主館，並且在提羅的幫忙下打開了地下迷宮的後門。聽到這件事情的瞬間，我終於忍不住大叫「那啥！」——那是什麼的略稱。

後門。有那種東西的話，正門的鑰匙根本是沒用的廢物了吧。賽龍也從那裡進去，輕鬆地回收黃金魔術方塊就好了。渾身無力到極點的我當場蹲了下去，結果亞絲娜就在我耳朵旁邊悄悄地耳語：

「為了立刻能從迷宮最後的房間到外面去，不是通常都會有通道或者後門嗎？」

一聽到被囚禁在ＳＡＯ裡之前應該沒有碰過ＲＰＧ的細劍使這麼說，就覺得沒辦法繼續鬧彆扭了。而且仔細一想，知道有後門存在的就只有過去曾經突破迷宮的人，領主館地下的迷宮就只有派伊薩古魯斯和賽亞諾兩個人符合這個資格，而且前者已經作古。我在封測時期雖然也有通關的經驗，但那個時候一入手黃金魔術方塊就直接被傳送回入口了。

現在回想起來，封測時期除了轉移門與性騷擾防範規則之外，傳送現象也頻繁地出現，印象中正式營運之後就幾乎全被移除了。包含死亡時前往黑鐵宮的傳送也一樣。

邊想著這些事情邊站起來的我，重新打起精神來，讓提羅帶領我們到後門去。設置在後院角落的石像被壯漢用臂力連同台座一起移開，然後底下就出現一條階梯，我們四個排成一列往下走去，進入原本得突破大量益智遊戲與怪物才能抵達的最後房間。

雖然早就料到，不過裡面確實看不到染血的黃金魔術方塊與米亞的母親賽亞諾的身影。

在沒有什麼收穫的情況下離開領主館的我們，來到距離壯麗的大門約十公尺左右的地方停下腳步，然後默默看著對方的臉好一陣子。

「……先到可以冷靜下來的地方整理一下狀況吧？」

基滋梅爾與米亞都點頭同意亞絲娜的提議。我當然也贊成這麼做，但是各有兩名玩家與NPC，而且包含亞絲娜在內的三個人都戴著可疑的兜帽，這樣的小隊實在有點顯眼，就連待在上鎖的房子裡都會遭到襲擊了，街上應該不會有任何絕對安全的地點了吧。

「……乾脆去人潮洶湧的大馬路旁找家咖啡廳坐下，說不定這樣受到襲擊的危險反而比較少……」

惹人注目這一點既然無法改善，認為應該以安全為優先的我就如此提議，結果基滋梅爾在亞絲娜有所反應前就開口：

「你們……加上米亞，在這座城裡還有事要辦嗎？」

「咦……？」

不知道算不算有事要辦，不過確實還有預定。結束任務的調查後，計畫利用史塔基翁的轉移門移動到第一層，然後帶領基滋梅爾遊覽起始的城鎮。但是在這種狀況之下，即使在觀光中也必須提防襲擊，另外還有是不是要帶米亞一起去的問題。

「呃……那個……」

或許光聽見我用來拖延時間的感嘆詞就察覺到我的想說的話了吧，基滋梅爾兜帽底下的嘴角露出些許笑容，接著對亞絲娜說：

「亞絲娜，妳為了我擬訂許多計畫真的讓我很高興。但是我沒辦法丟下被墮落精靈們盯上的米亞自己去遊山玩水。如果是以前的我，應該對人族的爭執不會有興趣……但就像桐人和亞絲娜救了我一樣，現在的我也想要幫助米亞。」

聽見她這麼說的亞絲娜，緩緩眨了一下眼睛後，臉上浮現讓人啞然的溫柔……甚至可以感覺到慈愛的笑容。

「關於計畫的事情妳大可不用擔心，我們還有很多時間。等問題全部解決之後再重訂計畫就可以了。而且我也沒辦法丟下米亞小妹不管，我想桐人應該也一樣才對。」

如此堅定地說完後，她就把左手放到米亞肩膀上。亞絲娜應該也發現少女的等級了，但對她來說，那根本不算什麼問題吧。

同樣的，米亞也完全沒有炫耀自己劍技的意思，只見她對著我們深深低下頭來。

「謝謝……我已經不知道母親人在哪裡，也不清楚她想做些什麼了。還請各位助我一臂之力吧。」

「那是當然了。」

立刻如此回應的基滋梅爾，把視線拉回我身上說：

「我有個提案……要不要先帶米亞回城裡？那裡的話不用擔心被墮落精靈襲擊，也有許多可以靜下來談話的地方。」

「咦咦咦！」

我不由得再次發出聲音，在禁止犯罪指令靠不住的現在，就安全面來說確實沒有比嘎雷城更安全的地方了。問題是米亞會不會答應離開自己的家，不對，應該說離開史塔基翁——

擔心這一點的我向米亞說明起嘎雷城的事情。結果少女在圓形窺視孔後面的眼睛發出光輝，以稍微興奮了一些的聲音說道：

「我想去精靈的城堡看看。」

離開史塔基翁之後，我們再次突破深邃森林這條最短路線，把所剩不多的「薇露利之水滴」滴到靴子上接著渡過塔魯法湖。從第二區荒野往北邊走的期間，由於又發現結滿紅色果實的仙人掌，於是四個人就在那裡稍做休息，把果實吃得一乾二淨。隔了好幾個小時後才脫下皮革面具的米亞，原本就不小的眼睛瞪得更圓，說完「從沒吃過如此美味的果實」之後，換成基滋梅爾有些驕傲地說明一年裡結果的時間只有三十分鐘。

雖說乾枯河谷區域的巨大毒蟲依然很棘手，但是有基滋梅爾加上米亞這兩名幹練的劍士加入小隊，所以能夠很穩定地解決牠們。我內心遊戲狂的部分一直在慫恿自己這半天乾脆就來定點狩獵吧，但是實在沒辦法把十歲的小女孩拿來當成練等的道具。即使如此，昨天在南區迷宮裡賺到的經驗值加上完成「瑪瑙祕鑰」任務獲得的經驗值，我的等級就升上21，亞絲娜則是20，基滋梅爾與米亞看見了就拍手祝福我們。

剛過下午一點沒多久，我們就來到嘎雷城前面的大峽谷。

「哇啊……！」

一看見聳立在遠方的巨大城門，米亞就發出感嘆的聲音。由於她十年來似乎都沒有離開過史塔基翁，所以看見黑暗精靈壯麗建築物時的感動，大概就跟我有生以來首次探訪川越城遺跡時差不多吧。說起來川越城因為不存在天守閣，所以不太有城堡的感覺就是了。

如果是不久之前的我，一定會煩惱「ＮＰＣ的感動究竟為何物……」，但這幾天以來，我對於ＮＰＣ，不對，應該說對於ＡＩ的觀念不斷地被更新。看來不能認為只有基滋梅爾和約費利斯子爵是特殊的ＮＰＣ了。

走過據說是過去水道遺跡的石橋靠近城門時，高昂的鐘聲就響遍四周，厚重的門扉開始往左右分開。這時我才終於注意到米亞是人族，而且沒有承接黑暗精靈的任務，不過衛兵們卻沒有追究這件事情。或許是因為基滋梅爾也在一起的關係，在內心的筆記本上寫下「之後也得問問看米亞可不可以獲得認證的戒指」，然後小跑步通過開啟一半的門。

米亞抬頭看著樹形雄壯的靈樹以及聳立其後方的城廓，同時再次發出感嘆聲。嘎雷城沿著懸崖畫出圓弧形的結構，和史塔基翁只有直線與直角的街道可說是完全相反，我想應該很值得欣賞吧。事件結束之後也帶她到第五層的主街區卡魯魯茵、第四層的約費利斯城以及第三層的茲姆福特附近看看好了……當我這麼想時，拉下碧葉披肩兜帽的基滋梅爾就對亞絲娜問道：

「要到亞絲娜和桐人的房間談？還是到大餐廳去？」

同樣拉下兜帽的細劍使堅定地回答：

「去澡堂吧。」

我也知道自己沒有否決權，但就連作為最後一絲希望的米亞都開心地答應了，沒辦法的我只能跟在三個人後面。經由西翼的樓梯移動到地下，在休憩室裡各自前往男女的脫衣處。既然這樣我也不穿什麼泳褲了，內心空虛地這麼賭氣並且先進入溫泉，坐到靈樹從天花板垂下來的根部那宛如蠶繭般的凹陷處。

一把肩膀以下的部分浸到白濁的溫泉裡，忍不住就發出「呼咿……」的聲音。以急行軍的速度往返於嘎雷城與史塔基翁之間，並且在滿是塵埃的乾枯峽谷戰鬥之後的溫泉，雖然不甘心但還是不得不承認這實在是最棒的享受。靠在具彈性的樹根上閉起眼睛，意識立刻變得散漫。如果是在現實世界，入浴中睡著的話似乎會有脫水或者溺死的危險，但虛擬世界的話……不對，在這裡虛擬角色要是洗澡時睡著並且沉入水裡，ＨＰ也會因為陷入溺水狀態而減少吧。即使知道是這樣，還是無法抵抗在微微飄盪植物性芳香的熱水中全身鬆弛的快感——……

「咦，還沒來嗎？」

雖然不遠處傳來這樣的聲音，但失去七成意識的我還是無法立刻有所反應。

「有許多要準備的吧。」

這時又傳出另一道聲音。第一道聲音立刻接著說：

「那個人還有什麼要準備的嗎……算了，到樹根的地方去等他吧。我昨天發現這邊附近有塊像安樂椅般的凹陷……」

突然有某種柔軟的物體坐到身體上，讓我不得不有所反應，立刻發出「哦啊！」的叫聲。

之後整整花了兩分鐘以上的時間，引發的危機才逐漸結束。

「真是的……約好不能越過中線到這邊來的吧。」

由於從水蒸氣的另一頭傳來將「氣沖沖」這種形容詞具現化般的發言，我只能試著做出不可能獲勝的抗辯。

「那個像椅子的地方應該是在境界線上面吧……」

「才不是——！至少有三公分比較靠近女浴池！」

如此斷言的亞絲娜，趁機坐進從我這裡奪走的蠶繭狀空間，並且讓米亞坐在自己的大腿上。基滋梅爾就坐在附近的粗大樹根上面，不過三個人都被濃密的水蒸氣蓋住，甚至連剪影都看不見。之所以能把握女孩子們的位置，完全是因為可以看見綠色與黃色的顏色浮標。

「說起來呢，先進來的話至少也該打聲招呼吧。竟然整個人躲在這種地方，被認為有奇怪的意圖也無話可說吧。」

亞絲娜依然持續抱怨著的聲音，和米亞天真無邪的聲音重疊在一起。

「我原本以為亞絲娜小姐和桐人先生不是親人就是情侶呢。」

「才……才不是呢！那個人只是普通的小隊成員……嗯，像是搭檔、同行者或者隨從之類的啦！」

我聽著亞絲娜動搖的叫聲，同時為了逃避現實而想著米亞所說的「親人」到底是「姊弟」還是「兄妹」。以NERvGear的價格與ＳＡＯ的入手難易度來看，亞絲娜不到十四歲的可能性相當低，而且豐富的知識與姊姊般的言行舉止，讓我覺得她可能比我大了幾歲，但偶爾露出的孩子氣面貌又為她的年齡蒙上一層迷彩。不過怎麼說都不會是隨從吧，只是又無法否認自己散發出跟班的氣息……當我盡情地胡思亂想，基滋梅爾帶著笑意的嬌艷聲音就微微晃動著水面。

「哈哈哈……就連認識他們很久的我，都還無法掌握兩個人到底是什麼關係呢。戰鬥時明明配合得那麼天衣無縫，但一天又至少會吵三次架。順帶一提，剛才那是第二次了。」

「咦，騙人，應該還是第一次吧。」

「今天早上桐人散步完回房間時，妳就對他發過脾氣了吧？」

「那……那不是吵架，只是稍微提醒他一下而已。」

——如果這個觀點成立的話，由於我幾乎沒有對亞絲娜生氣或者憤慨的記憶，所以就都不

能稱為吵架了吧。不過這也是因為每次都是我犯錯的緣故就是了。

總之繼續聽基滋梅爾她們的對話，我可能會因為流太多冷汗而變成人乾，於是就乾咳了一聲並且向樹根的另一側搭話。

「那個……差不多該進入主題了吧？」

結果就感覺到三個人的注意力隨著細微水聲轉向這邊。

「說得也是。只不過，確實知道的情報好像也不是那麼多……」

聽見亞絲娜的話後，我就把到嘎雷城途中在腦袋裡整理好的情報列舉出來。

「從時間順序來看吧。首先是十年前的事件發生之前的狀況，當時史塔基翁的領主是被稱為益智遊戲王的天才派伊薩古魯斯，而他的大弟子賽龍與僕人賽亞諾都居住在領主館裡。當時賽龍與賽亞諾就是戀人了……」

「派伊薩古魯斯先生知道這件事情嗎？」

亞絲娜插話進來後，米亞就用稚嫩的聲音回答：

「不……雖然母親不怎麼提到領主館時代的事情，但我聽說館裡沒有人知道她和父親之間的事情。」

「哦，是這樣啊……」

「然後在快發生事件之前，賽亞諾大概就懷了米亞。」

雖然是國二男孩子感到有些害羞的內容，但我還是裝出平靜的模樣這麼說道，結果突然又忍不住想起這個世界的小孩子究竟是由什麼樣的系統誕生。但立刻又改變想法，覺得再怎麼樣NPC之間也不會憑自己的意志來懷孕。目前成為議題的十年前的殺人事件也不是真正發生在艾恩葛朗特，只是NPC們被賦予了如此設定的記憶……我想是這樣才對，應該啦。

我乾咳了一聲，再次開口表示：

「……然後呢，十年前的某一天，派伊薩古魯斯對賽龍表示『我將選擇其他弟子做繼承人』，賽龍暴怒之下拿起作為領主證明的黃金魔術方塊來擊殺了派伊薩古魯斯。在現場目擊一切的賽亞諾猶豫是否要告發戀人兼肚內孩子父親的賽龍是殺害領主的犯人，最後趁著賽龍離開房間時拿走房裡的黃金鑰匙和凶器魔術方塊。她把魔術方塊封印在領主館地下的迷宮，鑰匙則藏在派伊薩古魯斯位於隔壁城市的其他宅邸內，然後離開領主館。」

雖然是對亞絲娜說明過好幾次的內容，但我的知識是來自封測時期，所以無法保證正式營運時不會有改變。但是米亞沒有提出訂正，我判斷大致上應該沒有錯後就繼續說下去。

「派伊薩古魯斯被殺後，史塔基翁就開始漸漸出現詛咒的益智遊戲。回到自己家的賽亞諾一邊養育米亞長大，一邊期盼著賽龍來向自己坦白罪過。但是賽龍卻捏造虛構的旅人凶手然後自己坐上領主的位子，持續委託到訪領主館的冒險者尋找黃金魔術方塊。十年之後，我和亞絲娜接受賽龍的委託在斯里巴司的祕密別墅裡找到黃金鑰匙。」

這樣聽起來好像在強調我們很優秀，但是到這裡都是按照劇本的流程，所以也沒辦法改變。問題是接下來的情節。

「……這時候賽龍出現以毒煙麻痺我們並且奪走鑰匙，在提羅的幫忙下準備把我們運到史塔基翁。但是路上受到盜賊襲擊的賽龍失去生命，一個人回歸史塔基翁的提羅來到賽亞諾的家說明整件事經過。隔天早上，賽亞諾留下給米亞的信件以及經常帶在身邊的鐵鑰匙後離開家，來到領主館從後門潛入迷宮回收黃金魔術方塊並且消失。同一天夜裡，小偷就進入米亞的家想要偷走鐵鑰匙，不過最後失敗了……時間順序應該是這樣吧。」

我把能做的事情列完之後，繚繞的水蒸氣後方就傳來亞絲娜漫長的沉吟聲。

「嗚嗚嗚嗚～～～～嗯……感覺整理之後謎題反而增加了。主要是關於賽亞諾小姐的行動……我無論如何都無法接受她把鐵鑰匙放在家裡這件事。賽龍先生與賽亞諾小姐兩個人已經各自生活長達十年了，這段期間她還是隨身帶著屬於兩個人回憶的鑰匙對吧。對於賽亞諾小姐來說，它明明是相當重要的東西……」

「呵呵，這麼浪漫的意見確實很符合亞絲娜的個性。」

基滋梅爾的評論，讓亞絲娜以有些慌張的聲音回應：

「不……不是妳想的那樣。我只是按照實際的情況來考慮……」

對我來說，基滋梅爾使用「浪漫」這樣的字眼反而更令人在意——我想大概是受到亞絲娜影響才使用的語彙——不過這確實是讓人百思不得其解的問題點。考慮到互相感應的鑰匙會把殺害賽龍的犯人吸引過來的可能性，無論怎麼想都覺得把它放在米亞身邊實在太危險了。實際上，鑰匙已經兩次成為敵人的目標。就算米亞是經過賽亞諾鍛鍊的劍術高手，我也不覺得這是足以讓自己的小孩暴露在危險之下的理由。

「……話說回來……」

忽然在意某件事的我，越過樹根形成的牆壁問道：

「米亞，目前妳母親的鑰匙放在哪裡？」

「還掛在我的脖子上。」

「這樣啊，那就好。」

米亞的回答讓我鬆了一口氣。雖然墮落精靈不可能潛入這座城堡，但直接放在脫衣處還是令人有點不安。

「桐人先生的鑰匙在哪裡呢？」

聽見反問後，差點回答「在道具欄裡」的我重新表示：

「呃，以幻書之術收起來了。」

說起來這似乎是精靈族用的名稱，幸好米亞也能聽得懂。

「噢，只有冒險者能使用的古代咒語嗎？」

哦，是這樣啊。

在腦內這麼呢喃之後，我又在意起另一件事，於是再度對少女問道：

「倒是那把鑰匙放在我身上真的沒關係嗎？那原本是賽龍……米亞父親的鑰匙，兩把都應該交由米亞保管才對吧……？」

「不。」

對方的回答裡聽不見一絲猶豫。

「不會給桐人先生添麻煩的話，就請你繼續保管吧。存在兩把鑰匙以及它們由我雙親分開保管這兩件事應該有什麼意義才對。在弄清楚鑰匙的使用方式之前，我覺得還是不要隨便讓它們靠近比較好。」

「這……這樣啊……」

「明明只有十歲，思緒倒是很縝密嘛」，當我沉浸在不知道是不適合對ＮＰＣ產生的感慨當中時，亞絲娜就發出「咻——」一聲水槍般——不對，我想應該就是她把手當成水槍擠出來的水聲——聲響並且開口說：

「這也就是說，不知道兩把鑰匙的使用方式與賽亞諾小姐把黃金魔術方塊從領主館拿出去的理由，就沒辦法繼續調查下去了吧。完全想不到她接下來要去哪裡做些什麼。」

「關於這件事情……」

沉默了一陣子才開口的基滋梅爾，說話聲在岩石圓頂空間內形成細微的回響。

「要不要將兩把鑰匙拿去給傳述者大人看看？那些鑰匙上一定施加了某種咒語。咒語不是我的專門，不過傳述者大人說不定知道些什麼。而且我記得桐人和亞絲娜也想詢問老者防止邪龍之毒的方法吧？」

離開溫泉並且在休憩室會合時已經是下午兩點。

四個人排成一列一口起喝下冷水後就朝著城廓東翼三樓的圖書室前進。走在帶路的基滋梅爾以及再次戴上面具的米亞身後，我同時也感覺到期待與不安。

如果能獲得關於鐵鑰匙的新情報，就能讓快要走入死胡同的任務有所進展。但是基滋梅爾所說的傳述者大人，應該就是我凌晨時在外圍山區內部的小房間遭遇到的布乎魯姆老人。那個喜歡漢堡排的老人個性雖然又好氣又好笑，但是費盡千辛萬苦才學會的「覺醒」技能——正確來說不是技能而是「冥想」技能的Ｍｏｄ——在效果和使用方式上都還是一團謎，而且他到最後也不讓我吃漢堡排，感覺就算把鑰匙拿給他看，他也不會乖乖地告訴我們知道的情報。說起來，在圖書室見到他時，我該露出什麼樣的表情才好呢？

「桐人啊。」

聽見亞絲娜小聲向我搭話，我便迅速看向隔壁。

「什……什麼事？」

「你覺得Q渣庫的成員什麼時候會回來？」

「啊……」

在聽見亞絲娜的問題之前，已經完全忘記他們存在的我，視線一瞬間游移後才回答：

「那個……他們今天確實說要去取回『瑪瑙祕鑰』，最晚到了傍晚也……不對，等等。那幾個人無法走塔魯法湖這條捷徑，所以必須從這個西北區經過西區再到南區。如此一來就會是一趟漫長的旅程……大概會在南區的葛斯卡伊住一晚，到了明天下午才會回來吧。」

「這樣啊。那麼在這之前，那群人就不會和米亞碰個正著了。」

這句話終於讓我理解亞絲娜在擔心什麼。關於基滋梅爾，他們可以接受「精靈戰爭任務的護衛NPC」這樣的說明，但人族NPC米亞待在嘎雷城裡無論怎麼想都不是普通的狀況。如果是自稱專解任務公會的銀堂等人，不用想也知道一定會詢問各種詳情才會接受這種狀況吧。

「嗯……確實應該想一些聽起來很自然的說明比較好……」

我一這麼呢喃，亞絲娜也一臉嚴肅地點了點頭。

「雖然不想對認真解任務的人們說謊，但要是知道史塔基翁的詛咒任務仍在繼續當中，他們一定會很感興趣。」

「隨便插手的話，可能會害他們也被墮落精靈盯上。在史塔基翁發動襲擊的『不明入侵者』，等級明顯高於精靈戰爭活動裡對戰的墮落精靈士兵，加上對方要是使用麻痺針的話就更危險了……雖然也得看狀況，不過還是在明天他們回來之前離開城堡比較好……」

嘴裡雖然這麼說，但是要出發也得有個方向。在完全不清賽亞諾行蹤與目的地的現在，一縷希望就只能寄託在布乎魯姆老人的知識和鑑定眼光上了。

這麼想之後，走在前方的基滋梅爾就翻轉長披風轉過頭來。

「這裡就是圖書室。傳述者大人應該還在室內才對……」

如此說完，她就靜靜拉開走廊左側一扇看起來又重又厚的門。下一刻，像是乾燥植物又不會令人感到不快的香氣就飄了出來。

門後方排列著好幾層直達天花板的巨大書架，這是一間相當寬敞的房間。圖書室這個名詞讓我聯想到國小與國中的小型圖書館，但鋪設在通道上的鮮紅地毯與掛在牆壁上的大型油畫，在在都醞釀出比派伊薩古魯斯的祕密別墅裡的書庫更加奢豪的氣氛。手朝擦得晶亮的穩重書架伸去，從上面抽出一本皮革封面的書籍，裡面果然跟之前一樣是歐洲某國的原文書，老實說完全看不懂。

把書本放回去之後，再次追上基滋梅爾。從書架之間繞了四分之三圈後，前方就出現一個四張半榻榻米左右的空間，裡面放著桌子、沙發以及大型的安樂椅。乍看之下以為裡面空無一人，靠近之後才發現面對深處牆壁的安樂椅上發出某種奇妙的聲音。

由於基滋梅爾與米亞停下腳步，我就越過她們朝著安樂椅上看去。結果在那裡安詳沉睡著的是一名身穿黑長袍，頭戴黑帽子，留著長長白鬍子而且鼻子上架著圓眼鏡的老人——那絕對是自稱大賢者的布乎魯姆了。

「唔……傳述者大人似乎正在休息。現在該怎麼辦呢……」

瞄了一眼以一臉困擾的表情如此呢喃著的基滋梅爾，我緩緩抓住安樂椅的椅背，然後用力搖晃了起來。下一個瞬間。

「喔哇啊啊！怎麼回事、怎麼回事？」

跳起來的老人透過歪斜的眼鏡看著我的臉，再次放聲大叫：

「哦，你是那個番薯小鬼，為什麼會在這裡？老朽的Fricadelle可不會分給你喔！」

我一邊把嘆息吞回去，一邊對著明明是ＮＰＣ卻像是睡傻了一樣的布乎魯姆老人說：

「我不是什麼番薯小鬼，我的名字叫桐人。還有，我不是來吃Fricadelle的。」

「唔唔唔……？」

重新戴好圓眼鏡的老人開始往周圍左顧右盼，接著就注意到站在後方的基滋梅爾、亞絲娜以及米亞。下一個瞬間，他就順速站起來順了順自己的長鬍鬚，並且不停地乾咳。

「咳咳、咳咳！美麗的留斯拉騎士與人族的劍士啊，找老朽這個老不死的有什麼事？」

——和面對我時的反應也差太多了吧。

腦袋裡這麼抱怨著，同時代替感到一陣啞然的亞絲娜她們再度向老人搭話。

「就是有事才會來這裡，布乎魯姆老爺爺。希望你告訴我們幾件事。」

向三個人做了幾乎把早晨的相遇、祕密小房間與漢堡排等經過全部省略的超級精簡版說明後，我就操作道具欄，拿出其中一把鐵鑰匙。然後把它垂在老人面前問道：

「老爺爺，你知道這是什麼鑰匙嗎？」

「唔……？」

接過鑰匙的布乎魯姆老人，從各方面仔細地觀察之後，三角大帽子整個往右邊傾斜。

「咦……似乎施加了奇妙的咒語，但老朽沒看過。」

「再……再看仔細一點啊。老爺……不對，大賢者是唯一的希望了。」

「只有這種時候才會把老朽當成賢者……」

老人嘴裡不停抱怨著，同時再次坐到安樂椅上。接著看向依然驚訝到說不出話來的基滋梅爾等人，以滿是皺紋的手指著沙發說：

「喔喔，抱歉一直讓你們站著。幾位大小姐，快點坐下吧。小鬼，那邊的桌子上有茶和杯子，快點做那個。」

我把「NPC可以這樣說話嗎」的抱怨吞回肚裡並朝著桌子走去。要我從茶葉開始泡的話難度實在太高，但是巨大的玻璃水瓶裡已經充滿紅褐色液體。而且也準備了四個杯子。把杯子放到銀色托盤上，慎重地把茶倒入並且拿到矮桌前面。

把它們各自放到併排坐在三人座沙發上的亞絲娜等人面前，正想把第四個杯子湊到自己的嘴巴上，結果從安樂椅上伸過來的手迅速把杯子抓走。慢慢啜著茶的老人把視線移到垂在我右手的鑰匙上，以沉吟般的聲音說道：

「還有另一把跟它一樣的鑰匙吧？」

「嗯……是啊……虧你看得出來耶。」

強行壓抑下想說出「原來不只是個喜歡漢堡排的老爺爺」的衝動並看向米亞，皮革面具的少女就默默從胸口拉出另一把鑰匙並且遞出來。接過鑰匙的我，為了讓老人看清楚而垂吊在他眼前。

「唔嗯、唔嗯……」

布乎魯姆老人把左手的茶杯放回桌子上，接著將右手的鑰匙靠近我拿著的鑰匙。「鈴、鈴……」的共鳴聲在圖書室挑高的天花板上產生回音，當雙方正對時就會像生物一樣震動。即使看見這種反應，老人還是毫不遲疑就將鑰匙互相接近。

——話說回來，沒有把這兩把鑰匙靠在一起過耶。明明這種時候都是讓它們合體才會出現真面目……

就在我頭腦的角落這麼想著的瞬間。

啪嘰！

這樣的衝擊與銀色閃光迸發，鑰匙以猛烈的速度從我和老人的手裡彈開，重重地撞上牆壁與書架。

我、亞絲娜、基滋梅爾與米亞完全無法反應，或者可以說沒反應，只有布乎魯姆老人以尖銳的聲音叫著：

「喔呼哇啊啊啊啊！」

「是你自己搞的吧！」

我這次真的出聲這麼大叫，然後開始尋找從我手裡飛出去的鑰匙。確實看見它撞上牆壁並且反彈，但是之後……應該是彈到角落的茶桌附近……

「啊……有了。」

發現繩子勾在高大水壺上的鑰匙後加以回收。飛向書架的鑰匙似乎被迅速起身的亞絲娜從書的縫隙裡找出來了。把鑰匙還給米亞的她這時似乎終於習慣布乎魯姆老人的個性，只見她以平常的口氣對著老人詢問：

「布乎魯姆先生……剛才發生什麼事了？就我看起來，好像是兩把鑰匙互相排斥……」

「唔……妳說的一點都沒錯。那兩把鑰匙上面後來被施加了妨礙接觸的強力咒語。」

「後來被施加了……？所以它上面原本沒有咒語，而是某個人之後才施加上去的？」

「那還用說。」

雖然回答我問題時的態度比回答亞絲娜時隨便了三倍，但我還是厚著臉皮繼續提問。

「是誰會做這種事？目的又是什麼？」

「老朽怎麼會知道。」

老人以令人討厭的模樣冷哼了一聲，這時基滋梅爾又對他問道：

「傳述者大人身為留斯拉當中數一數二的智者，應該推測得出來吧？現在有任何的線索都請告訴我們。」

「嗯，當然不是辦不到啦。」

布乎魯姆老人輕鬆地點頭，然後瞪了一眼我手上的鑰匙。

「……就老朽所見，這兩把鑰匙原本是要組合起來使用。鑰匙頭與齒槽的凹凸形狀剛好可以嵌在一起。」

「咦，真的嗎……？」

我交互望著自己和米亞的鑰匙，光看外表的話實在無法判斷。即使想實驗，一旦靠近又會彈開了吧。不過實在不認為自稱大賢者的老人會信口開河，所以我「合體後才是真正模樣」的預測也不是全然落空。

如此一來，只要解除施加在鑰匙上的咒語並讓它們合體，說不定就能獲得什麼新情報了。

「老爺爺，請解開鑰匙上面的咒語吧。」

老人瞪了一眼趁勢這麼說的我。

「這可不是那麼簡單的事情。剛才說過是『強大的咒語』了吧……只有施術者本人才能解開。」

「咦咦……那告訴我誰是施術者……」

「嘎啊啊啊——！」

以修練「覺醒」時也聽過許多次的怪聲打斷我之後，老人就從安樂椅上舉起右拳來揮舞。

「就算老朽是大賢者，也不是什麼事情都知道啦！關於那兩把鑰匙，老朽知道的已經全部告訴你們了哩！」

什麼了哩。

已經不知道是第幾次在腦袋裡吐嘈完他之後，我就以不死心的眼神望著鐵鑰匙。

即使借助布乎魯姆老人的智慧也沒有獲得什麼新情報，不過現在想起來，如果摩魯特他們沒有殺害賽龍，那麼這把鑰匙也不會……總之就是沒有玩家非正規介入任務就不會出現的道具，所以也無法抱怨提示實在太少。

希望他能夠在另一件事情上也展現出賢者的實力，只是不知道能不能如我所願。搶過亞絲娜喝了一半的茶來滋潤喉嚨後，我就開口提出第二個問題。

「話說回來，老爺爺。我想問一下關於一隻叫作修馬爾戈亞的惡龍……」

十分鐘後，我自己一個人離開圖書室。亞絲娜、基滋梅爾和米亞之所以會留下來，完全是為了跟老人修行。

「問出對抗墮落精靈麻痺針的方法」這個任務，以跟我預想完全不同的形式獲得了成果。布乎魯姆老人雖然不清楚如何製作古老勇者用來抵擋邪龍修馬爾戈亞的毒針所用的「白銀之盾」，但還是提出了代替方案。也就是令人懷疑的「冥想」技能。

「冥想」的修行不像「體術」要碎岩那麼困難。發動技能時只要擺出同一個姿勢持續靜止一個小時就可以了，封測時期坐的地方是直徑十五公分的柱子上方，必須花費一番工夫才能抓到訣竅。

但是這一次，布乎魯姆老人對表示想要學習技能的亞絲娜等人提出的修行，是在軟綿綿的墊子上靜止一個小時，聽見之後我忍不住就大叫「怎麼這樣！」。但是也不能抱怨說和封測時期不同，所以想至少要看看修行時的模樣，結果卻被亞絲娜趕出小房間。理由好像是因為會不好意思。

類似坐禪的冥想姿勢確實離帥氣或者可愛相當遙遠，實戰時為了發動技能也必須選擇地點來擺出那個姿勢。還是早點習慣這種情況比較好，雖然如此建議還是遭到拒絕，所以只能沮喪地離開圖書室。

不過如果是那種內容的話，三個人一定首次挑戰就能順利習得吧。現在想起來，NPC進行特別技能的修行根本是前所未聞的事態，但這幾天裡驚訝的閾值已經上升許多了。現在的我，如果不是基滋梅爾與米亞其實是真人這種事情根本不會真正感到驚訝。

我搖搖頭切換思緒，靠近並排在走廊南側的窗戶。時刻是下午三點之前，盈滿嘎雷城中庭的金色陽光顏色逐漸變濃，不過距離黃昏還有段時間。雖然很想有效利用三人的修行結束之前的一個小時，但是獨自到城外去狩獵的話，我顯示在亞絲娜視界裡HP條就會減少，可能會妨礙她集中精神。

「如此一來……不是睡午覺就是吃點心嗎……」

呢喃完考慮了三秒鐘就決定去吃點心了。道具欄裡甜點的庫存量已經讓人很擔心，不過到大餐廳去應該有東西吃才對。

從走廊往西邊前進來到主館二樓。由於不是用餐時間所以大餐廳裡沒有什麼人，當我坐到牆壁邊的沙發上時服務生立刻靠過來。我詢問甜點的品項，點了栗子與胡桃塔以及花草茶。

立刻送上來的甜塔是上面放了滿滿煮熟的甜栗子與炒香的胡桃，再加上立刻融化的奶油這種極奢侈的甜點，而它也立刻就消失在我的胃裡。啜了一口具酸味的茶飲，當我考慮著要不要續杯時，突然就被強大的睡意襲擊。

現在想起來，昨天晚上凌晨兩點硬是被鬧鐘吵起來，就在城堡周圍的岩山探險，還到布乎魯姆老人的小房間修行覺醒技能。之後更急行軍來回於史塔基翁與嘎雷城之間，行程可以說相當緊湊，現在坐在軟綿綿沙發上吃蛋糕的話，會受到睡魔襲擊也是理所當然。雖然想辦法抵抗，但眼皮變重的速度還是漸漸變快。

應該還有三……不對，是四十分鐘亞絲娜她們的修行才會結束。在這之前稍微假寐片刻，她應該不會說什麼才對。如果這裡是現實世界的複合式餐廳，就會挨恐怖女服務生的罵，不過黑暗精靈的女侍一定會讓我睡吧…………

噹～噹～噹～

輕快的鐘聲把我從舒服的瞌睡當中拉了回來。

身體一瞬間抖了一下，才注意到是Q渣庫的四個人回來了。原本預測他們明天才會回來，看來是無視路途中的升等與副本，直接跑完所有行程了吧。

當依然閉著眼睛的我，以半睡半醒狀態的腦袋這麼想著時。

突然間，鐘聲就變成噹噹噹噹這種具急迫性的凌亂聲響。

11

從沙發上跳起來，橫向衝過大餐廳並打開門，到此為止都是在自動操縱狀態之下。走廊冰冷的空氣消除了瞌睡的餘韻。我撲到正面的窗戶上，透過玻璃往下看著中庭。

整個敞開的城門率先映入眼簾。在城門前方斷斷續續閃爍的白色閃光絕對是來自戰鬥的特效。下意識中推開窗戶，尖銳的金屬聲與叫聲就一口氣增加了音量。聚集在我背後大門的服務生們發出細微的悲鳴。

在城門內側戰鬥的是熟悉的黑暗精靈衛兵，以及外表有幾分相似，但特徵是整張臉都包裹在布料底下的全身黑戰士。把視線的焦點放在黑色戰士上面，鮮豔的紅色顏色浮標就出現「Fallen Elven Warrior」的文字列。

——墮落精靈！

雖然看見外表時就有這種預感，但是藉由系統斷定之後還是帶來巨大的衝擊。他們到目前為止雖然曾經在練功區與迷宮裡發動小規模的奇襲，但絕對不會大舉進攻，只是在黑暗精靈與森林精靈鬥爭的暗處作亂。但是為什麼到了這個時候才從正面進攻在黑暗精靈的據點當中也是最大級的嘎雷城呢？他們是如何讓衛兵打開城門的？說起來精靈應該無法突破外面的乾枯河谷才對——

雖然不斷有問題湧上心頭，但繼續在這裡看下去也得不到答案。必須立刻判斷自己應該採取什麼樣的行動。

目前黑暗精靈好不容易在城門與靈樹之泉中間擋下入侵，但不斷有新的墮落精靈從大開的城門湧入。目前總數達到二十，不對是三十人了吧。當然也有其他衛兵從城廓裡衝出來加入防衛陣線，但個人能力似乎是墮落精靈戰士較高。我預測就這樣交給衛兵們的話，將無法擊退這些敵人。

對我來說最重要的是……亞絲娜、基滋梅爾以及米亞的性命。

如果遵循這個大原則，那就應該趁衛兵擋住墮落精靈的時候想辦法逃離城堡。但是高傲的騎士基滋梅爾不可能捨棄同族自行逃走，如此一來亞絲娜一定會選擇跟基滋梅爾一起戰鬥。

不論如何，得先去和待在圖書室裡面的亞絲娜她們會合。

就在我離開窗戶準備開始奔跑的瞬間。

「啊……！」

我聽見自己嘴裡發出細微的叫聲。

在中庭的防禦線持續戰鬥的黑暗精靈衛兵，有三個人同時癱倒。感到驚愕的我內心想著

「明明浮標的ＨＰ條還剩下一半以上，為什麼會……」，接著注意到ＨＰ條下方亮起的不祥圖示。麻痺狀態──

一移動視線，就看到占據城門左右牆邊，名為「Fallen Elven Scout」的數名墮落精靈朝著衛兵們投擲某樣東西。雖然從這個距離看不出是什麼，但我直覺就是之前的毒針。

黑暗精靈衛兵雖然裝備著金屬鎧，但並非被稱為板甲的重裝備。手腳有許多沒有裝甲的部分，應該就是被射中這些地方吧。立刻有新的衛兵填補防禦線出現的漏洞，倒地的衛兵則被拖到後面去，但不用想也知道，麻痺者繼續增加的話不久之後戰線一定就會崩潰。

是要先跟亞絲娜她們會合，還是先去幫助眾衛兵？

我被一瞬間的猶豫絆住，但猛吸一口氣後就決定該如何行動。

我一邊打開視窗，一邊重重地坐在走廊上。或許已經太遲了，但還是先發給亞絲娜「完成修業」的短訊息，然後雙腳併成坐禪裡稱為降魔坐的姿勢。真正的坐禪雙手似乎要結出橢圓形的手印，但這個世界是豎起手指將手掌立在朝上的腳部。這個就是發動「冥想」的姿勢了。

封測時期，必須維持這個姿勢六十秒才能獲得支援效果。問題是戰鬥開始之後哪有這種空閒時間，所以很早就被烙印上無用技能的標籤，但目前我的冥想技能熟練度已經達到５００。發動的時間應該也得以縮短了才對。

──拜託一定要是這樣！

雖說應該不是系統聽見了我的祈禱，但當我在腦袋裡慢慢數著的數字到達二十時，視界左上方的ＨＰ條就出現了久違的圖示。畫著人類坐禪剪影的圖示，絕對就是冥想支援效果了。

如果相信布乎魯姆老人的話，這個支援效果可以將等級2的麻痺毒無效化。雖說辦不到的話我也會很慘，但繼續默默地在旁邊觀看，最後還是會招致同樣的結果吧。現在只能相信那個老爺爺並且展開行動了。

解開降魔坐站起身子的我，對著背後的眾服務生大叫：

「從補給所把所有的回復藥水和解毒藥水都搬到中庭！」

結果幾乎所有服務生都以膽怯的表情退到餐廳裡面，但看起來最年長的一位以毅然的聲音回應：

「我知道了。妳們幾個，快一點吧！」

她對著同僚大喊一聲之後，就拉起長裙的裙角往東翼跑去。年輕的服務生們一瞬間面面相覷，接著從後方追了上去。

我顧不得她們，直接往地面踢去。雖然很想從窗戶跳到中庭，但是這麼做的話會被後方的墮落精靈．斥侯發現。至少想要對最初的敵人發動奇襲。

我朝著西翼的盡頭全力衝刺，同時對亞絲娜送出第二封訊息。「下到中亭之前，三個人一定都要伐動冥想支援校果」——雖然打錯了三個字，但我還是把信送出去。確認現在的時刻，發現亞絲娜她們開始冥想技能的修行到現在已經過了五十五分鐘。

如果聽見緊急鐘聲時就中斷了修行，那這就是毫無意義的指示，但一開始的訊息就是因為還在修行才沒有收到回信……應該是這樣才對。感覺決定這場戰爭勝負的最大要素，可能就是亞絲娜她們能否學會冥想技能，如果學會了又能不能趕得上戰鬥。

從主館進入西翼跳過十段階梯來到下方，搭檔的聲音突然就在耳朵深處復甦。

——接下來別像第四層去尋找亞魯戈小姐時那樣，沒跟我說一聲就自己一個人跑出去了！二十四小時都要待在我能看得見的地方喔，知道了嗎！

我記得她是三天前……在史塔基翁的旅館裡和DKB的幹部們談完之後對我說出這段話。之後我除了在溫泉的脫衣處等不得已的地方之外都遵守著這個指示，或許是太過相信嘎雷城處於安全圈內，所以不知不覺放鬆了警戒。雖然亞絲娜要我別看她修行的模樣，但既然圖書室裡有大量的書架，只要待在成為死角的地方等待就可以了。

短短一個小時的鬆懈……墮落精靈就像是看準這個弱點來發動襲擊一樣，但這當然只是偶然，不過同時也讓我不禁覺得像是在暗示些什麼。我為了甩開不祥的預感而加快速度，一口氣跑到西翼一樓盡頭的後門。

壓抑以踢破房門般的勢頭衝出去的心情，到了門前就緊急煞車並且貼在後門上，把門打開數公分確認附近沒有敵人。由於後門是在內壁附近，直接到外面去並沿著牆壁前進就能抵達丟擲毒針的斥侯之處，但時間才快到下午三點半，根本沒有讓我藏身的陰影。而且當然不可能等到太陽下山，於是我有所覺悟後就拔出背後的愛劍來到外面。

像要鑽過成為音牆往這邊逼近的刀劍聲與喊叫聲般彎曲身子，直接沿著右手邊的岩壁往前跑。

完全吞沒嘎雷城的正圓形窪地直徑大約是兩百公尺，建地中央靈樹之泉的直徑則是三十公尺左右，所以從城門到泉水的距離大約是八十五公尺。衛兵們的防衛線已經被逼退了一半的距離以上。墮落精靈們的目標應該是主館四樓保管四把祕鑰的寶物庫，要是被敵人闖入城內，就很難防止他們入侵該處了。

看來無論如何都得在中庭擋下敵人。為了完成這個目的，一定得先排除持續投擲麻痺針的墮落精靈斥侯。

我盡可能蹲低身子，一邊壓抑腳步聲一邊跑在牆壁邊，當斥侯的身影出現在前方的瞬間，我就開始全力衝刺。

注意到我氣息的斥侯，只有眼睛開孔的覆面朝向這邊。他默默從皮帶裡拔出黑色飛針，然後對著我揮動。

當漆黑的飛針發出閃光的瞬間，三天前夜裡的記憶又閃過腦海。在連一根手指都無法動彈的狀態下躺在地上，往上看著靠近的摩魯特時感覺到的戰慄，就像是比冰塊更冷的液體流過全身血管。

但我還是用全力咬緊牙根忍受著恐懼，然後把日暮之劍高舉過頭頂。

墮落精靈斥侯的右手一閃。帶著第2級麻痺毒的修馬爾戈亞之刺就朝著我的胸口飛來。不論是迴避還是防禦都來不及了。如果冥想支援效果無法對抗麻痺毒，我就會毫無防備地躺在混亂戰場的地上。

左鎖骨下方附近受到輕微的衝擊。刺中我的飛針讓視界左下角滲出一片漆黑。但我還是把觸覺與視覺切割開來，只把意識集中在右手的劍上。

劍身迸發出藍色閃光。系統輔助這隻看不見的手推著我的身體。麻痺——

沒有出現！

「上吧……！」

口中如此大叫的我發動垂直四連斬「垂直四方斬」。

注意到我沒有麻痺的墮落精靈．斥侯，覆面深處的雙眼稍微瞪大。右手伸往掛在腰部後面的短劍時已經太遲了。我的初擊給予斥侯的左肩痛擊，在空中畫出垂直的特效光。

瞬時往上彈起的愛劍，在一次呼吸的時間內完成從正上方砍下再從正下方殺上的動作，然後在頭上與腳邊產生平行的特效。至今為止的三擊，讓斥侯的HP條減低了六成左右。

愛劍再次回到上段，高舉到幾乎可以碰到背部的程度後，揮出用盡全力的第四擊。這時候我再次有了日暮之劍劍柄在手中震動一般的感覺。但是這次我不再違逆劍的意思，將威力增強與受到補正的軌道重疊在一起。

響起「嚓！」的沉重聲音後，由黑暗精靈鍛造出來的劍刃就深深陷入墮落精靈．斥侯的左胸。弱點會心一擊發動，一口氣奪走還剩下四成的ＨＰ。第四擊完成的正方形特效光在發出更耀眼的藍色光芒後往外擴散。斥侯的身體化成無數碎片，像要追隨特效光一樣爆散開來。

自從開始精靈戰爭活動任務，我已經殺掉十名以上的墮落精靈。不這麼做的話就無法完成任務，所以這是理所當然的行為──至今為止都是這麼認為，但這其實也算是某種形式的殺人吧。

就算是這樣，也不能在這裡停下腳步。除了我站在黑暗精靈這一邊之外，也必須保護亞絲娜、基滋梅爾和米亞。把ＮＰＣ當成人類對待的程度更勝於我的亞絲娜，也是因為這樣才會毫不猶豫地與墮落精靈戰鬥吧。

透過融化在空氣中逐漸消失的多邊形碎片，可以看見剩下來的兩名墮落精靈．斥侯在城門另一側持續對著衛兵們投擲飛針。雖然不認為他們沒有注意到我的奇襲，但應該是以援護在前面戰鬥的伙伴為優先。

一瞬間把視線移往左邊，發現墮落精靈．戰士的紅色浮標比仍在戰鬥的黑暗精靈衛兵的黃色浮標多了一點點。

「…………！」

就在快把視線移回兩名斥侯的身上時，突然注意到某樣東西的我瞇起了眼睛。

背對著這邊戰鬥的眾黑衣墮落精靈．戰士，劍帶後面夾了某樣奇妙的東西。細長棒子上方，綁了好幾片鮮綠色薄片……不對，那不是人工物。只不過是一般的樹枝。

像是從附近的樹上折下來，長四十公分左右帶有葉子的樹枝。就算玩家帶著同樣的東西，我也不會覺得有什麼特別。

但如果是墮落精靈帶著就又另當別論了。因為包含他們在內的所有精靈族都無法傷害還活著的樹木。在第四層的淹水迷宮裡，為了造船而從人類那裡買來木材的墮落精靈將軍諾爾札不也這麼說過嗎……「在遙遠的古代被切斷聖大樹恩寵的我們，現在竟依然被精靈族的禁忌所束縛」。

墮落精靈們可以突破乾枯峽谷的祕密大概……不對，絕對就是這些尚未枯死的樹枝了。雖然不清楚他們是如何迴避禁忌，但他們似乎受到來自於樹枝的個人用防護罩般物體所保護。如此一來，接著應該採取的行動就是……

「咕啊啊！」

迴響在中庭的悲鳴中斷了我的思考。在最前列戰鬥的黑暗精靈衛兵被墮落精靈的彎刀砍中，整個人倒到地上。即使伙伴對他伸出手也沒有用，只見屍體變成藍色碎片消失無蹤。

「嗚……！」

咬緊牙關的我，把樹枝之謎從腦袋裡趕出去。現在最重要的是盡快重整戰況。冥想支援效果還是會有結束的時候。在那之前至少得排除剩下來的兩名斥侯。

把愛劍交到左手後，拔起刺在鎖骨下方的麻痺針。我揮動應該還能用的飛針，瞄準右側城門塔附近的其中一名斥侯丟去。

雖然原本考慮要裝進第五個技能格子裡的飛劍技能已經被冥想技能占據，但是託目標靜止不動的福，飛針總算是刺進斥侯的左腳。幸好對方似乎沒有對付麻痺的方法，浮標上出現綠框的斥侯無聲地癱軟。另一名斥侯急忙想讓他喝下藥水，但這個時候我已經全力往前突進。

斥侯放棄幫忙伙伴解毒，直接擺出短劍，我則是對他使出平凡無奇的上段斬。敵人沒有格擋，藉由後退來躲開攻擊，不過這也在我預料當中。大攻擊被躲開後的我一瞬間僵硬，斥侯不錯過這個良機再次前進，以短劍朝我發動攻勢。

雖然是比至今為止戰鬥過的墮落精靈還要凌厲許多的攻擊，但我繼續往前踏了一步，同時使出和摩魯特戰鬥時也用過的體術技能基本技「閃打」。

敵人的短劍掠過我的右肩，我的左拳則陷入敵人的側腹部。雖然不知道是不是刻意這麼做，ＮＰＣ與怪物的戰鬥演算法裡，面對不同種類的攻擊技能時，會有對應稍微遲緩這樣的特徵。

閃打造成的傷害不是太嚴重，但是……

「咕嗚……」

發出呻吟的斥侯身體僵住了。這是發動劍技的機會……但是我沒有展開攻擊，反而把手朝斥侯的背部伸去。正如我所預料，指尖碰到了像是樹枝的東西。我抓住那個物體，把它從劍帶抽出。

我不認為光是這樣就能夠擊倒墮落精靈。因為整個中庭都受到靈樹的庇護，只要不走出城門就不需要樹枝。

但是斥侯從覆面露出的雙眼整個瞪大，然後以沙啞的聲音叫道：

「還給我……！」

敵人露出慌張的模樣準備撲過來，我則是用日暮之劍的銳利劍尖抵住他的喉頭。然後立刻低聲詰問。

「你是怎麼拿到這根樹枝的？」

「……人族，你沒有必要知道！」

或許是因為我的話而恢復冷靜了吧，丟出這樣一句話後，墮落精靈的眼睛裡就燃起憎恨之火並反問我：

「我才想問你們這些傢伙為什麼要插手管這場戰鬥！人族跟我們精靈族之間的宿怨無關

吧！」

「你們這些傢伙……？」

對斥侯的話感到有些異狀的我，視線迅速往左右兩邊看去。但是附近只有被麻痺的第三名斥侯，亞絲娜和米亞並沒有參戰。

斥侯像是感到自己太多話了一樣咂了一下舌頭，往後退來躲開我的劍尖後重新舉起短劍。了解沒辦法套出更多情報後，我就高舉起左手的樹枝。當斥侯抬起視線的瞬間，我就把樹枝往左側丟去並踏入對方懷中。

斥侯雖然立刻就把視線移回來，但反應還是一瞬間變慢了。不錯過這個空檔，轟出了在近距離也很容易使用的三連擊劍技「銳爪」。類似野獸爪痕的三條紅色特效光閃爍著，斥侯仰躺著被轟飛出去，最後猛烈地撞上城牆。當他反彈回來時，我又補了單發劍技「平面斬」。

胴體被橫掃的斥侯，在保持沉默的情況下不自然地靜止於空中並且爆散。我一邊承受著他的碎片一邊轉過身子，然後開始奔跑。

依然倒在地上的第三個人，腰部後方果然插著樹枝。雖然麻痺異常狀態還沒有解除的跡象，但是朝這邊看的右眼卻投射出比飛針更加銳利的視線。

麻痺狀態遲早會消失，所以不能把這個墮落精靈斥侯放在這裡。趁他不能動時貫穿心臟，就能光靠貫通持續傷害殺了他。

但是我在空中停下了原本要舉起來的愛劍。或許是因為毫無意義的原則，甚至可以說是有害的感傷，但我就是無法把麻痺後躺在地上無法動彈的敵人像隻蟲子一樣幹掉。

斥侯裝備著的皮革帶子兩邊設有裝飛針用的口袋。該處還有將近十根修馬爾戈亞之刺。我把它們全抽出來放到自己的腰包裡面，奪走夾在腰部後面的樹枝與黑色短劍後，把它們收納到道具欄裡。接著將掉在稍遠處的樹枝也回收過來就開始確認主戰場的狀況。

麻痺針造成的妨礙雖然停止了，但防禦線已經退後到距離泉水邊緣短短十五公尺左右的地方。衛兵們掉到泉水裡的話戰線會產生混亂，然後就會被敵人突破了吧。該處距離主館正面入口只有短短的距離。

戰鬥中的墮落精靈．戰士大約有二十五人左右，相對的衛兵只有不到二十人。後方有十個人左右因為麻痺狀態而倒地，但已經沒有衛兵從城裡跑出來了。也就是說，這就是嘎雷城的所有戰力。很遺憾的是，似乎無法期待城主嘎雷伊翁伯爵親自上陣的發展。

花了幾秒鐘來掌握狀況的我，為了有效利用剛入手的道具而從腰包裡抽出麻痺針。搶來的針共有九支，加上道具欄裡有從摩魯特那裡拿到的兩支，以及襲擊米亞家的墮落精靈留下來的兩支。我計算合計十三支的麻痺針如果能夠至少麻痺十名戰士，那麼就可以扭轉劣勢，於是就瞄準在最近處戰鬥的戰士背部並且投出飛針。

飛針正如我的瞄準，刺進鎧甲的接縫處。戰士一瞬間停止動作……但還是像什麼都沒發生過一樣持續揮舞著彎刀。

「什……」

屏住呼吸的我，眼睛捕捉到表示在戰士HP條上那個不曾看過的圖示。黑色樹葉形的圖示，說不定是麻痺抗性支援效果。現在想起來，既然斥侯們從後方拚命投擲麻痺針，應該會有幾根誤射到同伴才對。所以準備了對策也不是什麼不可思議的事……如此準備妥善的戰術，實在不像是NPC所制定。

說起來，現在也還不知道墮落精靈突破城門的方法。

在大餐廳打瞌睡的我，因為鐘聲而醒過來。但是我記得一開始聽見的確實是跟平常一樣的開門鐘聲。途中才變成通知危急的快速鐘聲。也就是說，衛兵們為了讓可以通過的傢伙進入而打開城門，結果墮落精靈就看準機會展開突襲？不對，延伸到城門外的乾枯峽谷沒有能夠藏身的地方。即使在看見數十名敵人從山谷入口跑過來之後才關門，應該還是有充裕的時間才對。

只剩下一種可能性。

打開門的玩家和墮落精靈同夥……而目前除了我和亞絲娜之外，站在黑暗精靈這邊進行任務的玩家就只有一組而已。也就是Q渣庫的四個人。入城之後的眾成員只要占據城門塔的開關室，應該就能在墮落精靈抵達之前持續打開大門吧。

「……是這樣嗎……？」

無法相信自己的推測，忍不住用沙啞的聲音這麼呢喃後，我就迅速翻轉身子。跑到附近的城門塔，拉開以金屬補強的門。我隨即刺出右手的劍，不過狹窄的開關室裡沒有人影。就算有黑暗精靈在這裡被殺害，也無法找出這樣的痕跡。

抬頭一看之下，塔的上部塞了滿滿的巨大齒輪與墜子。我把視線移回來，用力拉起設置在正面牆壁上的木製門把。

頭上的齒輪發出「轟轟轟……」的沉重聲音並且開始轉動。這樣就能先關上城門，萬一墮落精靈準備了增援的人力也無法進入。雖然Q渣庫的四個人去向令人在意，但在那之前還是得先想辦法解決中庭的戰鬥。

我從城門塔裡衝出去，直接往戰線衝刺。既然痲痺針無效，就只能用劍減少戰士的數量。

「唔喔喔喔喔！」

故意捨棄從後方突襲之利，我發出來自丹田的吼叫聲。附近的三名敵人迅速轉過身子並縮短距離。我跳進他們的中央，等他們靠近到極限的距離之後發動劍技「水平方陣斬」。雖然給予個體的傷害不及垂直四方斬，但命中率與效果範圍則占優勢。

我使出的水平四連擊，將三名戰士捲進來奪走他們近七成HP後再轟飛到遠方。雖然認為不停使用這招好不容易學會的大技就可以獨自殲滅敵人，但很可惜的是，它同時也設定了符合其威力的冷卻時間，所以有好一陣子無法使用。接下來必須活用學會的所有劍技來持續戰鬥。

敵人的數量超過二十人，被包圍的瞬間就死定了。

有兩名新的敵人注意到從後方亂入的我。我瞄準其中一人使出跳躍突進技「音速衝擊」。這次雖然被擋住，但是墮落精靈的彎刀比我的日暮之劍更加纖細，導致無法完全擋下突進的勢頭整個人往後仰。

當令人厭惡的技後僵硬解除的瞬間，我就利用體術的單發迴旋踢「水月」將後仰中的敵人轟飛。以第六感計算從後方迫近的敵人與我的距離，一轉過身子就以右手的劍發動二連擊技「水平弧形斬」。胴體受到橫向V字形斬擊線掃過的戰士，在留下呻吟聲後被轟飛了出去。

雖然對於無法追擊對手感到可惜，但是獨自深追將會慘遭包圍。注意到被水平弧形斬打倒的三個人正試圖起身，我就朝最近的一個人使出低空突進技「憤怒刺擊」。

戰士準備以彎刀技能的基本技「掠奪者」來迎擊宛如在地上爬一般的滑行。要是被擊中的話，除了劍技中斷之外還會陷入輕微暈眩狀態。往前突進的我扭動身軀，想要避開掠奪者的軌道。但是動作太大的話我的劍技也會泡湯。包裹劍身的淺藍色光輝產生輕微震動，通知我劍技已經快中斷。

「殺啊啊！」

墮落精靈．戰士隨著猙獰的咆嘯揮落帶著橘色燐光的刀刃。銳利的刀尖輕輕劃過我的右胸，將ＨＰ削減了百分之五左右。下一刻，我的劍就把敵人的整隻左腳砍斷。對方剩下來的Ｈ

P完全歸零，戰士的瘦軀像是玻璃一樣脆弱地爆散。

所有在廣大中庭戰鬥的墮落精靈戰士似乎都注意到這道美麗又恐怖的特效聲。一名看似指揮官，在中央處展現強大戰鬥力的高人戰士，以彎刀——不對，是長軍刀指著我大叫：

「先收拾那個麻煩的傢伙！四個人包圍起來後確實地幹掉他！」

接下來就有四名幾乎沒有受傷的戰士離開戰線，同時朝我攻過來。戰線雖然因此出現了漏洞，但人數上當然還是墮落精靈占上風。這時其中一名衛兵……

「保護劍士大人！」

雖然說出令人安心的一句話，但應該很難突破墮落精靈的戰線吧。我必須想辦法解決這四個人……反過來說，只要能度過這個難關人數就會逆轉，也就可以看見勝機了。

墮落精靈．戰士們以滑行般的腳步準備從左右兩邊包圍我。唯一的廣範圍技水平方陣斬仍無法使用。我也一邊退後一邊打算找出最先應該打倒的敵人，但他們全都是同樣的黑裝束與黑覆面，HP殘量也幾乎相同，所以很難鎖定哪一個對象。

好不容易才把HP降到一半以下的戰士們退到四人後面的牆邊，準備喝下像是回復藥水的東西。他們要是完全恢復再加入以我為目標的四個人，到時候八個人一起上的話，不要說殲滅了，連逃走都很困難。

這種狀況下最糟糕的行動，就是急著減少敵方人數而停下腳步。對上怪物時也是一樣，必須經常移動來避免受到包圍，然後一點一點削減敵人ＨＰ才是正確的做法。在裡面有其他玩家的迷宮裡這麼做就會被罵「別拖怪」，但這種狀況下也顧不得什麼禮儀了。

「…………！」

我猛力吸了一口氣後，腳就往石頭地板踢去。靠直覺決定目標後開始全力衝刺，被我瞄準的敵人則是傾斜彎刀擺出防禦姿勢，剩下的三個人迅速準備繞到我身後。雖然早有心理準備，但對方的反應與合作確實比怪物快了好幾倍。

稍微對我有利一點的是，墮落精靈・戰士裡面沒有持盾牌的重裝備型。這樣的傢伙要是專心於防禦就會很難突破，不過武裝只是輕金屬鎧與彎刀的話就還有機可趁。

我保持愛劍垂在右手上的姿勢一直線往前衝。戰士在窺視孔底下的雙眼像是感到疑惑般晃動著。原本想要防禦我的初擊，但我卻沒有出手的打算般衝過去，應該是這樣的行動讓ＡＩ的演算法產生混亂了吧。

距離不到兩公尺的時候，戰士終於開始進入攻擊態勢。我拚命加速，伸出把手指併成Ｃ字形的左手。將狹窄的空隙套上敵人彎刀刀身，甩開手指被削落的恐懼全力握緊。

一瞬間，手裡迸出銀色光芒，我的手與戰士的刀產生完全一體化的感覺。我立刻把刀從敵人的右手裡扯過來，然後以銀光消失的手重新握好刀柄。這是在這場戰鬥中熟練度到達１００而可以使用的體術技能，武器奪取技「空輪」。這當然是我第一次使用，如果不是花了大錢從亞魯戈那裡買來體術的情報，我可能在戰鬥結束之前都沒辦法注意到它的存在吧。

「可惡……！」

彎刀被我奪走的戰士，以空著的右手抓過來。我以日暮之劍橫掃過他的手，造成部位缺損。我踢倒抱著右臂發出呻吟的戰士，迅速轉過身子。

剩下來的三名墮落精靈戰士即使看見我的搶奪技，還是毫不畏懼地靠了過來。

「殺啊！」

我以左手握住的彎刀抵擋劃出黑色軌跡的袈裟斬。在臉孔承受飛濺火花的情況下，將右手的直劍轟進敵人側腹部。感覺右邊有敵人的氣息，這次換成直劍揮出水平斬來抵抗。戰士失去平衡後，我手裡的彎刀就撕裂他的脖子，然後跑過兩人之間的縫隙。

右手拿日暮之劍，左手握墮落精靈彎刀的期間完全是異常裝備狀態，沒辦法發動任何劍技。但在一對四的混戰使用會發生技後僵硬的大技本來就很危險。在這種情況下，左手也拿著劍在防禦時的選項還比較多。

早知道要幹這種事，打從一開始就該用快速切換登錄上左手盾了……心裡雖然這麼想，不過如果是墮落精靈又快又輕的斬擊，用劍也還是能夠擋下來。而且拿兩把武器，左右都能夠使出「抵擋後反擊」也比較符合我的個性。

撐過這場戰役之後，要認真地進行拿兩把武器的練習了，我一邊這麼想一邊反轉身體。在毫髮無傷的第四個人帶領下，雖然受傷但是還有充分ＨＰ的兩個人急速追了上來。彎刀被我搶走的戰士，或許是想借武器吧，只見他朝著回復中的伙伴跑去。

確認浮標後發現他們的ＨＰ很快地回復到七成左右。在將近一分鐘不到的時間裡就能完全恢復了吧……在那之前得打倒眼前的三個人才行。但是在沒有劍技的情況下，真的能辦到這種事嗎？我已經把所有的牌都打出去了。

不管能不能辦到，只能硬著頭皮上了。

停下腳步只會被對方包圍，所以我瞄準右側邊緣的一個人並跑了過去。但可能是至今為止的戰役讓他們學習到我從邊緣開始削弱ＨＰ的戰術了吧，敵人也跟著改變前進方向，一直想與我正面對戰。不過要是一直右轉的話，又會被逼到城牆邊。

還是暫時退後吧。不對，沒有這種時間了。只能筆直衝過去，在亂戰中找出活路——……

正當我準備實行孤注一擲的戰術時。

「桐人，快閃開！」

一瞬間還以為是自己的幻聽。但身體自動產生反應，我全力往左邊跳去。

下一刻，鮮紅光輝就貫穿了我的視界。

至今為止所見過的最大級特效光線以猛烈速度從墮落精靈．戰士們的背後靠近。光芒深處雖然可以看見一些剪影，但實在太過耀眼而無法清楚確認。空氣發出劇烈低吼，腳邊的石頭地板也不停震動。

追著我準備轉身的三名戰士，這時候也注意到異變而回過頭去。但此時紅光已經逼近到眼前了。

「咕啊！」

正中央的一個人邊叫邊舉起彎刀。另外兩個人也同樣擺出防禦姿勢。

「滋嘎——————！」這種宛如爆炸般的大音量響起，正中央的戰士高高地飛上天空。左右兩個人被掃倒到地上，一個人更是滾落到我腳邊。反射性以右手的劍補上一擊，削減他變紅的ＨＰ。

在飛散的藍色粒子當中抬起臉，就看到以失控列車般速度通過眼前的闖入者，在離開六七公尺的地方揚起一陣土煙並且停下腳步。

胭脂色兜帽斗篷。同色系帶有金屬片的裙子。整片飛揚起來的栗色長髮。根本不用看浮標也能確信是暫定搭檔亞絲娜。

但是剛才的劍技到底是……？細劍類裡面應該沒有那麼華麗的突進技才對。即使跟亞絲娜喜歡使用的「流星」相比，威力與範圍都高出許多——

「咦……？」

一看見從逐漸止歇的土塵中出現的那個，我就忍不住輕叫了一聲。

亞絲娜雙手握著的武器不是她的愛劍騎士細劍，而是長兩公尺以上的突擊槍。握柄部分捲著深綠色皮革，本體是光艷的銀色，底部附近還有優美的裝飾。一看就知道是神兵利器，不過跟它的出處相比，還是為什麼亞絲娜能使用它更令人在意。

目前存在四個能夠使用槍系武器的技能。也就是單手用槍、雙手用槍、單手用突擊槍以及雙手用突擊槍……這當中最普遍的應該是雙手槍吧。槍使本身就相當少，比方說傳說勇者的長槍使庫胡林、ＡＬＳ的斧槍使歐柯唐、三叉戟使北海鮭魚卵以及Ｑ渣庫的劍槍使哈伊斯頓應該全都取得了雙手用槍技能。單手槍使則更加稀有，攻略集團裡除了ＡＬＳ的Schinken Speck之外就只有一兩個人。

但就算是這樣，其稀有度跟突擊槍技能相比還是小巫見大巫。實際上，我到目前為止從未在前線看見過突擊槍使。

理由是因為對應武器稀少以及難以操縱。歸類於突擊槍的就只有騎士槍與槍柄部分大型化的防護槍，而且兩者都只能進行單純的突刺攻擊。獨行玩家就不用說了，連在小隊或者團戰裡都很難操控，而且也沒有什麼特別需要突擊槍的場面，在目前沒有多餘心思取得興趣用技能的ＳＡＯ裡根本是沒用的廢物……一直以來我都是這麼認為。

「怎……在……技……」

怎麼會有那種東西？在哪裡得到的？不需要技能嗎？

原本打算連續提出這三個問題，但嘴裡發出的卻是充滿謎團的聲音。但是亞絲娜似乎還是能聽懂，在較長的技後僵硬消失之後就看著我大叫：

「等一下再說明！我的背後就拜託了！」

抱著遠超過身高體重的雙手用騎士槍的話，確實很難轉身吧。我原本想朝著亞絲娜跑過去，但是又想到被突進技直接擊中的三個人還活著。

但我也不需要給他們最後一擊了。

背後傳來兩道幾乎重疊在一起的結晶質破碎聲。往左斜後方一看，四散的多邊形碎片當中，出現拿著軍刀的基滋梅爾與手握細劍的米亞。

「抱歉桐人，我們來晚了！」

基滋梅爾大叫完，依然戴著面具的米亞也迅速低頭。兩人後方有東翼的後門，她們應該是從那裡出來的吧。技能修行似乎順利完成，ＨＰ條上確實閃爍著冥想支援效果的圖示。

持續投擲麻痺針的三名墮落精靈‧斥候雖然被我收拾掉了，但目前持劍戰鬥的戰士裡面說不定也有人持有毒針。在這個戰場——說不定今後與墮落精靈戰鬥時都得徹底實行麻痺對策。

不論如何，強大的伙伴既然前來支援，目前戰力應該已經恢復成五五波了吧。再來就只要亞絲娜對著敵人聚集的地方轟出一兩發剛才的重突進技就能決定勝負。我的工作就是在那之前守住搭檔的背部。

「亞絲娜，CT還有幾秒？」

我架起雙手的武器這麼大叫，背後立刻傳來強而有力的聲音。

「一百秒！」

「了解！」

距離剛才的突進已經有二十秒的時間，看來需要一百二十秒的冷卻時間。這時間確實是符合大技的長度，不過這點時間的話眾衛兵應該還能撐得住才對。而且還有五六名女侍從主館的正面玄關衝出來，開始讓因為麻痺與負傷而後退的十多名衛兵喝下藥水。很可惜的是沒有能立刻解開等級2麻痺毒的藥，但是只要防禦線能維持在現在的位置，他們一段時間後就能自然恢復才對。

「桐人，從南邊過來嘍！」

基滋梅爾的呼喊讓我迅速轉動頭部，結果看見在城牆邊等待回復的四名墮落精靈・戰士，明明HP只恢復七成左右就往這邊衝過來了。加上彎刀被我奪走的戰士也握住似乎是借來的短劍跟在最後面。

「基滋梅爾、米亞，從左右兩邊繞過去！桐人對付從北邊來的敵人！」

接到亞絲娜迅速的指示，精靈騎士與少女劍士就衝了出去。看到這裡之後我才轉過身子，這時又有兩名戰士離開泉水前面的主戰場，猛然朝我突進。看來是呼應南方的五個人，準備要夾擊我們。

雖然是七對四，但已經不覺得會輸了。敵兵的數量減少之後，我方衛兵也漸漸把防禦線推了回去。

「別礙事，人族！」

兩名戰士發出充滿怒氣的聲音，同時拿武器對我砍過來。我左右兩手的劍同時擋下配合得天衣無縫的斬擊。黃色火花刺痛眼睛，衝擊的力道直接從手肘貫穿肩膀，但我還是擠出全身的力量拚死抵抗。既然約好要守護亞絲娜的背部，那就一步都不能退後。

擋下來了——當產生這種感覺的瞬間，就使出即使拿著兩把單手劍還是可以使用的唯一一種體術「水月」。腹部遭到痛擊的其中一名戰士只是腳步一個踉蹌，另一個則是被轟飛出去陷入翻倒狀態。

立刻做出判斷的我把左手的彎刀插進地面，異常裝備狀態解除的同時右手的劍便發動冷卻時間剛結束的「垂直四方斬」。四連擊完全擊中戰士，被轟到地面的戰士隨即爆散開來。僵硬解除後立刻拔起彎刀，以左右手的劍對著正爬起身的一個人使出了擬似的連擊。

從封測時期開始，就出現一些挑戰「拿兩把單手武器」的玩家了。或許是因為——有魔術效果的重複適用這個優點，才會讓人即使被課以無法發動劍技這個巨大的缺點也願意這麼做。比如說，如果能裝備兩把日暮之劍，應該就能藉由ＡＧＩ＋14這個驚人的能力值加成來發揮威猛的高速機動。

但是直到封測最後一天，至少在我所知道的範圍裡，都沒有能夠用兩把武器全力戰鬥的玩家出現。我雖然也嘗試過，但是一想要同時操縱左右手的劍，身體就會受到左右兩邊分別存在般的異樣感覺襲擊。

最多就只能做到用一把劍防禦然後另一把劍發動攻擊，所以封測玩家的最終見解是那倒不如拿盾就好了。正式營運開始之後，也不曾在最前線看過拿兩把武器的玩家──亞魯戈所使用的爪子那種兩把一組的武器除外。就連爪子，也只有發動劍技時才會同時使用雙手。

但是目前我在渾然忘我的情況下揮出五六次連擊之後，才終於發現自己正使出禁忌的左右同時攻擊。下一刻就受到之前那種分離感襲擊，左手上的彎刀跟著掉了下去。

如此一來，這場戰爭開始到現在我已經殺死六名墮落精靈了。如果是怪物，不對，就算是狗頭人或者半魚人這種亞人種，就算殺十倍的數量也不會有任何感覺，但現在不知道為什麼卻感到某種壓力。我用力搖搖頭，同時甩落分離感與罪惡感並看向南方。

這個時候，亞絲娜剛好發動新的劍技。

帶著綠色光輝的雙手用突擊槍朝著被基滋梅爾與米亞包夾而聚集在同一處的五名墮落精靈

衝去。雖然沒有剛才那招突進技的迫力，但具壓倒性的長度與尖銳的槍尖還是貫穿了黑隨落精靈。突擊槍瞬時拉回並再次突擊。接著又來一次……想不到竟然是三連擊技。

金屬質的衝擊聲擴散之後，五名墮落精靈裡有三名倒地爆散。這殲滅力實在太可怕了。一對一的話應該會被敏捷的墮落精靈耍著玩，但是多對多且敵人行動受到限制時，就沒有比它更有效的武器……內心不由得出現這樣的感覺。

但是亞絲娜不可能在這場戰役開始之後才取得雙手用突擊槍技能。從劍技的威力與連擊數來看，熟練度至少達到100了。話說回來，幾天前談到彼此取得的技能時，亞絲娜好像說了有點奇怪的話——

新的破碎聲打斷了我剎那間的思考。基滋梅爾與米亞以眼睛幾乎看不見的連續攻擊解決了剩下來的兩個人。彎刀被我奪走的戰士，根本沒有機會揮動難得跟同伴借來的短劍，就變成檔案的碎片消失無蹤。

這樣子發動夾擊的七個人全部被我們擊敗了。當我為了數還有多少敵人還活著而再度回過頭時，勇敢的戰鬥聲就響徹中庭。

「嘶啦啊啊——————！」

一瞬間雖然慌了手腳，但並非敵人出現增援，也不是我方的衛兵登場。原來是在泉水前方拚命撐住戰線的十幾名黑暗精靈衛兵一起發出了吼叫聲。一看之下，防禦線的人數幾乎平分秋色——加上在後方治療的衛兵就很明顯已經逆轉。墮落精靈的指揮官雖然不氣餒地大聲鼓舞著戰士，但回應的聲音已經失去氣勢。

「好，打倒那個指揮官一口氣……」

當我對著亞絲娜她們把這句話說到一半時，就有某種東西輕飄飄地橫越我的視界。接著又有一個……然後再一個。

「什……」

以沙啞聲音喘氣的基滋梅爾指著上空。

往上看的我也說不出話來。

以藍中帶金的上層底部作為背景，可以看到無數的薄片在空中飛舞。那是……落葉。聳立在泉水中央的靈樹，上面的樹葉不斷地枯萎並且掉落。

我像被吸引過去一樣伸出左手，抓住了一枚落葉。淡茶色且乾燥到極點的葉子，在我手中發出細微的聲音然後破碎，像融化在空氣裡面一樣消失了。

再次把視線往上移，凝視著聳立在數十公尺之外的靈樹。粗大的樹幹雖然還沒有變化，但是往四面八方擴張的樹枝上不斷有葉子掉落。這……應該不是自然現象。現在是一月，以落葉的季節來說實在是太慢了，而且這棵靈樹還能從地下的溫泉得到生命力，已經好幾百年都沒有枯萎……

想到這裡的瞬間，我就被不祥的啟示擊中，並因此瞪大了雙眼。

靈樹在墮落精靈們進攻的這個時間點開始落葉絕對不可能是偶然。當所有葉子掉落，基滋梅爾所說的「靈樹的加護」應該也會消失，嘎雷城的建地內也會變成跟乾枯河谷同樣的條件。城內的所有黑暗精靈會陷入衰弱異常狀態，當然衛兵們也就無法戰鬥。另一方面，墮落精靈的帶子上都插了活生生的樹枝，所以能藉由樹枝的力量不變衰弱。

打從一開始就是這樣的作戰。而給予靈樹傷害的方法恐怕是——

「基滋梅爾，妳有帶著『碧葉披肩』嗎？」

聽見我的問題後，原本愕然看著上空的騎士才以驚醒的表情搖了搖頭。

「不……我還回寶物庫了。對喔，靈樹枯萎的話我們也……」

「嗯，這就是那些傢伙的目的。還是先給基滋梅爾這個吧。」

以極快速度說出一長串話並且打開視窗，同時取出從麻痺的墮落精靈．斥侯那裡得到的樹枝。基滋梅爾似乎也注意到墮落精靈們身上配戴了同樣的物品，只見她的臉稍微滲出一些憎惡感。

「——那些傢伙是從活著的樹上砍下那根樹枝的嗎……到底是怎麼辦到的？」

「我也不知道。但現在只能用這個了……靈樹的葉子全部掉落的話，衛兵們應該就無法戰鬥了。」

把帶有葉子的樹枝推到騎士手上後，我就轉向握著大型突擊槍的亞絲娜與戴面具的米亞。我對於把亞絲娜留在這裡感到強烈的不安。但是基滋梅爾不可能捨棄同伴，這麼一來亞絲娜也絕對不會逃走。

「想辦法撐住……我馬上回來！」

「桐人要去哪裡……？」

我邊跑邊低聲吼著：

「地下！」

下一刻，我就全速在漫天飛舞的枯葉當中衝刺。泉水前面的衛兵雖然因為異常事態而暫時停手，但已經再次開始戰鬥，只不過距離靈樹樹葉完全掉落只剩不到三分鐘。墮落精靈・戰士包含指揮官在內還有十五個人左右健在，就算亞絲娜她們前來幫忙也很難在三分鐘內將他們全滅。在那之前，不論如何都得停止靈樹的枯死才行。

想著至少可以出一份力的我，隨即把右手的劍擺到肩膀後面。聽著劍技的前兆聲並且瞄準目標，發動跳躍技音速衝擊。漂亮地擊中遠離同伴的戰士背部令其翻倒，接著從他帶子上抽出樹枝。

「瞄準插在墮落精靈背後的樹枝！」

我對著眾衛兵——一半是為了讓墮落精靈也能聽見而這麼大叫，同時穿越戰線朝城堡的正面玄關前進。戰鬥當中要瞄準敵人背部的一根樹枝實際上相當困難，但是聽見剛才的指示後，墮落精靈多少會感到一些壓力。失去樹枝的話，靈樹枯死時墮落精靈也同樣會變得衰弱。

數秒內到達正面玄關後，就把剛搶過來的樹枝交給旁邊治療受傷者與麻痺者的眾女侍。

「如果靈樹枯萎，就緊緊聚集在這根樹枝周圍！」

樹枝產生的保護效果範圍應該相當狹窄，但應該不是毫無意義吧。離開即使感到啞然也還是點點頭的女侍們，我快步衝進城內。

一樓的大廳沒有人影。城主嘎雷伊翁伯爵和高階神官們應該都躲在最上層吧。像是約費利斯子爵一樣，完全不覺得他會聽我這個人族陌生人的說服，而且靈樹一旦枯萎，就算是伯爵也一樣無法動彈。

通往地下溫泉的階梯應該在西翼走廊上往前一點的地方。當我往左繞並且準備再次加速時，耳裡就傳來一道似曾相識的聲音。

「喂，小鬼，稍等一下！」

「……！」

以雙腳緊急煞車，往上朝著聲音來源看去。結果挑高的大廳二樓平台上，有一道身穿黑色長袍，不停揮動雙手的人影。

「老……老爺爺！幹嘛啦，我現在沒空……」

當我說到這裡，自稱大賢者的布乎魯姆老人就以從未出現過的嚴肅聲音打斷了我。

「老朽知道，你要到下面去吧！墮落精靈應該是在溫泉裡加了毒。光靠你是沒辦法解決的！」

「那……那該怎麼辦……」

「把這東西倒進溫泉裡面！」

堅定地說完後，老人就從平台上丟出某個質感像玻璃的物體。

如果這是有劇本的任務，那一定是我沒接好而讓物體破碎的瞬間就無法完成的那一種。內心如此確信的我丟下握在右手上的劍，以雙手接住了玻璃球。

好不容易成功接住的是直徑十公分左右的圓底燒瓶。短短的瓶首緊緊塞著木栓，裡頭裝了滿滿的深綠色液體。光看顏色的話會覺得是很強烈的毒。

雖然很想質問真的這樣就沒問題了嗎，但現在無法浪費任何一秒鐘。於是我選擇相信確實讓亞絲娜她們學會冥想技能的賢者所說的話，然後從地板上撿起劍。

「知道了，交給我吧！」

「拜託了，小鬼！」

聽著背後這樣的聲音並且再次衝刺。跳下走廊右側可以看見的往下樓梯，連滾帶爬地來到地下一樓。在帶著幾分警戒的情況下跑過紅色油燈照耀下的通道。接下來隨時都可能有墮落精靈出現。

最後可以看見地下溫泉入口的大門出現在彎曲的通道前方。從打開的門裡飄出淡淡的白色水蒸氣——

「嗚……」

我反射性用拿劍的右手遮住嘴巴。雖然還是有以前溫泉的香氣，但現在這股味道裡面還混入了些許令人不快的味道。那是像乾燥泥土一般的霉味。

在入口停下腳步，窺探內部的氣息後才進到裡面。寬敞的休憩室裡面看不到人影，但惡臭變得更為濃烈。如果這股味道的源頭是靈樹樹根浸在裡面的溫泉，那麼情況一定相當嚴重了。我打開深處牆上的門，經過無人的脫衣處來到廣大的地下巨蛋——

「…………！」

看見那一幕的瞬間，我不禁咬緊牙根。

原本清冽的乳白色溫泉水，這時已經變成漆黑混濁。不停有大泡泡發出「噗嘟、噗嘟」的黏稠聲音並浮出水面，破裂後更從裡面散出灰色瘴氣。靈樹從巨蛋天花板垂下來的樹根應該是因為吸收了被汙染的溫泉水吧，現在已經有八成染成黑色。不快點淨化泉水的話，不到一分鐘的時間這棵樹齡數百年的老樹將會永遠死亡。

但是我卻沒有跨出腳步。

因為鋪設天然石的通道前方，溫泉的邊緣附近站著一個男人。

全身穿著金屬鎧甲，右手上拿著短槍，左手則裝備著塔盾。臉龐看得出經歷過一些風霜，下巴上則留著短鬚。

公會「Q渣庫」的會長——銀堂。

我對以緊繃表情持續看著這邊的短槍使，丟出簡短的一句話：

「讓開。」

但是銀堂只稍微把巨大的盾塔對準我，然後以沙啞的聲音回答：

「不行……在那條樹根完全腐爛之前，我不能離開這裡。」

這下子——應該可以確定把毒投入溫泉的就是銀堂了吧。但是浮在他頭上的顏色浮標是綠色。也就是說，至少可以知道殺害或者趕走城門塔開閉室裡的精靈，並且讓門無法關上的不是銀堂。如此一來，是不在現場的其他三個人幹的好事嗎？

不論如何，我是完全被Q渣庫的四個人給騙了。我深刻地體認著苦澀的感慨與酸楚的焦躁，同時開口說道：

「……你們在幫助墮落精靈嗎？還是跟ＰＫ集團同一夥的？」

銀堂聽見我的問題後，出現了意料之外的反應。

「怎麼可能……都不是喔！我……我們甚至不知道艾恩葛朗特裡可以ＰＫ。所以……才會完全不懷疑那個男人……」

「……那個男人？你是……」

我把接下去打算說的「指什麼人」吞了回去。現在已經是刻不容緩的狀況。正上方的中庭裡，亞絲娜、基滋梅爾、米亞以及衛兵們正持續拚死作戰。三個人顯示在視界裡的ＨＰ雖然還沒有減少許多，但靈樹一死，所有衛兵都無法動彈的話，亞絲娜她們的性命將會暴露在危險當中。

「……沒時間繼續跟你說話了。你不讓開的話……」

我舉起右手的劍，對準五公尺前方的銀堂說：

「就只能來硬的了。」

攻擊綠色浮標的銀堂，我自己的浮標會變成橘色。但是為了保護亞絲娜，要完成幾次善惡值回復任務都沒問題。

看見我的動作，銀堂就重新架好長一公尺以上的塔盾。看來在靈樹枯死之前，他是打死都不願意移動了。雖然要突破他的防守並不容易，但緊要關頭就算瘋狂使用劍技來加以破壞也在所不惜——……

我突然浮現一個點子，於是看向右手的劍。

默默把它收回背上的劍鞘裡，然後打開視窗把左手的燒杯也收進道具欄。看見變成空手的我，銀堂原本極度緊繃的臉上也浮現些許困惑的表情。

一瞬間，我用力往地板踢去。銀堂急忙擺出了短槍，但我直接往右前方跳躍，進入巨大塔盾形成的死角。繼續前進後，雙手按在塔盾上面並且用盡全身的力量往前推。

在禁止犯罪指令圈內，不論筋力再怎麼高的玩家，都無法強迫其他玩家與NPC移動。因為座標將因為踏穩腳步這個動作而固定住，被系統當成不可移動物件來處理。

但是圈外這個系統就不會發生作用。然後我也不清楚推動別人這樣的行為，究竟到什麼樣的程度才會被視為犯罪。從高處推落造成落下傷害的話，浮標絕對會變成橘色，但是這樣的話應該——

「喔喔喔！」

我一邊從丹田擠出聲音，一邊一直線推著裝備重量將近我兩倍的重裝戰士。不知道是筋力的差異還是完全沒有料想到，銀堂無法從後仰的姿勢恢復過來只能不停退後，雖然在通道邊緣一瞬間抵抗了一下，最後還是從背部跌進黑色溫泉裡面。

先是濺起巨大水柱，遲了一會兒後銀堂才從水面露出臉來。

「噗哇！」

從嘴裡吐出水的他，雙手雖然死命地擺動，但應該是板甲與塔盾的重量讓他一直無法順利爬起來。幸好——不知道可不可以這麼說，不過變黑的溫泉水只會發出惡臭，對於玩家似乎不具毒性，銀堂的浮標沒有出現異常狀態的圖示。到了這個時候才注意到如果ＨＰ減少的話，我還是有可能會變成犯罪者，不過目前善惡值似乎沒有變化。

手指移向還打開的視窗，將剛放進去的燒杯實體化。拔開木栓後把綠色液體倒進熱水裡。

下一刻，大量白色煙霧以像是爆炸的速度湧起，我立刻別過頭去。掙扎著的銀堂也被煙霧吞沒，讓我再也看不見他的身影。反應立刻擴到大整座寬敞的溫泉，視界被一片乳白色塞滿。

我想起小時候，曾經和妹妹直葉一起惡作劇，把大量的乾冰丟進洗完澡後的熱水當中，同時開口呢喃著：

「……老爺爺，這樣真的沒問題吧。」

雖然沒有得到回答，但數秒鐘後，產生變化的不是視覺而是嗅覺。充滿巨蛋的惡臭急速消退，取而代之的是讓人想起雨後森林的木頭香氣。最後白色煙霧變淡，視界漸漸變得清晰。

原本宛如毒沼一般的溫泉，在短時間內完成了劇烈變化。泛綠色溫泉水清澈到足以看見鋪設在底部的石頭，刺鼻的臭味則完全消失。雖然從天花板垂下來的整串樹根上部仍是黑色，但顏色也逐漸變淡了。看來應該是避免了靈樹枯死這種最糟糕的事態。

我再次檢查亞絲娜她們的ＨＰ條，確認每一個人都還撐在七成的界線後就輕呼出一口氣。雖然認為這下子黑暗精靈這邊的勝利已經是無可動搖，但既然還有玩家牽扯進來，就不知道還會發生什麼事。我也必須立刻回到中庭去幫忙掃蕩墮落精靈才行。

轉過身子的我突然停下腳步，眼睛看向放棄掙扎的銀堂。

在熱水中單膝跪地的重裝戰士緩緩把臉朝向我，以我幾乎快要聽不見的聲量呢喃：

「…………這下子那幾個傢伙要被殺掉了。」

「那幾個傢伙……？是誰？」

一這麼反問，他失了魂般的臉孔就浮現些許憤怒與絕望。

「那還用說嗎……當然是我的同伴。拉茲莉、提姆歐、哈伊斯頓……那幾個傢伙中了毒而且被綁架了！」

12

當我回到嘎雷城中庭時，墮落精靈·戰士已經只剩下三個人。其中一個人不出所料是拿著長軍刀的指揮官，不過和他戰鬥的卻是完全沒想到的人物。

穿著金碧輝煌的銀色鎧甲與鮮藍色披風，揮舞細長長劍的是城主梅朗·嘎茲·嘎雷伊翁伯爵。雖然ＨＰ減少了兩成左右，劍勢也有些生硬，但墮落精靈指揮官的ＨＰ條已經變紅了，所以應該不用擔心會被逆轉吧。其他兩個人也被衛兵包圍住了。在他們頭上拓展枝葉的靈樹雖然失去大部分樹葉，但葉子已經停止掉落。

迅速環視中庭，發現亞絲娜、基滋梅爾、米亞以及女服務生們正在照顧負傷者。其附近還能看見布乎魯姆老人的身影。

我急忙跑了過去，而大賢者還是用驕傲的口氣對我表示：

「小鬼，看來你確實完成了任務。老朽也打了躲在寢室的梅朗小鬼的屁股，狠狠地罵了他一頓喲。」

交互看著老人笑開懷的臉龐與嘎雷伊翁伯爵奮戰的模樣後，我便開口表示：

「……那個，有件事情想拜託比城主更偉大的大賢者大人……」

「唔唔？什麼事？」

布乎魯姆老人的臉上露出疑惑的表情，我則是把臉靠近他隱藏在白色蓬鬆頭髮底下的長耳朵，小聲地呢喃：

「請把寶物庫裡的四把祕鑰借給我吧。」

「你說……」

我以左手塞住老人想要接著叫「什麼」的嘴，然後繼續開口說：

「拜託了……雖然不算是伙伴，但我認識的人現在有生命危險。救了他們之後絕對會歸還！」

此時我幾乎忘了眼前的老人是ＮＰＣ。

其實照一般的常識來判斷，跟隨系統規則行動的ＮＰＣ不可能會幫助強盜。但是這幾天我和亞絲娜遇見的ＮＰＣ所做出的舉動……不對，應該說言行舉止都不太像程式，感覺越來越像是真人一樣。

在中庭和墮落精靈指揮官戰鬥的嘎雷伊翁伯爵，在兩天前剛碰面時明明是一副「託付任務ＮＰＣ」的態度，也只覺他是在說系統準備好的台詞。但從現在他那種明明有點害怕卻相當拚命的劍招上面，可以看出大少爺出身且不擅長戰鬥，但是被身為教師的老爺爺斥責後努力想展現自己是城主的模樣——這樣的背景確實地傳遞到我身上。稍早之前還認為只有基滋梅爾和約費利斯子爵是特殊的ＮＰＣ，但是與布乎魯姆老人以及米亞相遇之後的現在，甚至有種生活在艾恩葛朗特的所有ＮＰＣ其實都跟他們一樣的感覺。

這名布乎魯姆老人在聽見我要求的瞬間就垂下眉毛瞪大眼睛，然後發出長長的沉吟聲。

「唔～嗯唔唔唔唔……」

「我也知道這是強人所難，但真的只有這個辦法……」

「嗯，好吧。」

——啥？

老人很乾脆就點頭答應，讓我差點就這麼大叫出來。老人瞄了一眼正在餵衛兵喝藥水的亞絲娜一眼，接著小聲地繼續說道：

「借給那位小姐的突擊槍，也是從寶物庫裡拿出來的東西。好了，你在這裡等一下吧。」

這麼說完，布乎魯姆老人就翻轉黑色長袍大步跑向正面玄關。從大門後面窺看著這邊的銀堂急忙把臉縮了回去，但老人毫不在意就經過他身邊，然後消失在城裡。

下一刻，中庭發出了盛大的歡呼聲。原來是嘎雷伊翁伯爵打倒了指揮官。看見這一幕後，持續抵抗著的兩名墮落精靈就丟下彎刀顯示投降的意願。

這下總算是解除了嘎雷城潰滅的危機，但是戰鬥仍未結束。這次一定得跟綁架三名Ｑ渣庫成員，並且威脅會長銀堂打開城門的「那個男人」一決勝負。

緩緩深呼吸後，我就為了說明狀況而朝著亞絲娜她們走去。

五分鐘後。

我、亞絲娜、基滋梅爾以及米亞正快步走在嘎雷城外的乾枯河谷上。

三十公尺前方可以看見解除塔盾與板甲後身體變得輕盈的銀堂。獨自一人時要是遭到怪物襲擊就太危險了，所以我事先告訴過他盡量不要奔跑，但是銀堂的腳步卻越來越快。出現在乾枯河谷的昆蟲系怪物主要不是靠視覺，而是藉由地面的震動來尋找目標的類型，所以小心行走的話是可以繞過牠們，但是銀堂應該沒有多餘的心思管這種事了吧。

雖然能夠理解他的心情，只不過若是被怪物纏上我們就得去救他，被敵人看見也會很麻煩。目前雖然看不見監視者，不過砂岩的山崖上有許多凹陷處，要是躲在裡面就很難發現。

「……話說回來，擔任Q渣庫護衛的黑暗精靈怎麼了？」

由於旁邊的亞絲娜這麼呢喃，我就重複了一遍從銀堂那裡聽來的情況。

「好像在這座山谷被一大群怪物襲擊時戰死了……這時候出現一名陌生男人救了他們，不過應該就是那個傢伙事先聚集一堆怪物來攻擊Q渣庫的成員吧。」

「那個男人就是殺了米亞的父親，並且打算殺害桐人與亞絲娜的傢伙嗎？」

基滋梅爾的問題，讓我忍不住把右手放在米亞的肩膀上同時輕輕點頭。

「正確來說是殺害賽龍的那兩個傢伙的老大……我和亞絲娜稱他為『黑斗篷男』。基本上他不會自己戰鬥，只會在暗地裡耍詭計，讓人與人、集團與集團之間產生摩擦。」

「哦……好像以前的神話裡出現的惡魔一樣。」

「惡……惡魔？」

話說回來，還沒有在艾恩葛朗特裡遇見真正的惡魔系怪物……心裡這麼想的我往旁邊瞄了一眼，就發現基滋梅爾一臉認真地點了點頭。

「嗯。在古老大地很深很深的地方有一個地底國，我聽說邪惡的惡魔們就住在那裡。偶爾會來到地面化為眉清目秀的人族或者精靈來誘惑貴族與軍人，在他們身上種下紛爭的種子。」

「嗚哇……那就跟黑斗篷男一模一樣嘛。」

走在我左邊的亞絲娜以帶著滿滿厭惡感的口氣這麼呢喃。

「……不會是真的惡魔吧……」

妳說的是黑斗篷男其實不是玩家而是ＮＰＣ，是從很久以前就暗中在艾恩葛朗特裡作怪的惡魔族，還是現實世界裡存在的真正惡魔戴上NERvGear登入到ＳＡＯ來呢？心裡雖然這麼想但也不能直接說出口，於是我便凝視著走在前方的銀堂背部並且回答：

「把黑斗篷的兜帽拉下來就知道了。」

原本是有點在開玩笑，但右手底下的米亞卻輕輕點了點頭。

「我小的時候，母親也唸過惡魔出現的書給我聽。頭上如果有尖角的話，我想那個人就是惡魔了。」

口氣雖然平靜，但對米亞來說他是殺害父親那夥人的頭目。然後我也有在卡魯魯茵被他用刀子抵住背部之仇。樓層攻略原本要擔心的事情就夠多了，不能再任由PKer們為所欲為。如果是至今為止幾乎沒有現身的黑斗篷男親自綁架了Q渣庫的成員，那當然是以救出拉茲莉等人為最優先，但這同時也是一決勝負的好機會。

「不論是惡魔還是人類，對方絕對是強敵。米亞，我想妳已經很累了，不過還是得請妳多幫忙。」

我輕拍了一下她的肩膀後就把手移開，少女戴著防毒面具的臉龐則是微微上下動了一動。這時候基滋梅爾也默默地點頭。

老實說，真的很想盡快詢問亞絲娜關於雙手用突擊槍的事情，但是在基滋梅爾她們面前實在不方便提到系統的話題。我從地下溫泉回到中庭時，布乎魯姆老人表示從寶物庫拿出來的大型突擊槍已經消失了，不過我想應該還在亞絲娜的道具欄裡才對，之後一定會有機會談到這件事吧。一切全等平安救出拉茲莉、提姆歐與哈伊斯頓再說。

根據銀堂的說明，受到一大群怪物攻擊，護衛的黑暗精靈因此死亡之後，練功區就被帶著奇妙味道的煙霧包圍，接著就聽見「往這邊」的聲音。隨著誘導逃離險境後，「笑容相當爽朗的英俊玩家」就現身，帶領四個人到乾枯峽谷深處的洞窟。脫離險境而鬆懈下來的四個人，喝下男人交給他們的藥水後就麻痺而倒地。

男人只把銀堂拖到洞窟外面，在依然帶著笑容的情況下，提出了讓伙伴平安回來的條件。也就是銀堂獨自回到嘎雷城，入城之後到地下溫泉放毒。城裡的黑暗精靈全滅之後就可以直接回來。如果反而是墮落精靈全滅的話，就趁戰鬥的混亂到寶物庫取出四把祕鑰然後送到洞窟。達成這兩個條件之一，伙伴就能夠活著回來——

銀堂結束說明時，我率先考慮的是——不對，應該說想起來的是公會「傳說勇者」的環刃使兼前打鐵匠涅茲哈的事情。

他說指導傳說勇者強化詐欺結構的黑斗篷男，是一個笑起來像電影一樣美好且開心的男人。我雖然尚未見過那傢伙的真面目，但跟銀堂所說的「笑容爽朗的男人」絕對是同一人物。到底是什麼樣的話術與表情，才能夠像這樣放鬆許多玩家的戒心呢？

難道真的是……差點要這麼想的我急忙快速搖了搖頭。不論是惡魔還是人類，理論上只要有HP條就可以打倒。和摩魯特對戰時忍不住猶豫了，但這次我不會有所遲疑。在嘎雷城的戰鬥裡，我殺了多達六名的墮落精靈。在這個世界裡，他們的性命與玩家的性命在本質上絕對沒有任何差異。

走在前面的銀堂，把右手的短槍朝向止上方後將前進路線改往左邊。這是目的地已經接近的信號。離開嘎雷城後大概只過了十分鐘左右，雖說避開了戰鬥，移動距離應該不到一公里吧。乾枯河谷右側有巨大蠍子慢吞吞地走著，所以只能貼在左側牆上躡手躡腳地通過，在銀堂進入的支道入口前停下腳步。

並肩往裡面窺探後，發現支道在二十公尺前方左右就結束，盡頭的岩壁上有一座洞窟正張開漆黑的嘴巴。拉茲莉他們似乎就被囚禁在那個地方。銀堂在洞窟前面叫出視窗，裝備板甲和塔盾後才開始往前走。

如果洞窟入口附近出現黑斗篷男或者其同伴，他應該會再次把短槍朝上舉才對。不過槍目前還是無力往下垂的狀態。按照計畫，銀堂拿四把祕鑰交換伙伴，確認拉茲莉等人從洞窟出來之後我才衝進去。由於洞窟也只有一個出入口，這種地形就不怕黑斗篷男逃走了。

當然也有收下祕鑰的黑斗篷男不守諾言，依然準備幹掉四個人的可能性，不過那個時候我立刻就會衝進去。銀堂加入我們的小隊之後就能即時確認HP，全身武裝的他徹底進行防禦的話，就算敵人的等級超過20也絕對不可能瞬間殺害他。

銀堂緩緩靠近洞窟。當他一越過由橘色夕陽照耀下的沙子與高大山崖形成的影子境界線時，短槍使的身影就陷入濃濃的灰色當中。

「……桐人啊。」

或許是為了放鬆高漲的緊張心情吧，半蹲在我正下方的亞絲娜開口呢喃著。

「我有點在意耶……想獲得四把祕鑰的是墮落精靈，然後黑斗篷男在幫助他們對吧？」

「嗯……應該是這樣吧。那個男人本身應該對黑暗精靈與森林精靈的鬥爭沒有興趣。提供助力的代價，應該就是摩魯特他們持有的短劍與麻痺針吧？」

「但是，在史塔基翁襲擊米亞家的墮落精靈，想要搶的是桐人和米亞持有的鐵鑰匙吧。那把鑰匙應該跟史塔基翁的詛咒有關，為什麼墮落精靈會想要呢？難道說，鐵鑰匙其實是剩下來的兩把祕鑰？」

「不……應該不可能。」

以趴在我背上般的姿勢窺探著支道的基滋梅爾立刻這麼表示。

「剩下來的『紅玉祕鑰』與『金剛祕鑰』應該各自嚴密地封印在第七與第八層才對。我不認為人族知道祠堂的地點，而且就算獲得了也不清楚使用方式吧。」

「說得……也是喔。」

我一邊點頭，一邊在內心呢喃著祠堂的地點也是存在例外。只要是封測時期曾經完成精靈戰爭活動任務的人，應該就知道第七層與第八層的祠堂位置——就像我一樣。

但是，擁有兩把鑰匙的是米亞的母親賽亞諾與領主賽龍而並非玩家，說起來第六層迷宮區仍屬未攻略狀態，目前只有精靈能到下一層去。我和米亞持有的鑰匙果然另有用途，但墮落精靈們又因為某種理由想得到它……

當我思考到這裡時，蹲在亞絲娜下方的米亞就小聲地說：

「啊……各位，那個……」

我急忙把注意力移回山谷深處。銀堂尚未進入洞窟，不知道為什麼在距離入口數公尺前方停下腳步。是發現什麼了嗎，難道是……這種不祥的想像立刻就遭到否定。

認識的臉龐從洞窟的暗處走了出來。

綁馬尾的女性玩家是拉茲莉。平頭男性是提姆歐，長髮的是哈伊斯頓。武器似乎被奪走了，不過三人的防具都沒有變化。腳步之所以有點虛浮應該不是麻痺毒的影響，而是精神上的理由吧。

看見三個人都平安無事讓我放下胸口的一塊大石，不過我立刻又用力皺起眉頭。

銀堂尚未將四把祕鑰交給黑斗篷男。那為什麼人質會獲釋呢？祕鑰止不過是藉口，他的目的只是要打開嘎雷城的門嗎？但是墮落精靈全滅，靈樹最後還是殘活了下來。衛兵雖然出現了將近十人的犧牲者，但我不認為這是他的目的。

雖然無法理解，但唯一可以確定的是拉茲莉等人還活著。丟下塔盾跑過去的銀堂和伙伴們牽起了手。為再次相會高興了一陣子後，才轉過身子用刀朝這邊揮手。

「……再躲下去也沒有意義了。」

我發出「嗯」一聲同意亞絲娜的意見，接著伸直彎著的腰部。等待蹲在沙地上的米亞起身後就踏入支道。還是慎重地警戒著周圍並且走到乾枯河谷深處後，銀堂就以笑中帶淚的表情對我搭話道：

「真的……真的很謝謝各位。託你們的福，這些傢伙平安無事。」

「沒有啦……我們什麼都沒做……」

我搔著頭這麼回答，結果臉色雖然不太好但ＨＰ近乎全滿的哈伊斯頓就開口表示：

「用毒害我們的男人，五分多鐘前離開洞窟。一定是注意到桐人先生你們跟在銀堂後面，所以逃走了。所以說起來還是託大家的福。」

「……跟蹤被發現的話也是個大問題就是了……」

我這麼呢喃，同時環視周圍。五分鐘說起來是不上不下的時間，全力衝刺的話應該可以跑到很遠的地方，徒步的話就可能還在附近。說起來，洞窟和乾枯河谷都只有一個出入口，要是悠閒地走出這個河谷，應該會進入我們的視界當中才對。

「黑斗篷男離開之前，有沒有接到訊息之類的樣子？」

拉茲莉用力搖頭來回答亞絲娜的提問。

「沒有喔，帶走銀堂先生後就一直保持沉默，只有定期用毒針之類的東西來刺我們……然後稍早之前突然站起來從洞窟裡走出去。我們麻痺解除後來到外面就看到銀堂先生……」

「…………這樣啊……」

點頭的亞絲娜，臉上也殘留感到奇怪的表情。基滋梅爾與米亞或許也覺得仍不能放心吧，只見她們走到稍遠處環視著周圍。就算黑斗篷男隱蔽在四周，在下方是沙地的這個地方，理論上任何人都不可能在不被發覺的情況下靠近，不過這個世界沒有絕對的事情。

另一方面，完全解除緊張狀態的銀堂，一邊眨著雙眼一邊走向我，同時再次低下頭。

「真的給各位添麻煩了。這次真的深深地感覺到……我們要到最前線還太早了。我們決定先回到第五層，把剩下來的任務解決掉並重新鍛鍊自己……啊，對了。這個還給你們。」

銀堂打開視窗，把小小的皮革袋子實體化。我往他交過來的袋子裡頭看去，確認裡面收著綠、藍、黃、黑等祕鑰。

「嗯，確實……」

說到這裡才突然注意到。既然暫時被收到道具欄，那麼就算祕鑰被換成仿冒品我也分辨不出來。銀堂他們其實是和黑斗篷男勾結，一切全是為了騙取真正祕鑰的鬧劇，老實說我無法完全否定這種可能性。

「……那個，很抱歉，可以讓我確認一下嗎？」

即使我這麼問，銀堂也沒有露出不高興的表情。

「嗯，那是當然了。」

「那麼……」

我用手招呼基滋梅爾過來後，把皮革袋子交給她。

「可以幫忙確認一下是不是真正的祕鑰嗎？」

「當然可以，不過我以前也說過了……」

騎士聳肩並且把話說到一半的瞬間。

我們左側地面上的沙子就啪一聲揚起。

「…………！」

反射性飛退的我看見的是，紅褐色沙子形成小漩渦往上升的光景。龍捲風——？但是我從不曾在這個乾枯河谷看到這種現象——

從上升到兩公尺左右的沙子裡面看到暗沉光芒一閃的瞬間，我就大聲發出怒吼。

「防禦——！」

我邊叫邊從背後拔出日暮之劍並用雙手握住劍炳。把劍擺到身體前方，以身體擋住亞絲娜。身旁的基滋梅爾也讓軍刀出鞘，同時來到米亞身前。Q渣庫的四個人位於稍遠處，現在也只能祈求銀堂用塔盾保護同伴了。

下一刻，沙子龍捲風就無聲地分為上下兩半，深紅光芒從內部襲擊過來。

那是劍技。旋轉系範圍技。彎刀的「三重鐮刀」……等等，不對。

這是大刀技能的重範圍攻擊「旋車」。

過去從未體驗過的衝擊把我超高速的片段思考打成碎片。

即使用雙手持劍，還是無法擋下攻擊。眼前爆出大量火花，手腕到肩膀被猛烈的衝擊貫穿，我的背部撞上亞絲娜後就直接被轟飛到五公尺之外然後倒到沙地上。

往後滾了好幾圈後，好不容易才以單膝跪地的姿勢停了下來。明明已經擋下攻擊，但還是被奪走將近兩成的ＨＰ，側躺在旁邊的亞絲娜也少了一成的ＨＰ。基滋梅爾雖然撐了下來沒有被轟飛，但還是在防禦姿勢下往後退了一大段距離，她身後的米亞則一屁股跌坐到地上。稍微瞄了左後方一眼，看見Q渣庫的四個人雖然倒地但是平安無事……不對，銀堂的塔盾上半部四分之一左右已經消失了。

把視線移回正面，就看見劇烈往上捲的沙子再次掉回地面，攻擊者也現出身影。

對方——不是黑斗篷男。

比基滋梅爾更纖細的身體包裹在暗灰色帶有鉚釘的緊身皮鎧底下。雖然肩膀到頭部隱藏在同色的兜帽下方，但是從體型可以看出是女性。出招完揮舞到身後的武器果然不是彎刀而是大刀。正式營運開始之後，繼第一層樓層魔王「狗頭人領主・伊爾凡占」所持的武士刀之後第二次見到的稀有武器。

以感覺不到重量的輕盈動作從膝蓋整個彎曲的姿勢站直身軀的攻擊者，左手隨手將兜帽拉下來。銀灰色頭髮柔順地飄動，在夕陽照耀下發出光澤。

只有從我看來是左側的瀏海比較長，幾乎把一半的臉龐遮住，但光是這樣就能夠清楚地感受到她那種淒絕的美感。我拚命移動視線，確認她頭上的顏色浮標。

顏色是……宛如血液乾掉一般的紅黑色。名字是「Kysarah：Fallen Adjutant」。

應該是唸作……「凱伊薩拉」吧。絕對是在第四層地下水道發現的那個待在墮落精靈將軍身邊的女性精靈。

事到如今，我才發現有一個謎題在未解決的情況下一直被擱置到現在。

掉進黑斗篷男的陷阱，拉茲莉等人被當成人質後，銀堂就照命令獨自回到嘎雷城。擁有印章戒指的他沒有遭到懷疑，衛兵直接就把城門打開。在大餐廳打瞌睡的我聽到的開門鐘聲就是從那個瞬間開始響起。我記得短短十秒鐘之後，開門的鐘聲就變成通知危機來臨的緊急鐘聲。

墮落精靈的龐大部隊不可能在短短十秒鐘內穿越城門前的乾枯河谷。正如我之前所推測，應該有某個人和銀堂一起穿越城門，然後殺害了開閉室的黑暗精靈。但是到戰鬥結束那個人都沒有出現，我也就擱下這個疑問了。

襲擊開閉室的絕對就是眼前這名大刀使了。雖然不知道她為什麼沒有參加中庭的戰鬥，不過如果她這麼做的話，戰鬥很有可能是在墮落精靈獲勝的情況下結束。

女性精靈令人聯想到黑暗中寒冰的藍紫色眼睛往周圍掃了一圈後，就把黑色大刀的尖端刺入附近的沙子裡。接著受到攻擊時從我手上掉落的皮革袋子就被她撿起。她把裝有四把祕鑰的袋子丟到空中，然後用左手接住。

「…………為了獲得它們，我們整整有三十名同胞失去了生命……」

從單薄嘴唇發出來的是在銳利當中還帶著甜美的聲音。一聽見她這麼說的瞬間，原本跟我一樣陷入僵硬狀態的基滋梅爾就重新架起軍刀，毅然叫著：

「妳這傢伙……是諾爾札將軍的副官『剎伐之凱伊薩拉』吧！把那個袋子放回地上！那不是妳這傢伙的髒手能碰的東西！」

即使被叫到名字，凱伊薩拉還是連眉毛都沒動一下。冷若冰霜的眼睛瞥了基滋梅爾一眼，然後用不太有抑揚頓挫的口氣回應：

「留斯拉的騎士啊，抱歉我不知道妳的名字。而祕鑰不可能還給妳……為了我們的大願，無論如何都需要它們。」

「那麼……就只能動武了！」

話才剛說完，基滋梅爾就往前猛衝。我的腦袋裡雖然知道應該配合時機一起發動攻擊，但虛擬角色卻跟不上思考。

基滋梅爾的斬擊是不負皇家侍衛之名的凌厲一擊。明明不是劍技，撕裂虛擬大氣的軍刀刀尖卻溢出銀色光芒，劍風甚至傳到蹲在數公尺之外的我臉上。

「鏘——！」的刺耳衝擊聲與悲鳴般脆弱的金屬聲重疊在一起。

「嗚…………！」

可以聽見從左側發出亞絲娜經過壓抑的呼吸聲。依然直立在現場的凱伊薩拉，右手的大刀輕鬆接下斬擊的瞬間，基滋梅爾的軍刀刀身就閃過一條裂痕。那代表武器的耐久度即將消耗殆盡。

咬緊牙根的基滋梅爾輕輕往後方跳去。她雖然持續舉著軍刀，但再次揮刀與對方武器互擊的話，軍刀絕對會粉碎。

另一方面，凱伊薩拉像是什麼事都沒發生過一樣放下大刀，然後把祕鑰的皮袋收進腰包裡。接著把視線從基滋梅爾身上移開，首先看向我和亞絲娜，然後是Q渣庫的四個人。

一直延伸到膝蓋下方的靴子底部再次揚起小小的龍捲風……才剛這麼想，凱伊薩拉就以驚人的速度移動，到達銀堂等人身邊才停了下來。

「嗚哇、嗚哇啊啊！」

發出悲鳴的是平頭的提姆歐。凱伊薩拉的左手抓住胸甲的後領部分，把他輕輕抬了起來。

雖然不停地揮舞雙手掙扎著，但大刀刀刃一抵住他的喉嚨，他就立刻停止動作。

「……雖然可以把你們全部幹掉，不過實在不願意砍殺小孩子，而且樹枝的生命也差不多要結束了。」

一聽凱伊薩拉這麼說，我到了這個時候才終於發現她的背後也插了一根樹枝。也就是說把它搶過來的話，沒有像基滋梅爾那樣裝備了「碧葉披肩」的凱伊薩拉就會因為衰弱異常狀態而無法動彈。

但是大刀架在提姆歐的脖子上，我也沒辦法輕舉妄動。假如凱伊薩拉是等級差不多的玩家，那就算攻擊要害也無法一瞬間就將提姆歐的ＨＰ歸零，但是憑那把光是交手一個回合就差點粉碎基滋梅爾手中武器的大刀，以及21級的我來看浮標都是一片黑色的能力值，要辦到這種事並非不可能。

「在你們之中，應該有人除了祕鑰之外還持有兩把一組的鐵製鑰匙。」

我慢了一秒鐘左右，才理解依然把提姆歐舉在空中的凱伊薩拉所說的話。當我的肩膀不由得為之一震時，凱伊薩拉的藍紫色左眼就筆直地貫穿了我。

「也將那兩把鑰匙交給我吧。否則每過十秒，我就依序殺掉他們四個人其中一個。」

一聽她這麼說，提姆歐就再次扭動身軀，拉茲莉則是發出短短的悲鳴聲。像是正坐在沙地上面的哈伊斯頓這時交互看著我和凱伊薩拉，並且發出沙啞的聲音。

「這是……精靈任務的強制事件吧？應該……應該會有人來救我們吧？」

我也很希望是這樣。但恐怕，不對，應該說這次的襲擊絕對不是活動任務的劇情。而是墮落精靈跟黑斗篷男率領的ＰＫ集團接觸之後引起的異常事態……這已經是事故了。

……七……八。

在不出聲的情況下所數的數字到達九的瞬間，我就把力量貫注到兩隻腳上站了起來。

「我知道了。鑰匙交給妳。」

說完之後才發現，凱伊薩拉是NPC，所以能精密地算準十秒鐘的時間限制也不是什麼不可思議的事情。不正好在十秒內取得鑰匙並且更新系統上的所有物檔案的話，就會無情地殺害提姆歐……如果這是記述在腳本上的活動，恐怕凱伊薩拉真的會這麼做吧。

但是我宣布要交出鑰匙時早已經過了十秒鐘，凱伊薩拉也只是輕輕點頭，並沒有移動右手的大刀。我重新體認到這果然不是單純的事件，不過就算是這樣，我還是盡快動著手從道具欄裡取出鐵鑰匙。

把它丟到凱伊薩拉腳邊的沙子上後，就從後面飛過來第二把鑰匙，在第一把附近發出細微的聲音插進沙子裡。米亞把母親託付給她的鑰匙丟出來了。隔了三十公分左右相對著的兩把鑰匙，開始發出「鈴、鈴」的共鳴聲。

瞄了一眼腳邊的凱伊薩拉，只用一隻左手就輕鬆地把提姆歐丟還給他的同伴。銀堂雖然急忙張開雙臂，最後還是無法順利接住，兩個人都從背部倒到地面。幸好HP並沒有減少。

就像對人質已經沒有興趣一樣，墮落精靈彎下腰部，左手朝附近的鑰匙伸去。一瞬間，我慢慢意識到右手上劍的重量。

如果凱伊薩拉以左手撿起兩把鑰匙，就會發生在嘎雷城圖書室裡見到的那種反彈現象，鑰匙將以猛烈的速度彈飛出去。這是唯一能夠反擊的機會。雖然感覺就算垂直四方斬完全砍中也無法打倒她，但渾身的一擊只要能讓她稍微往後仰，應該就能製造出奪取背後樹枝的空檔。

凱伊薩拉撿起第一把鑰匙，就在我稍微把重心往前移的瞬間。

某個人的手就用力抓住我左腳的腳踝附近。

「……………！」

反射性轉動脖子，就和亞絲娜瞪大的雙眼四目相交。不要說開口了，就連動作都沒有，我就能夠明確地了解暫定搭檔正在說「不行」。

我再次把視線移向前方。

撿起第一把鑰匙的凱伊薩拉，正如我的預料把手朝著第二把鑰匙伸去。共鳴聲雖然急遽變大，但墮落精靈卻毫不在意地用同一隻手抓住第二把鑰匙。

之前曾經聽過的「啪嘰！」聲爆裂，凱伊薩拉手裡迸發出銀色閃光——但是兩把鑰匙沒有朝反方向飛去。凱伊薩拉就像預料到會有這種現象一樣，左手緊握住了鑰匙。

銀灰色頭髮在從手指之間迸發的光芒推動下劇烈地飄動。遮住右半邊臉龐的瀏海也不停亂飄，注意到她的右眼覆蓋在小型的眼罩底下後，我立刻又把意識拉回到左手上。

緊閉著嘴唇的凱伊薩拉，以驚人的臂力持續緊握兩把鑰匙。這段期間右手的大刀依然指著我們，完全沒有露出能夠發動攻擊的空檔。

最後響起比剛才更大的炸裂聲，銀色光芒就漸漸變淡並且消失了。

迅速站起來的凱伊薩拉以左手手指捏著的是完全融合在一起的鐵鑰匙。當然不是用握力強行把它們壓接在一起，正如布乎魯姆老人所說的，鑰匙頭與齒槽的凹凸處剛好能咬合。

「……我聽說上面施加了奇怪的咒語……」

如此呢喃之後，凱伊薩拉就把鐵鑰匙丟進收納了四把祕鑰的腰包當中。接著用指尖整理好凌亂的頭髮，看著我們說道：

「這樣我要辦的事情就結束了，人族的劍士啊……」

她說到這裡就停了一下，微微動著細長的眉毛——

「別再插手精靈的紛爭了。帶來麻煩事的有那些傢伙就夠了。」

輕呼出一口氣後，就把黑色大刀收回刀鞘裡，接著稍微打開雙手。從她腳邊捲起旋風，然後立刻成長為混雜著沙子的龍捲風吞沒了凱伊薩拉的身影。

吹過來的風讓我不由得把臉別開了去，短短一秒鐘後龍捲風就緩緩擴散，捲起的沙子也掉落到地面。這時候墮落精靈的大刀使已經消失不見了。

「……我們決定放棄精靈任務。要是之後又出現那種傢伙的話，感覺根本不可能完成攻略嘛……」

銀堂留下這樣的發言，Ｑ渣庫的四個人就從乾枯河谷地帶的出口離開了。似乎是今天就打算從史塔基翁的轉移門下到第五層，然後討論今後的方針。雖然提姆歐、拉茲莉與哈伊斯頓的主武器已經被黑斗篷男奪走，但他們表示道具欄裡還有備用武器，所以只是要回到城裡應該沒有問題。

我個人是很想因為嘎雷城防衛戰當中忍不住懷疑Ｑ渣庫與ＰＫ集團勾結一事向他們道歉，而且今後也可以交換各種情報，所以覺得在這裡就分手有點可惜。不過拉茲莉說了一句「謝謝你救了我們，等平靜下來之後會好好謝謝你」，我想將來應該有機會再見才對。

看不見四個人的身影之後，我就移動到基滋梅爾面前。我凝視著騎士的臉並且深深低下頭來。

「抱歉，基滋梅爾。好不容易才收集到的祕鑰被……」

但我準備好的台詞就只能說到這裡。因為基滋梅爾也同時彎腰，然後發出了沉重的聲音。

「對不起，桐人、亞絲娜。我應該要保護你們的……」

雙方的頭輕輕接觸，急忙撐起身體後，旁邊的亞絲娜就發出輕笑。

「基滋梅爾完全沒有必要道歉喔。而且我不認為基滋梅爾會輸給那個墮落精靈，對方只不過是武器比較高級嘛。」

亞絲娜的話讓抬起頭的基滋梅爾露出苦笑。

「槐樹騎士團的制式劍也不是什麼便宜貨……光是一次互砍刀就快要折斷，這果然是因為我的技術未臻成熟。」

「不是啦，我可是連砍過去都辦不到耶……」

如此回應後，這次換成亞絲娜露出感到抱歉的表情。

「抱歉，桐人。剛才抓住你的腳。你看好反擊的機會了吧？」

「啊……沒有啦，那時候妳把我擋下來是對的。原本是打算凱伊薩拉撿起第二把鑰匙的瞬間衝出去，不過那傢伙似乎知道鑰匙會互相排斥……要是衝過去反而會被砍倒。」

「這樣啊……但是那個人是如何解開鑰匙的咒語呢？布乎魯姆先生表示那是強力的咒語，只有施咒的人才可以解開。」

亞絲娜提出這樣的疑問，這時候回答她的是隔了許久才拿下防毒面具來喝水的米亞。只見她確實塞上水壺的木栓，同時像是呢喃般說道：

「看起來像是用力量硬把它們捏成一把。」

「真……真是這樣的話，就太恐怖了……」

縮了一下脖子後，我才注意到也得跟米亞道歉。

「啊，對了……也對米亞很不好意思，那是妳母親妥善保管著的鑰匙，卻為了救我們認識的人而交出去……」

「別這麼說，不把鑰匙交出去的話，那個人最後也會殺了我。」

以不像是十歲的冷靜態度這麼回答完，米亞的可愛臉龐上就再次戴起面具。她以有些模糊的聲音繼續表示：

「而且從那個人的口氣來看，她真正想要的是一開始要求的……祕鑰？對吧，我和桐人先生的鑰匙像是順便拿走一樣。說不定是有人拜託她這麼做。」

「啊，我也有同樣的感覺……」

表示贊同的亞絲娜，從米亞身後把雙手放到她嬌小的肩膀上。

我一邊皺起眉頭，一邊想著「如果是這樣，那到底是誰的請託」。但就在思考出結果前，視界就浮現收到即時訊息的圖示。

寄件者是——亞魯戈。內容則是……

「剛才DKB和ALS跟南區的蜈蚣魔王戰鬥了。雖然有點陷入苦戰，不過有一名女性NPC闖入打倒了魔王。她的左手拿著金色的箱型物體，把物體舉起來後蜈蚣的裝甲就變成四角磚頭然後崩塌了。凜牙似乎什麼都不知道。你有情報嗎？」

「…………啥？」

基滋梅爾與米亞以感到不可思議的表情望著忍不住發出聲音的我。

「沒有啦，那個……即時，不對，是『遠書之術』收到奇怪的情報……」

「咦，什麼？是誰寄的？」

為了離開米亞身邊過來觀看視窗的亞絲娜，我一邊切換成小隊成員可見模式，一邊拚命轉動思緒。

所謂的金色箱子，說不定就是從史塔基翁的領主館拿出去的黃金魔術方塊。如此一來，闖入練功區魔王戰的NPC就是米亞的母親賽亞諾？但是舉起魔術方塊蜈蚣的裝甲就會崩壞又是怎麼回事？黃金魔術方塊除了是領主的證明外就沒有其他用途，也就是所謂的「重要物品」，應該沒有具體的力量才對——還有凜牙又是什麼，這種省略方式要是被凜德和牙王知道了，一定會非常生氣……

我中斷快要離題的思考，看向身邊的亞絲娜。搭檔也同時抬起臉龐，所以我們交換了兩秒鐘左右的視線後才同時點頭。

當我消除視窗時，亞絲娜就重新面對米亞說道：

「那個……說不定找到賽亞諾小姐了。」

「咦……！」

少女像是彈起來一樣挺直背部，然後往亞絲娜靠近一步。

「在……在哪裡……母親她人在什麼地方？」

「這個嘛……聽說是在南區的洞窟地帶發現的……」

「南……區？」

看見傾斜皮革面具的米亞，才發現這是她第一次離開史塔基翁。蹲著的亞絲娜以指尖在腳邊的沙子上畫出簡單的地圖。

「那個，這個第六層就像這樣分成五個區域……正中央有一座星形湖泊，南區或者稱為第四區就是在這個地方。以我們所在的西北區來看，剛好是相反方向……」

「……母親跑到那麼遙遠的地方去做什麼呢……」

米亞雖然這麼說，不過以直線距離來看，從嘎雷城到南區的岩窟都市葛斯卡伊大概是八公里左右吧。如果是在現實世界，大概跟川越市中心部到旁邊的狹山市中心差不多——這麼形容的話不要說米亞了，連亞絲娜都聽不懂吧。

但是這個世界的居民基本上不會離開居住的村鎮，所以區域的相反方向可能就跟國外差不多了。不對，就連我在離開起始的城鎮之後，都覺得迷宮塔像在世界盡頭一樣的遙遠。

「……不清楚賽亞諾小姐的最終目的。但是光看行動的話，感覺好像要把從領主館拿出去的黃金魔術方塊運送到什麼地方。」

亞絲娜也輕輕點頭同意我說的話。

「說得也是……而且南區大概不是最後的目的地。」

「應該是『天柱之塔吧』。」

由於閉起嘴巴好一陣子的基滋梅爾堅定地這麼說道，我、亞絲娜以及米亞就把視線移到她身上。

「基滋梅爾，妳知道些什麼嗎？」

「也不能這麼說……但是和你們一起到史塔基翁的街上去時，我突然想到了。雖然沒有看過，不過這層樓的天柱之塔，好像也是像那樣由四角形岩石堆積起來。」

——噢，確實是這樣。

差點如此呢喃的我急忙把話吞了回去。我在封測時期當然曾經爬上過第六層的迷宮塔，但是不能對基滋梅爾以及米亞透露。不過我記得塔的外牆是跟史塔基翁極為類似的立方體磚頭堆積而成。

「這樣的話……我們也快點趕過去比較好。雖然不知道賽亞諾小姐到塔裡做什麼，但那邊應該有強力的守護獸存在。」

瞄了我一眼的亞絲娜幫忙這麼開口說道，我便急忙點頭。

「嗯……說得也是。我確認看看，妳們等一下。」

我把手伸向依然開著的視窗，以最高速的打字寫著給亞魯戈的回信，結果米亞從皮革面具的窺視孔露出興致勃勃的眼神來看著我。話說回來，我到現在才注意到人族的ＮＰＣ也無法使用道具欄與選單視窗，不過關於這一點實在沒辦法詳加說明。

情報販子似乎在等待我的回覆，不到一分鐘就收到新的訊息。

「ＮＰＣ在魔王死後就一言不發地離開洞窟往東北方跑走了。凜牙互相懷疑是對方承接的任務裡頭的ＮＰＣ。ＦＲ在葛斯卡伊補給之後，好像立刻就要朝第五區前進。」

看見回應後，我也只能發出「唔唔唔……」的沉吟聲。第三層和第五層時，凜德率領的ＤＫＢ與牙王率領的ＡＬＳ差點就因為煽動ＰＫ集團的策略而對立，但這次讓他們疑心生暗鬼的賽亞諾是我進行的任務裡的重要人物。而且為了擔心母親的米亞，以及不讓兩大公會無謂的不合再擴大下去，實在無法就這樣丟下這件事不管。

對亞魯戈發出「見面後再詳談」的訊息，我就關上了視窗。再次跟亞絲娜使了個眼色後，就轉向米亞並彎下腰來說：

「看來妳媽媽真的是朝第五區前進。我們打算立刻出發去追她，米亞妳……」

原本是想說「回史塔基翁去等待比較好」，但米亞卻表現出以ＮＰＣ來說非常罕見的反應。在我話說到一半時就打斷了我。

「不，我也要一起去。如果母親是想做什麼危險的事情，我實在無法一直在家裡等待。」

聽見已經失去父親的米亞這麼說，我就很難拒絕她的請求了。而且米亞的等級還比我和亞絲娜高呢。

「……知道了。」

點頭並撐起身體後，換成基滋梅爾以極為遺憾的口氣表示：

「雖然很想說我也要一起去……但我必須向傳述者大人以及城主報告四把祕鑰被墮落精靈奪走的事情。而且我的刀也受損了……」

「……這樣基滋梅爾會被追究責任吧？祕鑰被奪走是我們造成的，就算要報告也應該由我們……」

「沒錯，我會直接跟布乎魯姆老爺爺以及嘎雷伊翁伯爵道歉……」

面對以不安表情激昂地這麼說道的亞絲娜與我，騎士臉露微笑然後回答：

「不用擔心，我是由女王陛下敘任的槐樹騎士團團員，所以只有騎士團長與陛下有權利譴責我。或許神官們會說些閒話，但是不敵『剎伐的凱伊薩拉』也是事實……我會再次鍛鍊自己，一定要親手取回祕鑰。」

「……這樣啊……但是——那個時候我們一定要跟妳一起戰鬥喲。」

如此宣言之後，亞絲娜就以雙手緊握住基滋梅爾的右手。我也站在騎士面前和她堅定地互相握了一下手。

「基滋梅爾，幫我跟布乎魯姆老爺爺說我之後一定會親自去道歉。還有在刀修理好之前，不介意的話請用這個吧……因為是敵人的武器，可能會不太舒服就是了……」

說完後交給她的是事先從道具欄裡拿出來的「精靈厚實劍」——在第四層與森林精靈隊長戰鬥而從他那裡獲得的長劍。即使在未強化狀態，能力也幾乎跟我過去的愛劍韌煉之劍＋8不相上下。

「哦……」

如此呢喃並接下劍的基滋梅爾，從施加了銀飾的劍鞘裡把宛如鏡子般的劍身抽出三十公分左右。看到這一幕的瞬間，我就浮現「糟糕了」的念頭。基滋梅爾愛用的長軍刀是屬於彎刀類的武器，精靈厚實劍則是單手用直劍。與習得技能不同的武器就算裝備上去也無法發揮其性能，當然也無法使用劍技。

但是基滋梅爾卻露出燦爛的笑容，迅速把劍收回劍鞘裡並且說：

「這是一把好劍，謝謝你的好意，那我就不客氣了。森林精靈雖然是長年的敵人，但是刀匠的技術確實無庸置疑……而且……」

一瞬間好像想說些什麼，但騎士最後還是微微搖頭，以精靈厚實劍取代出現裂痕的軍刀，把它掛在左腰。她將軍刀揹到背上後，就用那隻手在腰包裡摸索。

「也不能說是回禮，不過這個就送給你吧。」

她遞過來的是裁切得像水晶一樣的小玻璃瓶。雖然只有大拇指大小，但知道這是極貴重物品的我不由得認真地凝視著騎士的臉。

「咦……真、真的可以嗎？這是黑暗精靈的寶物吧……？」

「沒有桐人、亞絲娜和米亞，現在嘎雷城已經被墮落精靈占領，寶物庫裡的寶物也全部被奪走了吧。這麼一想甚至會覺得這點東西根本不足為謝呢……而且，有了它你們就不用往左繞過這一層，可以使用渡過湖面這條捷徑吧？」

聽她這麼一說才發現確實是這樣，從這個第二區要到迷宮區所在的第五區，如果走正常路線，就算避開怪物也必須花費整整一天的時間。為了追上已經抵達第四區的賽亞諾，小瓶子裏面的「薇露利之水滴」不只是有很大的幫助，根本就是必需品了。

「……真的很謝謝妳，這對我們確實很有用。」

我收下小瓶子後，基滋梅爾就往後退一步，把視線移到亞絲娜與米亞身上。

「……向城主大人報告完之後，我大概就要移動到第七層去了。又得暫時與你們分別，不過我相信一定很快就能再見。」

「嗯，那是當然了！」

亞絲娜擁抱基滋梅爾，米亞也用小手與她握了握手。四個人一起走到河谷唯一的出口，然後在那裡揮手道別。

開始往南走後就不停地回頭，但是基滋梅爾的背影立刻就被紅褐色山崖遮住了。數十秒後，騎士的HP條也無聲地從視界左上角消失。

13

在最低限度的戰鬥下穿越乾枯河谷，沒有受到仙人掌果實誘惑就直接突破荒野區域的我們，在天色變暗之前抵達塔魯法湖岸邊。

時間已經過了傍晚五點半，藍色湖水反射夕陽的光線後添加了炭火一般的光芒。站在岸邊的米亞把皮革面具撥到頭上，以感嘆的口氣表示：

「嗚哇啊……我有生以來第一次看到這麼多水。這就是海嗎……？」

結果亞絲娜站到米亞身後——看來她很喜歡這個位置——以雙手輕輕包裹她嬌小的肩膀並且說：

「這是塔魯法湖……是一座湖喲，米亞。海的話……比它寬廣幾千、幾百倍呢。」

「幾千倍嗎……這樣的話，就比具有城堡的這一層還要寬廣嘍……？」

「啊，是啊……真正的海洋或許只能在艾恩葛朗特下方相當遙遠的大地才能看得見……」

我聽著兩人這樣的對話，同時把基滋梅爾給我的小瓶子打開，這次腳不再往前舉，朝後方抬起後才慎重地在靴子底部滴上水滴。支援效果發揮效用後才靠近亞絲娜她們，重複了一遍同樣的作業。跟一開始見到時相比，小瓶子的內容量已經減少許多，不過應該還能用上幾次。

我把瓶子放回道具欄，然後靜靜地踏上湖水。前進幾步後靴底產生反作用力，水面開始像是罩了一層橡膠膜般把腳推回去。

往後一看，發現手牽手的亞絲娜與米亞緩緩追了上來。由於必須確實向米亞說明棲息在這座湖底部的巨大海星「歐西歐梅士司」究竟有多恐怖，結果就連米亞的腳步也傳來戰戰兢兢的感覺。但是她的體重比較輕，以凌亂腳步踏穿水面的危險性應該也比我們低才對。身高差不多的我和亞絲娜，老實說真不知道誰的裝備重量比較重，不過關於這一點實在很難開口確認。

當我一思考到這裡，就想起結果還沒問到雙手用突擊槍技能的謎團。水面步行中也無事可做，所以覺得現在應該是開口的機會，但是看見亞絲娜架著大型突擊槍往前突進時的驚訝依然盤踞在腦海當中，讓我很難抓準開口的時機。無聲呢喃了一句「下次吧」之後，就把神經集中在腳底。

到第四區回收祕鑰時幾乎只要朝正南方前進就可以了，但要前往第五區的話就必須朝東南方橫越湖泊。由於對岸被水氣遮住而看不清楚，所以必須靠著叫出來的地圖一邊確認行進方向一邊慎重地前進。只有短短不到一公里的距離，卻只能一直躡著腳走路，所以無論如何都會多花不少時間。上層底部來自於夕陽的暗紅色以驚人速度退後，藍色的黑夜隨後逼近。

突然間有一陣特別寒冷的風吹過湖面，讓我縮起脖子。從腳邊爬上來的寒氣讓鼻子深處開始發癢。下一刻，寒冷之外的另一種戰慄貫穿全身。

糟糕。

想打噴嚏。

我站在水面上，以右手按住嘴角想要壓抑鼻子發癢的感覺，結果不要說消失了，感覺反而越來越強烈。肺部擅自膨脹，吸進了滿滿的空氣。不行了，已經無法抵抗。

「……哈啾！」

因為按住嘴巴，多少壓抑了一些聲音，但還是無法避免身體上下震動。重量超越經過強化的表面張力所能負荷的範圍，右腳噗通一聲刺穿水面。我反射性想以左腳來穩住身體，結果卻連左腳都緩緩下沉，這樣下去將全身浸到水裡……當我這麼想時，張開的雙手就被人從左右兩邊拉住。一看之下，亞絲娜抓住我的右手，米亞則抓住左手，兩個人一起支撐住我的身體。

「慢慢地！慢慢把腳抽出來！」

在亞絲娜的指示下，我拚命放鬆全身的力量，把體重平均放在左腳和兩手上，然後靜靜地抽出右腳。再次踏上水面後就鬆了一口氣。

「謝……謝啦，得救……」

當我想要道謝時，亞絲娜迅速把右手伸到我眼前。

「噓……聽見了嗎……？」

我快速閉上嘴並豎起耳朵——感覺確實可以聽見「咕嘟咕嘟咕嘟」的沉悶聲音從湖泊正中央附近傳出來。畏畏縮縮地看向該處，發現水面有幾個地方斷斷續續有巨大泡泡破裂。

「咦……就因為剛才那樣……？」

內心帶著「只不過稍微踏穿水面耶！」的抗議而如此呢喃，但泡泡還是不停地噴出。雖然因為夕陽的反射而看不見水裡的情形，但直覺有種極為巨大的物體正從湖底浮上來。

最後三十公尺之外的水面上出現三個橫排的顏色浮標。

顯示名稱為「Tentacle Ophiometus」。顏色雖然沒有凱伊薩拉那麼誇張，不過也確實是深紅色。觸手都是那種顏色的話，根本就不用考慮做好在水中作戰的覺悟與其戰鬥的選項。但現在的位置又剛好是在路線的中間左右，不論是要回去還是前進都不是靠水面步行的速度能夠逃走的距離。

乾脆毫不抵抗，直接讓觸手捲走，然後當快被運到海星本體的嘴裡時，再看準時機進行起死回生的一擊……就在我開始有了自暴自棄想法的瞬間。

「桐人、米亞，快跑！」

亞絲娜這麼大叫，我則急忙回答：

「但……但是，一跑『薇露利之水滴』的效果就……」

「縮小步伐，在右腳下沉之前伸出左腳！只要有水滴的支援效果就能辦到！」

怎麼可能，又不是忍者……就在我這麼回答之前，背部就被人用力一推。往前倒的我跨出右腳，當快要再次踏破水面時就不再強行拉回，反而在反作用力尚未消失前迅速踏出左腳。然後右腳、左腳、右腳……一開始的幾步比較僵硬，但意識著「小步伐高速迴轉」並且持續運動雙腳，才發現不知不覺間已經在水面上奔跑。

「喔……喔喔……只要有心就能成功耶。」

我一邊如此呢喃一邊持續著小步伐奔跑，結果米亞就從左側超越我。身體較輕盈的她，反作用力果然比我還要強，在發出「咻啪啪啪……」的清脆水聲之下，看起來很高興般跑走了。往右邊一看，發現亞絲娜以宛如在水面上滑行一樣的順暢步伐追了上去。就在我浮現「很習慣了嘛」的念頭時，昨天渡過塔魯法湖時亞絲娜說過的話又再次響起。「如果掉到水裡造成海星出現，我也還有最後一腳可以用」，我記得她當時是這麼說的。

我想在水面奔跑應該就是她的「最後一腳」吧，但沒有任何準備的我之所以還能奔跑，完全是因為有薇露利之水滴的加護。沒有支援效果的話，不用想也知道跑不到三步就會沉下去了。亞絲娜應該跟我一樣才對，她到底是如何想到這種宛如忍術一般的技巧呢？

我使用一成的思考力來推測，同時有六成用在控制雙腳，三成則持續注意著後方的水聲。雖然無法停下腳步確認「噠啪啪……」的水聲究竟是來自什麼物體，但不用看也能想像得出海星的觸手劃破水面追上來的模樣。雖然感覺距離已經縮短，不過現在也只能不斷全力奔跑了。

當突破一條、兩條、三條蔓延在水面上的帶狀霧氣時，染上夕陽顏色的沙灘就出現在前方。距離突出到湖裡的沙灘大概還有一百公尺左右的距離。

「唔喔喔喔喔喔！」

嘴裡如此叫喚著的我，以接近臨界點的高速運轉來踢著水面。由於平常都是全力邁開步伐的跳躍型跑法，所以現在感到全身不對勁，但要是再拉開步伐的話，腳會來不及抬起。

感覺亞魯戈應該很擅長做這種事，還是再提升一些ＡＧＩ吧，這麼想著的我跑完剩下來的距離，比米亞晚了兩秒左右抵達岸邊。即使腳邊的水變成沙了還是不敢用力踏下，持續一陣子小步伐跑法後才慢慢減速。

來到沙灘開始變成草地的地點才終於停下腳步，氣喘吁吁地回頭看去，結果看到距離岸邊將近十公尺的陸地上浮著三個紅色浮標。浮標下方像蛇一樣蠕動著的是深灰色的觸手。觸手前端相當尖銳，不過靠近水面的地方直徑大約有三十公分。根部究竟有多粗，而海星的本體到底有多巨大呢……光是想就讓人感到害怕，而我當然完全沒有確認這件事情的打算。

觸手很懊悔般在虛空中摸索了十秒鐘以上，最後才慢慢地被拉回湖裡面。確認浮標朝著湖面遠去並突然消失後，我才長長呼出憋在胸口的氣息。

往左右兩邊一看，發現米亞和亞絲娜正默默眺望著湖水。由於沙灘面向西方，從遠方外圍開口處照射進來的夕陽就在湖面上形成鮮紅帶狀反射光。即使下面有巨大海星怪物在蠢動，這依然是一副美麗的光景。

放空腦袋茫然凝視著一月四日的落日之中，突然湧起強烈的疲勞感。

現在回想起來，今天凌晨兩點就起床到嘎雷城外圍山區探險，然後在布乎魯姆老人的小房間裡望著漢堡排流口水並且學會「覺醒」技能，上午前往史塔基翁時先是遭遇米亞，接著又被墮落精靈襲擊，午後回到嘎雷城還想說總算能睡個午覺，結果又遇見墮落精靈的大規模襲擊，好不容易擊退他們後又為了營救被當成人質的Q渣庫成員而外出，再遭女劍士凱伊薩拉強行奪走四把祕鑰與兩把鑰匙，根本沒有時間感到沮喪就跟基滋梅爾分手渡過塔魯法湖，最後從巨大海星的魔掌下逃到這裡。一天裡面完成這麼多活動，可能已經創下正式營運後的最高紀錄了。

由於體力快要耗盡，所以很想到較貴的旅館吃飽喝足後躺到床上好好睡一覺，但現在仍無法這麼做。既然米亞的母親賽亞諾準備前往迷宮塔，那麼追上她的機會恐怕就只有在練功區移動期間了。要是被她進入內藏複雜迷宮的高塔，要找到她就相當困難。

「……可以再撐一下嗎？」

對兩人這麼問完，米亞和亞絲娜就迅速回過頭來。

「當然了，完全沒問題喔。」

亞絲娜剛這麼回答……

「我也沒問題。現在還很有精神呢。」

米亞也點了點戴著皮革面具的頭。如此一來我當然也無法示弱了。

「那先到最近的村莊去吧。這個區域實際上只有一條路，所以賽亞諾小姐和攻略集團都會經過那裡才對。」

說完就轉身背對湖泊，結果便看到眼前一片廣大的沙海。

被陡峭岩山分成五等分的第六層，每個區域都有不同的主題。主街區所在的第一（東北）區是森林和草原，嘎雷城所在的第二（西北）區是荒野，我們直接跳過的第三（西南）區是濕地，祕鑰迷宮所在的第四（南）區是洞窟，然後終於抵達的第五（東南）區則是——沙漠。

雖然是RPG裡常見的地形，但是在VRMMO的世界裡看見真正的沙漠，又因為其具壓倒性的規模感到有些暈眩。巨大沙丘無限連綿的練功區裡沒有顯眼的地標，還不時會發生作為視覺陷阱的海市蜃樓，以為發現綠洲而靠近之後，在快要抵達時就會消失。而且遠景全被沙塵效果覆蓋，就連巨大迷宮塔都要靠近到幾百公尺以內才能發現。

最慘的是，唯一可以倚靠的地圖視窗也施加了跟第三層「迷霧森林」一樣的處理，將會隨機呈現反白。能夠信任的就是沙漠各處斷斷續續蜿蜒的紅磚小路。

我們眼前小小的草地也在短短十公尺左右便消失，在質感與湖邊不同的沙子當中，可以看到像是隨時要風化的小路往前延伸。

「……順著那條路走就可以了吧？」

我用力點頭來回應亞絲娜的問題。

「嗯，前方就是最後的據點『姆魯茲基村』……應該啦。」

「練功區魔王呢？」

「從第四區來的話，在姆魯茲基村前方會出現食蟲植物般的傢伙，我們的路線則不會遇見……應該啦。」

「怎麼全是應該啦。」

亞絲娜的吐嘈讓米亞發出輕笑說道：

「桐人先生之前來過這座沙漠嗎？」

「嗯……」

想要直向移動的頭在途中停下來。由於沒辦法向米亞說明封測時期的事情，所以我稍微考慮了一下後就說出曖昧且最低限度的說明。

「好一陣子前來過一次。不過，還是記得村子的位置……應該啦。」

「為了避免迷路，我們就邊撒麵包屑邊前進吧。」

一瞬間以為她是在開玩笑，但她似乎是認真的。我想像著是不是從賽亞諾小姐那裡聽到這樣的童話，同時開口回答：

「嗯～沙漠的話麵包屑應該會被風吹走。只要不看漏紅磚道路就沒問題了，迷路的話只要再回到這裡即可。」

「那就由我來仔細地確認道路吧！」

米亞如此宣言完就開始往前走，我和亞絲娜急忙從後面追上去。旁邊的亞絲娜把臉湊過來並小聲呢喃：

「想不到桐人滿會應付小女孩的嘛。」

「咦咦……？我超不擅長的好嗎，就跟面對同年紀或者年長的女性時一樣。」

「……是喔。」

細劍使只這樣回答，然後就以像是傻眼又像是憐憫的表情離開我身邊。

踏入沙漠才短短五分鐘，後方的塔魯法湖就被巨人沙丘遮住而再也看不見了。即使回頭，進入視界的也只是紫色的朦朧天空以及滲出紅色的夕陽，前方與左右的遠景都被沙塵遮住，就連支撐外圍的柱子都分辨不出來。好不容易才能看到上層的底部，但細部則是相當模糊。

倚賴的紅磚路也因為被沙子覆蓋或者崩塌而中斷，有時會從左右兩邊的沙子裡衝出蜥蜴與蛇等沙漠會出現的怪物。如果硬要找出什麼正面的要素，大概就是這裡跟第三區的乾枯河谷一樣是「缺乏綠色恩寵的土地」，所以應該不會受到墮落精靈的襲擊……但又想到樹枝的事情就覺得無法放心。不過我們連鐵鑰匙都被凱伊薩拉奪走，所以可能也不會再來襲擊我們了吧。

即使如此，還是在不降低警戒等級，跟著米亞帶領的情況下走了三十分鐘。

後方的殘照消失的時候，我們也剛好抵達姆魯茲基村。

這裡絕對不是什麼寬敞的村子，不過中央有一座巨大湧泉，清澈的水周圍有一些椰子和蘇鐵等植物展開細長的枝葉。家家戶戶都是土黃色的石造屋，粗糙的牆壁質感和嘎雷城類似，不過看不到任何的裝飾物。簡樸的營火照耀短短的主街道，另外還能聽見某種帶著悲傷氣息的弦樂器。

「這種……阿拉伯風樂器，我在封測時期也曾經想過要調查它的名字耶……」

對身邊的亞絲娜這麼呢喃，她只是微微傾斜脖子然後回答：

「我想……應該是烏德琴吧。」

「這……這樣啊……」

對她的博學多聞感到佩服的我，這時用更低沉的聲音呢喃：

「……如果到完全攻略遊戲都沒忘記的話，回到現實世界後我會搜尋看看。」

「既然這樣，乾脆在這裡練習看看吧？」

「不……不用了，我似乎不太適合樂器技能……」

我搖了搖頭後，認為這可能是詢問雙手用突擊槍技能的機會……但是在我開口之前，走在前面一點的米亞就回頭過來說：

「那裡……有奇怪的馬！」

一看之下，長在泉水北側的一棵椰子樹下，正繫著一頭有著軟綿綿褐色毛皮的大型四腳獸。隆起的背部與彎曲的脖子，是在現實世界已經司空見慣——不是直接而是看影像或照片——的動物。

「米亞，那不是馬，牠的名字叫駱駝喲。」

靠近少女的亞絲娜指著駱駝的背部表示：

「妳看，背上有很大的肉瘤對吧。只有一個的話是單峰駱駝，兩個的話則是雙峰駱駝。」

「但是，那隻駱駝有更多肉瘤喔。」

「咦？」

我和亞絲娜同時凝眼一看，結果駱駝背上確實併排了三個肉瘤。由於我在封測的時候就看過了，所以現在不會太驚訝，但亞絲娜在僵住一陣子後才以有些生硬的聲音說：

「那……那應該就是三峰駱駝吧……」

「呼唔噺！」

發出怪聲的不是米亞而是忍不住噗哧一笑的我。亞絲娜狠狠瞪了這邊一眼，然後就跟米亞一起跑去看駱駝了。

再次環視周圍後，發現姆魯茲基村的中央廣場雖然比嘎雷城的中庭狹窄一些，但構造上十分類似。正中央有一處直徑二十公尺左右的泉水，其周圍則可以看到椰子樹林立，甜甜圈形的廣場外圍是一整排的商店、旅館以及飲食店。

由於往迷宮塔前進的賽亞諾絕對會通過這個廣場，只要坐在道路會合的北側露天座位上應該就不會錯過了吧。因為演奏烏德琴的ＮＰＣ是在泉水南側，所以從這邊看不見人影，不過這樣的音量剛好適合當成用餐時的ＢＧＭ。

那麼，要吃什麼呢……如此煩惱著的我，眺望眼前的一整排建築物。視界內的餐廳──以規模來說大概是豪華一些的攤販──共有兩間。一間是類似串烤的烤肉店，另一間是咖哩般湯湯水水的食物。由於封測時期能夠吃到咖哩的店家也很稀少，有許多玩家就專程為了它從史塔基翁遠征到遙遠的姆魯茲基村，但我對它的味道其實有些不滿。因為菜單裡沒有米飯。雖然搭配艾恩葛朗特常見的烤薄麵包一起吃的阿拉伯風咖哩也很不錯，但身為國二的男生還是想把它淋在白米飯上面然後大口吃下。因此我決定今天晚上就吃串烤，接著對跑去看駱駝的兩個人搭話道：

「喂，那我隨便點些東西來吃嘍～」

「好喔～」

揮完手打過招呼後，料理的選擇權就屬於我的了。我要把店裡所有肉類料理都擺上桌，沒有空間擺那些裝模作樣的沙拉、燙青菜了！我隨著這樣的決心轉過身子，抱著餓到極點的肚子往前走了三步──就在這個時候。

一名嬌小的玩家以驚人速度從廣場南側跑過來，衝進串烤店的櫃檯。我確認對方的浮標是綠色，同時也衝刺站到旁邊。

「大叔，給我羊肉串和阿達納串烤！」

「大叔，我要三個燒肉三明治和三個烏爾法串烤還有……」

不輸給對方的我喊到這裡，才注意到先到的客人特別的聲音。那道魅惑的鼻音掩蓋住語尾的聲音——

「亞……亞魯戈？」

「哎呀，這不是桐仔嗎？」

面對大吃一驚的我，「老鼠」亞魯戈畫了三根鬍子的臉頰就展現笑逐顏開的模樣。

「什麼嘛，你已經抵達姆魯茲基村啦。很快嘛。」

「妳……妳才太快了吧！我還以為穿越第四區的洞窟至少得花五個小時……」

由於這時候鬍鬚店長大叫「久等了！」，我們便中斷對話依序領取料理。亞魯戈是兩根串烤，所以用雙手拿著，我則是先把夾了燒肉的三個圓麵包和三根串烤排在吧檯，然後用手臂抱住並且用指縫夾住木串才把它們全拿起來。

「先……先在那張桌子前坐下吧？」

我以視線指著設置在店鋪前面的露天座位之一，但情報販子卻繃著臉搖了搖頭。

「我想沒有那種時間嘍。」

「咦……為什麼？」

「因為我在這個地方，就表示……」

聽她說到這裡，我才終於發現一件事。正在追蹤賽亞諾的亞魯戈現在抵達姆魯茲基村，那就表示——

「咿……賽亞諾，不對，拿著那個黃金魔術方塊的ＮＰＣ已經通過這個村子了……？」

「剛才跟在入口跟導覽ＮＰＣ確認過了，她說三十分鐘前左右有一個女人經過。」

「……三十分鐘……」

我重複了一遍，然後在腦袋裡攤開第五區的地圖。

姆魯茲基村位於呈扇形的第五區中心部，從村子前往東北角的迷宮塔大約有三公里的距離。但是沿著曲折蜿蜒的道路前進的話，距離將會延長兩倍以上。即使如此，快步行走的話還是不用兩小時，用跑的當然就更快了。看來賽亞諾應該已經到很前面的地方去了。

「……ＡＬＳ和ＤＫＢ呢？」

「那些傢伙應該也追上來了，不過說要繞到葛斯卡伊去補給……我想應該又比我晚三十分鐘吧。」

「唔唔唔……」

我就在左臂抱著發出香氣的燒肉三明治，右手夾著更香的烏爾法串烤的情況下思考了起來。

賽亞諾單獨行動的理由仍不明朗，但她既然朝著迷宮塔前進，那最終目的地很有可能就是魔王房間。光靠我和亞絲娜、米亞、亞魯戈去追賽亞諾，萬一必須跟樓層魔王戰鬥的話，獲勝的可能性實在低到了極點……甚至可能所有人一起喪命。還是在姆魯茲基村等待攻略集團到達才是正確的判斷吧。

——但是。

現在已經跟「史塔基翁的詛咒」任務原本的劇本有很大的差異，賽亞諾應該也是根據可以稱為她自身意志的東西來行動。最後很可能會因為某個目的而選擇犧牲生命這樣的結局。如果變成那樣，相信我們而一起前來的米亞就會失去雙親。

花了三秒鐘左右決定應該採取什麼行動的我，隨即催促亞魯戈離開串烤店。然後大聲呼喚在廣場北側撫摸三峰駱駝脖子的亞絲娜她們。

「喂！馬上要移動嘍！」

連站著吃都不行，只能邊走……不對，應該是邊跑邊吃的亞絲娜原本露出有些不滿的表情，但聽完亞魯戈的狀況說明後就沒事了。聽見賽亞諾已經在我們前面的瞬間，她就優雅且迅速地解決雙手上的食物，然後對著情報販子問道：

「說是三十分鐘前就離開村子了，那練功區魔王怎麼了？就算賽亞諾小姐再怎麼強，也沒辦法獨自打倒魔王吧？」

「關於這一點……妳看這個。」

幾乎跟我同時吃完兩種串烤的亞魯戈，隨即操作視窗取出某種奇妙的物體。那是長寬高都大概二十公分左右的綠褐色立方體。

「我抵達練功區魔王的勢力範圍時，地面只散落著大量這種東西。」

「那是什麼……？」

我一皺起眉頭，亞魯戈便輕輕把立方體拋過來。急忙接住後，又因為輕盈的程度而嚇了一跳。質感就類似工程用輕木，表面上還能看到纖細的紋理。

「啊……這不會就是食蟲植物魔王的身體吧？」

「我想是吧。闖入第四區的蜈蚣魔王戰鬥時，那名賽亞諾小姐也把魔王的裝甲分解成同樣大小的方塊了。那個時候只有裝甲分散開來，底下還是平安無事，不過防禦力因此劇烈降低，FR展開總攻擊後就輕鬆打倒牠了。蜈蚣魔王……『巴沙魯特莫魯法』的裝甲並非一般的外骨骼而是極度堅硬的岩石。說不定賽亞諾所拿的魔術方塊，可以分解任何的礦物與植物喲……」

一聽見符合一流情報販子具說服力的推測，浮現在我腦海裡的是距離相當遙遠的主街區史塔基翁的風景。

那條街上的所有建築物，都是使用岩石或者木頭磚塊所建成。一直以來我都覺得作為領主證明的黃金魔術方塊不過是決定建材磚頭大小的基準……應該說，封測時期聽到的說明就是這樣，不過實際上可能並非如此。正如亞魯戈所說，如果魔術方塊具備「將所有礦物與植物變成磚頭」的力量，那麼建造史塔基翁的幾十萬個……不對，是幾百萬個磚頭的……

「──亞絲娜，作為史塔基翁街道建材的磚頭，妳覺得總共有多少個？」

我暫時中斷思考這麼提問，結果細劍使就皺起眉毛這麼回答：

「那是現在需要的情報嗎？」

「大……大概啦。」

「嗯……那個城市的南北向有六百公尺，東西向則是三百公尺左右吧。這樣就是六萬除以二十也就是三千，然後乘以一千五，總共是四百五十萬個。」

「喔喔，謝啦……」

我剛道完謝亞絲娜就輕戳了一下我的右臂，另一邊的亞魯戈則是發出感到傻眼般的鼻息。跑在前面的米亞雙手拿著吃到一半的三明治與串烤，靈活地轉過頭來補充道：

「桐人先生，那是鋪設在地面的石磚數量喔。上面還有建築物……」

「啊，對……對喔。呃……」

當我在腦內重現史塔基翁的街道時，亞絲娜就快一步說出結論。

「嗯，我想大概估基盤的三倍應該就可以了吧？雖然很粗略，不過我想是一千三百五十萬個左右。」

「喔喔，Thanks a million。」

雖然再次道謝，但亞絲娜似乎無法接受。

「那得到這個數字又如何呢？」

「沒有啦……只是在想建造史塔基翁的木頭和岩石磚塊並非用鋸子或鑿子一個一個製造出來，而是利用黃金魔術方塊的力量把那邊附近的岩山與森林分解出來的……」

「哦～原來如此……因為我剛看見食蟲植物魔王變成磚頭山的模樣，所以覺得桐仔的幻想很有說服力喲～」

原本帶著滿臉笑容這麼說道的亞魯戈，突然就露出嚴肅的表情。

一行人早就通過姆魯茲基村，再次跑在沙漠的小徑上。太陽已經完全沉沒，月光雖然被沙塵遮蔽而無法照射下來，不過幸好不是完全黑暗，淡藍色環境光讓連綿的沙丘朦朧地浮現在眼前。早知如此乾脆在姆魯茲基村租借駱駝，在月光下的沙漠風塵僕僕地……雖然也想嘗試看看這樣的旅行，但實在沒有多餘的時間，而且也根本不知道三峰駱駝要坐在哪裡。

亞魯戈認真起來的聲音乘著冰涼的夜風傳了過來。

「……但是，如果真是這樣，那就有點不妙了。」

「什麼意思？」

「只要是岩石或者樹木就都可以分解的話，也可以盡情穿越迷宮的牆壁吧？根本不用理會迷宮與機關，可以一直線前往魔王的房間……ＡＬＳ和ＤＫＢ到現在還認為解除蜈蚣的裝甲是賽亞諾小姐本人的力量。不過要是知道那是魔術方塊的力量，一定會想獲得這股力量喲。」

「嗯……確實是這樣……」

只要發揮想像力，就能知道黃金魔術方塊的使用方式不只是能在迷宮區製造出捷徑。艾恩葛朗特裡存在不少樹妖和食人草等植物系，或者是魔像、石像鬼等礦物系怪物，只要用魔術方塊就能一擊將其分解。如果這樣還能獲得經驗值，就能以極高的效率來提升等級。破壞遊戲平衡的程度完全不是我道具欄裡的公會旗所能比較。

按照一般程序進行「史塔基翁的詛咒」的話，賽龍就不會死亡而且還會改過自新，魔術方塊將再次封印到派伊薩古魯斯的墳墓裡，玩家不要說想獲得了，根本沒有機會發現它真正的力量。但是自從摩魯特與短刀使殺害賽龍的那天晚上開始，任務就產生劇烈的質變。只要殺掉賽亞諾，或許就能獲得黃金魔術方塊——

「……我想亞魯戈小姐說的應該沒錯。」

用完餐後重新戴上皮革面具的米亞丟出這麼一句話。認為她不過是普通ＮＰＣ的亞魯戈貶了眨在兜帽底下的雙眼，少女則是用不像ＮＰＣ的口氣繼續表示：

「我的母親曾經說過史塔基翁是『由魔法與詛咒形成的城市』。即使我詢問這句話的意思她也不願意告訴我……說不定就是因為知道黃金魔術方塊具有恐怖力量的關係。」

「也……也就是說，賽亞諾小姐是想用魔術方塊的力量做些什麼，才會朝『天柱之塔』前進嘍？」

我加上自己的推測後，亞絲娜就立刻回答：

「這還不知道喔，或許是想要解決魔術方塊也說不定……現在最重要的是先追上賽亞諾小姐。」

「嗯，說得沒錯。」

點著頭的亞魯戈把視線移回前方。羊腸小徑延伸至沙丘之間的光景雖然沒有變化，但有種預感，已經逐漸靠近存在於藍色黑暗遠方的巨大建築物了。

「……加快腳步吧。」

同時對亞絲娜的聲音點點頭，接著我們便稍微加快奔跑的速度。

盡最大的努力不偏離紅磚路終於有了回報，我們被怪物纏上的次數只有四次，但最後還是沒能在練功區發現賽亞諾的身影。

如果從事劇本之外的行動，那麼怪物應該也會襲擊賽亞諾才對，蜥蜴與蛇並非樹木或岩石，所以魔術方塊沒有辦法分解牠們。而且這裡不愧是第六層的最終區域，每隻怪物都相當強大。如果可以獨自打倒所有怪物，賽亞諾的能力值說不定是基滋梅爾級──至少可以確定跟立刻就被摩魯特他們幹掉的賽龍有天壤之別。

隊裡還有米亞在，不論事態如何變化希望都不要出現與賽亞諾戰鬥這樣的發展……我一邊這麼祈禱，一邊跑上出現在前方的一座特別巨大的沙丘。

比我快數秒鐘到達頂端的亞絲娜與米亞同時停下腳步，接著把臉朝向上空。遲了一會兒才爬上沙丘的我也注意到那個了。短短一百公尺前方，一道特別漆黑的巨大影子貫穿深藍色暗夜聳立於該處。第六層的迷宮塔……從一月一日的樓層攻略開始，花了四天的時間後終於抵達這裡。

一般來說，如果是重視安全的計畫，之後將集結全攻略集團的力量來探索內部並且完成地圖，流程大致上是花上一～兩天發現魔王房間，利用一天的時間進行魔王的偵查與訂立攻略作戰，然後再花一天攻略魔王。但這次，不對，應該說這次也無法悠閒地跑完流程。跟必須得在一天內穿越迷宮塔並且擊敗魔王的第五層一樣，看來沒辦法仔細地解開地圖，只能不斷朝上方前進。

「……結果還是沒能追上賽亞諾小姐，ALS和DKB也沒能追上我們……」

我在沙丘頂端往後看並這麼呢喃，結果亞絲娜也用帶著些許擔心的聲音回答：

「迷宮塔內的路途也就算了，以這樣的人數闖進魔王房間真的有點不安。希望賽亞諾小姐的目的地不是那裡。」

「嗯……但是迷宮區基本上也沒有其他東西了……」

「那就只能在魔王房間之前追上她了。」

這道聲音讓我再次轉過身子，結果亞魯戈就對我和亞絲娜丟出細長的瓶子。接過後拔開木栓，把瓶口湊到嘴裡，冰涼的萊姆風味微碳酸水就流入口中。雖然並非藥水，但對於在沙漠奔跑而乾渴的喉嚨來說，它就像甘泉一樣。一看之下，米亞也以雙手拿著瓶子，喉嚨發出咕嘟咕嘟的聲音大口喝著。

在亞魯戈請客下恢復體力的我們，跑下最後的沙丘朝迷宮塔前進。

第六層迷宮塔的斷面並非圓形或四角形而是正五角形。但因為體積太過龐大，光從地面抬頭看實在無法看出全貌，封測時期必須等到開始探索內部的地圖才終於注意到這件事。當時參加封測的玩家之間都在討論樓層和迷宮塔的五角造型構造是不是有什麼意義，但到最後都沒有出現能讓所有人信服的說法。

從近處仔細觀看塔的泛黑色石壁，就能發現上面確實跟史塔基翁的建築物一樣，有間隔二十公分的淡淡接縫。一樓正面的大門緊緊關著，周圍感覺不到其他人的氣息。賽亞諾是以這裡為目的地終究只是我們的推論，也有完全來錯地方的可能性，但現在也只能相信自己的直覺了。

「……要打開嘍。」

對伙伴做出這樣的宣言後，我就把雙手放到青銅色金屬門上用力推。轟轟轟……門隨著震動往左右兩邊分開，內部流出特別冰冷的空氣。

門完全打開之後，我就催促另外三個人進入塔內。和之前的迷宮區不同，裡面並非完全黑暗，朦朧的淡藍色照明從高處照下。如果內部構造跟封測時期一樣，那麼正面大門的深處是一座三角形大廳，左右兩邊牆上各有一扇門……

「——啊，請看那個！」

看來視力比三名玩家要好的米亞指著左前方，我便立刻移動視線。下一個瞬間，從我嘴裡掉出有些脫線的聲音。

「嗚咦……」

金屬門按照我的記憶存在於該處，但是其右側的石牆卻開了一個巨大的洞。石牆並非破裂或者粉碎，看起來像是建材的磚頭失去接合力而崩壞。

靠近洞穴並輕輕拿起一個石磚後，我就開口表示：

「……賽亞諾用黃金魔術方塊崩解了牆壁……應該是這樣吧。」

「但是，為什麼不走門就好了呢……鎖住了嗎？」

我一邊將視線移往房間深處一邊回答亞絲娜的問題。

「妳看，那邊的地板上出現石柱狀的物體吧？要開門就得解開設置在石柱上的益智遊戲，然後打倒從裡面跑出來的怪物……我想應該是這樣吧。」

顧慮著米亞就在身邊的我說出封測時期的知識，細劍使聽見後就像能接受般點了點頭。

「對喔，這樣就不必多花時間。那麼……跟著賽亞諾小姐經過的路線，我們也就不必解益智遊戲了吧……」

「應該是吧。不過一般的雜兵怪物一定會出現就是了。」

當我一邊這麼說，一邊丟下石磚的瞬間。

就像被「喀滋」的聲音引誘過來一樣——不對，或許真是這樣，從牆上開孔的後面傳來「嘎啊啊！」的叫聲。

「要來了！」

我拔出背上的劍，然後讓其他三個人退後。亞絲娜跟米亞也各自拔出細劍，亞魯戈則擺出裝備在雙手上的爪子。

幾秒鐘後，從洞穴裡突然現出身影的是有著像響尾蛇般單薄平坦的脖子與爬蟲類頭部，胴體與手腳都相當細長的亞人型怪物。原來是在這座塔裡許多地方都會出現的蛇人。外表雖然和至今為止戰鬥過的蜥蜴人以及魚人類似，但是除了手臂很長之外主武器還是長槍，所以攻擊範圍相當寬廣，就算鑽過長槍靠到身邊也會以毒牙發動咬噬攻擊，是很難纏的敵人。而且還一次來了兩……不對，是三隻。

糟糕，原本想在進入迷宮塔之前先發動冥想支援效果，但已經來不及了。幸好蛇人的牙齒不是麻痺毒而是傷害毒，所以就算被咬也能夠對應。

「被咬到會中毒！別勉強衝到身邊，瞄準手讓牠的武器掉落！亞魯戈和米亞一組吧！」

三個人簡短地回答了我的指示。基滋梅爾離開的現在，這支小隊裡等級最高的就是米亞，但還是小孩子的她攻擊範圍較短也是沒辦法的事。而亞魯戈也跟她一樣——不是體格而是武器的問題——所以讓她們兩個一組來負責擾亂敵人應該是最好的選擇吧。

朝我們衝來的三隻怪物裡面有兩隻裝備著長槍，一隻是劍槍。從鎧甲的裝飾判斷拿著劍槍的傢伙是隊長，於是我就朝那個傢伙衝去。

「咻嚕嚕嚕！」

隊長從嘴尖吞吐著細長舌頭，劍槍同時凌厲地刺過來。利用墊步躲開攻擊，以劍尖輕輕撕裂對方拿著劍槍的手就退後。亞絲娜與亞魯戈、米亞也各自讓怪物盯上自己，然後在廣大的房間裡散開。

——話說回來，亞絲娜不打算再用那把突擊槍了嗎……

我突然忍不住興起這個念頭，結果隊長蛇人就像看穿我的雜念一樣發動了劍技「快捷刺擊」。雖然是單純的單發直線突刺，但在所有劍技當中是具備最高速度的棘手招式。看見特效光的瞬間不跨出腳步就來不及迴避了。

但是我故意不移動腳步。雖然對亞絲娜她們做出解除對方武裝的指示，但是蛇人身上覆蓋著鱗片，以打帶跑戰術累積對其手部的傷害必須花不少時間。在必須盡快追上賽亞諾的狀況之下，實在不想與最初的敵人戰鬥就耗費太多時間。

我凝視著閃爍鮮紅光芒的槍尖，在極為精準的軌道、角度以及時機之下發動單發直向「垂直斬」。以劍腹擋住敵人槍尖的感覺往下揮。這個角度太淺的話就無法錯開敵人的劍技，太深的話就算防禦成功我的劍也會被彈開。只有在最佳角度下摩擦，才能成功完成改變敵人突刺技的軌道並且讓我方斬擊命中的技巧「反擊格擋」。

蛇人的劍槍略為擦過我的左胸就往後方刺去，下一刻垂直斬就擊中握住槍的左手。三角形鱗片啪一聲飛向天空，蛇人的手腕被從手臂上切斷並且碎裂。

「沙咻嗚！」

發出憤怒咆哮的敵人，想光靠著右手來反擊。但是沉重的劍槍只用單手拿的話速度將大幅降低。當我從技後僵硬恢復過來時，長槍才終於被拉回去。我再往前踏一步，刻意進入毒牙的攻擊範圍內。

蛇人像是等待已久般昂首進入噬咬攻擊的模式。但我是故意引誘牠這麼做。我朝著一直線伸過來的響尾蛇頭轟下三連擊技「銳爪」。帶著銳利毒牙的頭部除了是蛇人最大的武器之外，同時也是最大的弱點。鼻頭完全被三連發的斜斬轟中後，蛇人的上身像被彈開般往後仰，一瞬間僵住後直接爆散。我保留握拳的勝利姿勢，穿越飛散的碎片，朝著亞絲娜正在對付的蛇人側面衝過去。

我們兩分多鐘就結束與強敵三隻蛇人的戰鬥，接下來確實發動冥想支援效果後才衝進牆上的洞裡。當時亞絲娜要我轉向後面，亞魯戈則立刻發揮商人的精神表示「跟你買技能的情報喲」，但我只回答了一句「之後再說！」就繼續趕路了。

之後也不斷發現賽亞諾在牆壁上開的洞，但就是一直追不上本人。她應該是獨自跟蛇人戰鬥——明明黃金魔術方塊的力量應該對於蛇人沒有效果，但她收拾敵人的速度似乎比我們這支四人小隊還要快。

我記得棲息在迷宮塔裡的蛇人，再湧出的時間是五分鐘左右，當路線上沒有出現敵人時，就能做出追到距離賽亞諾小姐五分鐘以內的判斷，但是蛇人、甲蟲系以及魔法生物系怪物卻不斷襲擊過來。亞絲娜她們在經過兩三次戰鬥後也掌握到在這座塔內作戰的訣竅，大部分的敵人都能夠在一分鐘內解決，即使如此還是無法縮短距離，就證明了賽亞諾就算沒有黃金魔術方塊也具有壓倒性的實力。

強行奪取祕鑰與鐵鑰匙的凱伊薩拉也一樣，如果今後超強力……而且會依自身意志來行動（看起來是這樣）的ＮＰＣ會不斷登場的話，那麼攻略死亡遊戲時他們的存在無論如何都會變得重要。能成為伙伴就是強大的助力，變成敵人就很恐怖——不對，這也不是現在才開始的現象了。

總之多虧了賽亞諾幫忙打通幾乎繞過所有益智遊戲的最短路線，我們以猛烈的速度持續爬上高一百公尺的迷宮塔。五樓這個中間地點原本應該有作為中魔王的蛇人老大以及跟班存在，但當我們戰戰兢兢地窺探大房間時，只看到地面上滾落各式各樣的掉寶道具，一瞬間懷疑是不是參雜了賽亞諾的遺物而嚇出一身冷汗，但是看見房間深處的門已經打開，就判斷她也輕鬆通過此處了。

「……不會就這樣連樓層魔王都打倒了吧……」

環視著寶山的亞絲娜一這麼呢喃，咬著回復藥水瓶子的亞魯戈就帶著苦笑回應：

「希望那個時候也能確實開放通往上層的階梯……不過，就連我也預料不到會有這樣的發展。賽亞諾小姐為什麼會那麼強呢？」

賽亞諾的女兒米亞回答了情報販子直率的問題。

「母親從很久以前就每天都會鍛鍊自己，她經常在夜裡獨自一個人外出，早上才帶著一身傷回到家裡。我想應該是在南方的森林和怪物戰鬥。」

「……為什麼要如此拚命……」

聽見亞絲娜的話後，皮革面具少女只是靜靜地搖搖頭。

「我也問過她好幾次了，但她都不告訴我。只不過……現在變成這樣，就有種母親從以前就是為了今天做準備的感覺。」

——等一下等一下，這太奇怪了！

我好不容易才壓抑下想這麼大叫的心情。

「史塔基翁的詛咒」任務應該是在摩魯特殺害賽龍之後才偏離正常路線。沒有那個異常事件的話，任務就會跟封測時期一樣進行，麻痺的我與亞絲娜得到賽亞諾的幫助後一起潛入領主館，然後說服賽龍到地下迷宮回收黃金魔術方塊，平息派伊薩古魯斯的怨靈後任務就算完成……應該是這樣才對。

封測時期一起戰鬥過的賽亞諾實力絕對不弱，但等級和能力值都跟當時的我差不多，不具有能夠獨自秋風掃落葉般闖蕩迷宮區的規格外戰鬥力。如果米亞的話為真，就等於正式營運時的賽亞諾從賽龍被殺之前，就因為跟封測時期不同的目的而努力提升等級長達十年的時間。

「總之把這些撿一撿後就繼續趕路吧。」

思考因為亞魯戈的聲音而中斷的我，再次環視了一下地板的道具群後才開口說：

「咦……要撿嗎？」

「因為直接放著不管也不是腐爛就是被應該正追上來的攻略集團撿走呀。」

「是……是沒錯啦……但打倒中魔王的是賽亞諾小姐……」

米亞以不可思議的表情抬頭看著在倫理與物慾的夾縫中猶豫不決的我並且說：

「我想母親只是因為拿不走才會把這些東西留下來。既然桐人先生你們能夠使用『幻書之術』，把東西收下的話母親也會感到高興才對。」

「啊，是……是這樣嗎……那我們就不客氣了……」

如此回答完就迅速打開視窗，把滾落在地板上的武器防具素材等等全都丟進道具欄裡，亞魯戈隨即跟著我一起撿，亞絲娜也帶著微妙的表情開始幫忙。

掉寶道具不到一分鐘就被撿光，同時我們的ＨＰ也完全恢復了。

「很好，那就繼續……」

當我想說「前進」時，亞絲娜右手的食指就按住我的嘴巴。

「等等，你沒聽見聲音嗎？」

「咦……？」

閉上嘴巴後把精神集中在耳朵上，感覺確實能夠聽見細微的叫喚與打鬥聲。但不是來自上方而是從下面傳上來。

「……凜牙他們果然追上來了……」

如此呢喃的亞魯戈，又豎起耳朵聽了兩秒鐘左右才補充了一句：

「不過聲音聽起來還相當遠啊。只是因為牆壁上開了一大堆洞，戰鬥聲才會傳過來，我想應該還要花十分鐘左右才會上到這裡來吧……怎麼樣？要等嗎？」

「不，我們先走吧。」

我這次立刻如此堅定地回答。

「追上賽亞諾小姐比跟攻略集團會合更重要。」

「我也贊成。」

聽見我和亞絲娜的話後，米亞就把頭低下來。

「……真的不知道該如何感謝各位……」

少女說到這裡時，我就把手放到她肩膀上，同時把她的身體轉過來。

「這些等全部結束之後再說吧。來，要衝嘍！」

「……好的！」

互相點點頭後，我們就朝著打開的門前進。

迷宮區後半部的雜兵敵人明顯變強了，邊跑邊檢查的掉寶道具裡面有雖然比不上騎士細劍，但依然算神兵利器的細劍以及敏捷力＋5的爪子，所以就讓米亞跟亞魯戈裝備上去，我們則以跟下層幾乎沒有兩樣的速度持續爬著正五角形迷宮。

回過神來才發現時刻已經超過晚上八點，很不可思議的是在塔魯法湖畔感覺到的沉重疲勞沒有再次出現。也因此覺得下次自己感受到精神上消耗時可能就再也站不起來，不過現在也只能拚命邁開腳步。在旁邊奔跑的亞絲娜應該跟我一樣累，卻完全沒有任何抱怨。

「……我說啊。」

被這樣的亞絲娜呼喚，我就只把視線往右移動。

「嗯……？」

「不覺得從剛才就沒有敵人出現嗎？」

「啊……聽妳這麼一說……」

我思考了一下然後點頭。經過中魔王房間之後還是不斷出現的蛇人以及其他怪物，從五分鐘前左右就消失無蹤。不是湧出模式有所改變，而是被先行者掃蕩後尚未再次湧出。也就是說，我們的目標賽亞諾已經在五分鐘以內的距離。

現在位置是迷宮塔八樓中段，魔王房間是在十樓，照現在的速度，不知道能不能趕在魔王房間之前追上她。

「……雖然有點風險，不過解除警戒全力衝刺吧。」

聽見我的提案後，亞絲娜便回答「知道了」，跑在前面的亞魯戈與米亞也立刻點頭。

至今為止我都是一邊奔跑，一邊注意是否有怪物的低吼或移動聲，以及視界角落是不是出現了紅色浮標，現在則是一口氣把速度提升到極限並站到前頭。與攻略集團同行時，大多會保留一些速度的我，在這四個人當中敏捷力應該是最低，所以可以毫不保留地盡情邁開腳步。磚頭的接縫與細部融化在流線中消失，乾燥的空氣猛烈擊打臉龐。

在迷宮內全力奔跑時，轉角處的動作……以賽車遊戲來說就是過彎將會變得很重要。除非穿著抓地力相當好的鞋子，或者奔馳技能熟練度相當高，否則將會無法順利轉彎而滾向外側，所以需要打從一開始就放棄普通的過彎，就像在史塔基翁的旅館裡跟亞絲娜追逐時那樣，先跳到要轉過去的牆壁上，牆面奔走幾步之後才下到地板上來的技術。

亞絲娜和亞魯戈當然也會這種奔跑方式，所以我便以牆面奔走克服了出現在前方的左彎。下到地板上後，隨即浮現「糟糕」的念頭並且咬緊牙根。小隊裡還有米亞這個ＮＰＣ成員。實在不認為她會知曉古怪的系統外技能。

邊減速邊往後看的我，隨即知道自己完全是杞人憂天。跑在亞絲娜前面的米亞，以感覺不到重力般的輕盈動作，在牆面上踩了五步之後才回到地板上。由於快要被追上，我便急忙轉向前方加速。看來賽亞諾不只教了她劍的使用方式。

既然如此就不必多加操心，我便持續全力衝刺，下一個轉角也以牆面奔走順利過關。到了丁字路和十字路口時還是要停下腳步看清楚前進方向，選擇沒有怪物氣息的道路或者是地板上有掉寶道具的道路立刻開始奔跑。最後在死胡同的牆壁上發現幾個大洞穴，衝進去後出於右側有階梯，隨即毫不遲疑地往上爬。

由於這座迷宮塔的第十樓幾乎就只有魔王房間，所以第九樓就算是迷宮的最深處。原本應該是會有特別凶惡的怪物阻擋去路的高難度區域，但是賽亞諾經過的道路就只有各種掉寶道具滾落在地面，連一隻甲蟲都沒有出現。因為沒有時間每次都停下腳步，所以雜兵怪物的掉寶全部視而不見，不過亞魯戈似乎還是能邊跑邊銳利地辨別出稀有道具，然後用爪子鉤起來放進道具欄裡。那種靈活度與貪心度，就連我也無法比擬。

跑過通道、鑽過洞穴，以無視地形與機關的最短路線三分鐘就穿越第九樓。前方可以看見外表威嚴的空中迴廊，以及從該處往上延伸的大階梯。從那裡爬上去後應該就是第十樓，但迴廊和階梯上都看不見人影。

賽亞諾果然已經闖入魔王房間了嗎……就在我咬住嘴唇的時候。

「母親大人……！」

細聲這麼叫著的米亞把皮革面具往上撥，然後一口氣超越我。

「喂……喂！」

急忙從後面追上去之後，我也注意到了。雖然沒看到身影，但從前方傳來細微的腳步聲。分成兩條的大階梯在平台會合並且折返，某個人……不對，是賽亞諾就從我們這邊看不見的折返部分往上爬。與她之間只有短短不到三十公尺的距離，不過階梯上方就是魔王房間了。

以連亞魯戈都追不上的速度穿越空中迴廊的米亞跳上左側的階梯。這樣下去有可能發展成只有賽亞諾跟米亞進入魔王房間然後門就關上的事態。沒辦法的我只能拔出背上的愛劍，把它攏到背後。

「唔喔喔！」

我邊叫邊全力踢向地板。發動跳躍突進技「音速衝擊」，一口氣飛越剩下一半的迴廊來到樓梯上，然後故意落地失敗，雖然減少一丁點ＨＰ，但是以翻滾狀態滾上階梯，在樓梯平台上追上米亞。

在滾動期間技後僵硬就已經結束，我往牆壁一踢後迴轉衝上折返部分，一抬起頭來眼睛就看見從樓梯往上衝的背影。那是一名右手拿著細劍，左手抱著大立方體的金髮女性劍士。頭上黃色浮標寫著「Ｔｈｅａｎｏ」幾個字。

「賽亞諾小姐！」

「母親大人！」

我和米亞同時大叫，女性劍士又往上爬了兩三階，才在距離第十層只剩一段階梯的地方停下腳步。反轉在中間綁起的長髮與深綠色長裙轉過身子，以跟米亞一樣的灰藍色眼睛往下看著這邊。

正式營運之後，這也不是我跟賽亞諾初次見面了。在史塔基翁的領主館從賽龍那裡承接任務後，一開始去打探情報的對象就是前傭人賽亞諾。但那個時候她是穿著樸素的圍裙洋裝，看起來跟路上常見的主婦ＮＰＣ沒有兩樣，但裝備上散發高級光澤的皮鎧與細劍後就成為身經百戰的女戰士了。

凜然的美貌稍微和緩，賽亞諾以沉靜但通透的聲音表示：

「米亞……桐人先生。雖然預料到你們會追上來，但沒想到會被你們追上。」

「母親大人……」

我代替只能用雙手緊握細劍劍柄如此低喃的米亞，慎重地向對方搭話。

「賽亞諾小姐，我不清楚妳想做什麼。但是請不要獨自繼續前進，先跟我們……還有米亞談談吧。」

當我說到這裡時，亞絲娜跟亞魯戈也追上來站在我和米亞的兩側。

賽亞諾依序看著我們四個人的臉，然後再次對自己的女兒搭話：

「妳變強了，米亞。抱歉，我一言不發就消失……但這是我的任務。只要這個魔術方塊存在，詛咒的益智遊戲就不會從史塔基翁消失，沾滿血的繼承人之爭也會持續下去。賽龍已死的現在，再也沒有人能夠抑制詛咒了……這東西必須被破壞掉才行。」

「要怎麼做……？妳打算如何處置它？」

當我拚命這麼問時，賽亞諾的視線就移到我身上。

「這種狀態下的方塊絕對無法破壞。但是把它放回原本的所在之處，守護方塊的力量應該會消失才對。」

「原本的所在之處……？」

如此呢喃的亞絲娜將上半身往前探出幾公分。

「是在這個魔王房間……天柱之塔的守護獸房間嗎？」

「亞絲娜小姐，不能算完全正確。」

亞絲娜跟我一樣，僅在三天前跟賽亞諾見過一次面，但現在她還是以正確的發音叫出細劍使的名字。

「所在之處不是房間而是守護獸身上。這個魔術方塊原本是守護獸身體的一部分。很久很久以前，派伊薩古魯斯大人親手將它取下，帶到史塔基翁……不對，當時還是個破爛無名小村的地點。史塔基翁變成現在這樣雄偉的模樣全是因為有這個方塊的力量，但它原本就不是人類應該擁有的東西……」

賽亞諾說到這裡就停下來，凝視著以左手抱住的黃金魔術方塊。

——那個是樓層魔王身體的一部分？

——前任領主派伊薩古魯斯從魔王身上將其分離，用它的力量建造了史塔基翁……？

我拚命地咀嚼著封測時期完全沒有出現的情報。

封測時期第六層的樓層魔王是各面分割為三×三的方格，分別塗成紅、藍、黃、綠、白、黑等六色的立方體——也就是巨大的魔術方塊上長了手腳的模樣。以武器擊打各行的邊緣部分就會往那個方向旋轉九十度，重複這樣的程序湊成同樣的顏色後就會分解成小魔術方塊，露出能夠給予傷害的核心，但是應該沒有什麼黃金魔術方塊才對。

不對，封測時期與正式營運的樓層魔王追加了變更也不是什麼稀奇的事了……其實第一層到第五層的所有魔王都經過或大或小的更新，所以第六層魔王的變化根本沒什麼好可思議的。問題是把被派伊薩古魯斯取下來的黃金魔術方塊放回魔王的身體裡時，會產生什麼樣的變化。率先想到的是「取回原本的力量」＝「超強升級」這樣的發展，對於必須打倒魔王才能到第七層的我們來說，這是絕對要避免的事態。

「賽亞諾小姐。」

接下來向對方搭話的，是此時依然不改我行我素態度的情報販子。

「我是桐人和亞絲娜的跟班亞魯戈，希望妳再告訴我一件事。把那個魔術方塊放回守護獸的體內後，具體來說會發生什麼事呢？如果變得超級強大，豈不是連妳都沒辦法打倒了？」

——賽亞諾聽得懂什麼叫跟班嗎～

我連這種時候都突然擔心起莫名奇妙的事情，不過賽亞諾似乎毫不在意，只是點頭表示：

「……你們冒險者是為了打倒守護獸然後到下一層去而戰吧……我雖然不清楚詳細情形，但可以確定的是把方塊放回去守護獸就會開始活動並且展開攻擊。但那對你們來說應該也不是壞事。因為在這個方塊被取出來的情況下，守護獸就會跟它一樣受到透明的力量守護，完全不會受到任何傷害。」

「「什——！」」

我和亞魯戈異口同聲地叫了出來，重複看著對方和賽亞諾的臉。

如果賽亞諾所言為真，那麼要打倒樓層魔王就一定需要那個黃金魔術方塊。但是不論什麼地方都沒有這個情報…………

——不對。所謂「史塔基翁的詛咒」任務的正確發展也不過是封測時代的知識。可以確定劇情已經因為賽龍的死而產生扭曲，繼續攻略下去的話最後可能會連結到樓層魔王的事情，然後明確地顯示出魔術方塊是必須的關鍵道具。

「……那也就是說，把這個方塊放回去後就可以攻擊開始行動的守護獸，打倒它之後方塊也會被破壞嘍？」

聽見亞絲娜的問題後賽亞諾雖然默默無言，但堅定地點了點頭。

「那麼，母親大人！」

這麼大叫的是至今為止一直保持沉默的米亞。

「也請讓我幫忙吧！我知道守護獸非常強大，也了解母親大人是擔心我……但是，母親大人獨自進入守護獸的房間卻沒有回來的話，我一個人也活不下去了！」

聽見米亞這麼說後，我就看見賽亞諾臉上浮現極為糾葛的表情。

這果然已經不是計畫好的故事性事件了。米亞和賽亞諾都擁有獨立的人格，試著要完成自己應該做的事情。

幾秒鐘後，賽亞諾先用力緊閉雙眼，然後瞬間張開眼睛。接著將原本拿在右手上的細劍收回左腰的劍鞘裡，微笑著說：

「我知道了，米亞。妳變得比我想像中還要強大許多……之所以教妳劍法，是為了哪一天我不在了妳也能獨自活下去，不過看來那只是媽媽一廂情願的想法。謝謝妳……米亞，妳就幫幫媽媽吧。」

「嗯！」

米亞完全捨棄至今為止的成熟態度，飛奔上剩下來的階梯緊抱住母親。賽亞諾撫摸女兒的頭一陣子後才看著我們說：

「桐人先生、亞絲娜小姐、亞魯戈小姐，很感謝你們如此保護我的女兒。」

——被保護的是我們才對啦。

沒有直接開口只是這麼想著的我點了點頭。然後和亞絲娜、亞魯戈一起爬上階梯，站在賽亞諾所待的第十層入口。

左手抱著米亞的賽亞諾默默把右手伸過來。依序和我們握手後，我的視界左上角就自動出現第五條ＨＰ條。我畏畏縮縮地確認等級是——32。

唔唔唔……？差點發出這種低吟的我急忙往後退一步。以剛升上21級的我來看，她的等級當然遠遠超越我，但是我和亞絲娜、亞魯戈加上23級的米亞可是組成了四人小隊，就她的能力值來看似乎沒有強大到能夠比我們更快殲滅怪物。武器和防具雖然是高級品，大概也都是商店能夠買得到的等級。

但事到如今繼續猜測賽亞諾的實力也於事無補。而且稍等一會兒攻略集團的本隊就會追上來了。為了確保米亞的安全，賽亞諾應該也會接受跟他們一起戰鬥才對。

在亞絲娜耳邊說了句「拜託妳說明狀況」後，她就以「真受不了你……」的眼神瞪了我一眼，然後才靠近賽亞諾。她呼一聲吐出一口氣，接著環視周圍。

從我們所站之處有一條設置了嚇人裝飾的通道往前延伸了十公尺左右，通道盡頭則聳立著一扇由兩片門板組成的巨大青銅門。靠近幾步抬頭一看之下，門上刻有讓人聯想到迷宮塔外壁……或者是史塔基翁街道的九×九方格浮雕。門後面是目前名字與模樣都未定的第六層樓層魔王在等待著我們。

本來至少也要進行三次偵查。但是根據賽亞諾的說明，不把黃金魔術方塊放回魔王的身體就沒辦法攻擊它，而且一旦放回去之後應該就再也拿不出來了吧。然後在有這種機關的情況下，很可能到戰鬥結束之前魔王房間的門都會一直緊閉。

但不管怎麼樣，都已經來到這個地方了。雖然是一連串出乎意料的發展，不過這裡……這個世界並非單機用的ＲＰＧ，而是關了八千名玩家的ＶＲＭＭＯＲＰＧ。今後也會不斷發生意料之外的事情，我們必須一邊加以對應一邊持續往上爬到遙遠的第一百層才行。

我迅速回過頭，走回小隊成員身邊。

十五分鐘後。

我帶著不習慣的笑容迎接吵吵鬧鬧爬上大階梯的攻略集團。面對露出「為什麼在這裡」表情的凜德和牙王，藉由亞絲娜和亞魯戈的幫助，在能夠透露的範圍內說明整件事情。

「──什麼嘛，那個ＮＰＣ是你的關係者嗎？」

雖然被牙王用諷刺的口吻這麼說，但聽見黃金魔術方塊是攻略樓層必須的道具後，兩公會也就不再囉哩囉嗦了。

兼具休息目的的會議結束之後，終於開始進入魔王攻略聯合部隊的編組工作。Ａ、Ｂ、Ｃ等三小隊是由牙王率領的艾恩葛朗特解放隊成員。Ｄ、Ｅ、Ｆ三小隊則是由凜德所率領的龍騎士旅團成員。然後Ｇ隊是由我、亞絲娜、亞魯戈、米亞以及賽亞諾所組成。可惜的是艾基爾的大叔軍團因為所有人的ＡＧＩ都很低，不擅長衝刺移動，因此沒有參加這次的追蹤。

也就是說會讓人擔心坦克有點不足，不過也只能夠用機動力來彌補了……我在遠離集團的牆壁邊這麼思考著，同時為了慎重起見而檢查ＡＬＳ與ＤＫＢ眾成員的長相，不過這次也沒看到摩魯特與喬。

這當然是件好事，不過黑斗篷男和同伴到底是因為什麼目的才協助墮落精靈這個疑問，就在未獲得解答的情況下殘留下來了。是為了入手帶麻痺毒的飛針——修馬爾戈亞之刺嗎？那確實是極其強力的武器，但真的只為了這個目的，就參加綁架Ｑ渣庫成員讓靈樹吸取毒液這種大費周章的作戰嗎？

「……那些傢伙還會耍什麼詭計嗎？」

旁邊突然傳來這樣的聲音。一看之下，亞絲娜正以險峻的視線看著朝下的階梯。看來她正想著跟我一樣的事情。

「嗯……就算是這樣，我想光靠摩魯特和喬還是沒辦法爬上這座塔。真有什麼陰謀的話，也得等上到第七層吧？」

「我想也是……」

亞絲娜雖然點著頭，但側臉還是帶著些許不安的神情。在這個第六層，不論是差點跟賽龍一起被殺的時候，還是在嘎雷城受到襲擊的時候，面對ＰＫ集團時我們總是處於被動。我很能夠理解她「一旦放鬆戒心可能又會被趁機襲擊」的心情。

我瞄了一下周圍，猶豫了一陣子後就下定決心把左手往旁邊移動。以指尖摸索亞絲娜的右手……雖然不至於握住，但還是悄悄地捏住小指的底部附近。纖細的手一瞬間震動了一下，但沒有叫著「你做什麼！」並且把我的手甩開。幾秒鐘後，亞絲娜的手也動了起來，以微妙的力道把我的手指握在手掌裡。

二〇二三年一月四日，晚上九點。

結束所有準備的聯合部隊在大門前整隊。站在前頭的牙王以簡短但氣勢十足的話語鼓舞所有人後，就用力把門推開。

14

好寬敞。

因為幾乎占了迷宮塔十樓的所有面積，所以這也是理所當然的事，不過隔了四個半月才再次看見的第六層魔王房間確實是寬敞到了極點。牆壁、地板、天花板都是藍灰色，因為照明微弱，房間角落看起來呈現黑色。高挑的天花板上畫著巨大星形，讓我再次體認到塔……也就是這個房間是正五角形。

從外面的沙漠看起來，塔的橫寬大約是高度的一半左右。也就是說高一百公尺的話，五角形的對角線就是五十公尺，一邊的長則是……

「——亞絲娜，正五角形的邊與對角線的比例是幾比幾啊……？」

小聲這麼問完，細劍使就露出「這種時候幹嘛問這個」的表情來回答我。

「一比二分之一加$\sqrt{5}$喔。近似值是一．六一八。」

「一．六一八……也就是說，對角線是五十公尺的話，一邊就是……三十公尺左右？」

「正確來說應該是三十一左右，不過應該差不多吧？」

「原來如此……」

之所以能在魔王房間裡閒聊，完全是因為在等ＡＬＳ與ＤＫＢ的六支小隊抵達負責的位置。當我想著「至少還要再三十秒吧」時，這次換成亞絲娜對我搭話。

「一比二分之一加$\sqrt{5}$也就是所謂的『黃金比例』喲。」

「黃金比例……？」

「像是帕德嫩神廟的長寬比、米洛的維納斯的上下半身比例之類的……拿人類的臉來說，鼻子和嘴巴的幅度如果是一比一．六一八的話就相當平衡喔。」

「這樣啊。」

感到佩服的我無意中看向亞絲娜的臉龐，想要確認是不是完美比例。但是亞絲娜立刻戳了一下我的側腹，結果亞魯戈就傻眼地表示「喂喂，這裡是魔王房間喲」，米亞則是發出輕笑聲……當我們在打打鬧鬧時，就從房間另一邊傳來牙王的叫聲。

「完成配置了！隨時可以開始！」

「了解！」

大叫著回答完的我，一瞬間看向身後。從五角形的一邊突出十公尺左右的大門目前仍是敞開著。我默念著「千萬別關上啊」，然後看向站在米亞身旁的賽亞諾。

「那麼……拜託了，賽亞諾小姐。」

「好的。」

輕輕點頭之後，媽媽劍士就把視線投向雙手抱著的黃金魔術方塊。某種表情像細浪般浮現在她美麗的側臉上又消失。

「那麼……要開始了。米亞，不可以跑太前面喔。」

對女兒這麼搭完話，賽亞諾就開始走向房間中央。

她的目標前方放置著奇妙的物體。

形狀本身極為簡單。一邊六十公分的立方體。簡直就像從炭裡切割出來般毫無光艷的漆黑，在微暗的照明之下很難看清楚細部，不過對著我們的這一面，正中央開了一個一邊二十公分左右的正方形洞穴。一眼就可以看出那個洞正好符合黃金魔術方塊的大小。

「……把方塊裝到裡面去的話，就沒有可以抓住然後拿出來的地方了……」

我隨口這麼呢喃，結果站在右邊的亞魯戈就表示：

「我剛才偵查了一下，四角形洞穴的後側也有小洞喲。」

「這樣啊……是從那裡插入棒子之類的東西嗎……」

「與其說是棒子……」

話說到這裡，亞魯戈就緊閉起嘴巴。賽亞諾彎下身子，把方塊放進洞穴裡了。

漆黑的洞穴就像塗了油一樣，完全沒有磨擦或者卡住的情形就直接把方塊吞到深處。當黑色與金色平面完全一致的瞬間，「轟轟……」的沉重聲響就震動著藍黑色地板。

突然間，黑色立方體綻放出金色燐光。賽亞諾迅速退後來跟它保持距離，周圍的聯合部隊也一起擺出備戰姿勢。大量的劍與長槍反射燐光，同時立方體也靜靜離開地板往空中飄浮。

立方體在高三公尺左右的地方靜止下來，然後開始橫向旋轉。一開始還算緩慢，但速度逐漸加快，最後與微暗的環境合為一體。只有黃金魔術方塊畫出的線條殘留在空中形成光圈。

轟轟轟轟！

空氣再次震動。好幾個金色立方體像是從空中滲出來一般實體化，然後同樣開始旋轉。不對，不只好幾個。雖然沒辦法數清楚，但我知道總共有二十六個。

不久後黃金立方體群毫無縫隙地包圍高速旋轉的漆黑立方體，然後緊緊結合在一起。旋轉逐漸變慢，完全靜止之後，存在於該處的就是一個一邊變成原來的三倍——也就是長達一百八十公分的黃金魔術方塊。

二十六個立方體雖然直向與縱向每三個一排連結在一起，但並非完全融合，僅留下些許縫隙。也就是一個超巨大的魔術方塊。

「跟封測的時候一樣！用武器擊打邊緣就會轉動……」

當我叫到這裡時，才終於發現到一件事。

封測時期分別塗成紅藍綠黃白黑的各面，現在全都一樣是金色。這下子就不知道該如何湊齊了……應該說打從一開始就湊齊了。

突然間，二十六個小方塊隨著內燃機般的轟然巨響隨機往上下左右旋轉了起來。當旋轉結束時，九格×六面共計五十四個正方形就浮現藍白色發光圖案。

不對，那不是圖案。雖然是不常看到的字形，但那是……

「數……數字……？」

亞絲娜一發出沙啞的聲音，巨大魔術方塊上空也同時出現唯一一條HP條。HP條下方魔王的名字正發出清澈的光芒。

「The Irrational Cube」。

雖然早已做出最壞的打算，不過這時背後的大門傳出低沉的關閉聲。

「要來了……！」

這麼大叫的是凜德。

像是要回應他的聲音一樣，魔王身體上的八個頂點裡有三個一瞬間延伸出淡灰色線條，朝著聯合部隊刺去。我立刻放聲怒吼：

「迴避————！」

下一刻，鮮紅色雷射光線就沿著灰色線條迸發。「咻啪！」一聲令人害怕的巨響過後，大廳的三個地方產生小規模爆炸。幸好沒有人被直接擊中，但還是受到高熱的範圍傷害了吧，並排在視界左邊的幾條ＨＰ條減少了一些。

顏色與名字都跟封測時不同──以前是「The Irritating Cube」──不過目前攻擊模式還是一樣。難以辨認的瞄準線出現後，雷射就會沿著線劃過。輕裝的玩家要是被直接擊中就會損失大量ＨＰ，但只要冷靜下來看清楚瞄準線就不會太難迴避。當然如果處於翻倒或者僵硬狀態就另當別論了。

想先從名字裡獲得攻略提示的我，以最快的速度對著搭檔問道：

「亞絲娜，那個Irrational是什麼意思？封測的時候是『Irritating』……」

「嗯……我記得應該是『荒謬的』吧。」

「荒謬的……」

這麼呢喃著的我，腦袋裡同時大叫著「一點都沒錯！」。連讀幼稚園的小朋友都可以把顏色湊齊，但是數字……不對，數字也一樣嗎……？

「那也就是說，讓全部的面都變成同樣的數字嘍？」

以為找出些許曙光的我放聲這麼叫道，結果亞魯戈的話立刻粉碎我的希望。

「但是那些數字一直到9耶！」

聽她這麼說才發現真是如此。發出藍白色光芒的阿拉伯數字從1到9隨機排列在平面上，要把那個湊齊六面是絕對不可能的事。雖然腦袋靈光一閃出現「把9反過來變成6」的念頭，但就算這樣數字還是太多，而且6和9的外表完全不同。

一有困難就想要求助於NPC的我，就對走回來賽亞諾搭話道：

「賽亞諾小姐，要如何處理那些數字……」

但劍士卻繃著臉搖了搖頭。

「我也不知道。領主館裡傳承下來的故事，都只有想破壞黃金魔術方塊只能把它放回塔的守護獸體內……」

「這……這樣啊……」

當我們對話時，魔王也在大廳中央不斷發射雷射，聯合部隊的成員一邊鑽過這些攻擊，一邊跳起來把武器轟到浮在空中的立方體上。每次攻擊都讓魔術方塊的行或者列九十度旋轉，但是HP卻完全沒有減少。帶著數字的方塊果然是無敵之身，必須解開益智遊戲把防護化解掉才行。但就連是什麼樣的益智遊戲都不知道的話，根本就沒辦法出手吧。

就像逐漸充滿大廳的不安與焦躁整個爆發一般，魔王附近閃爍著橘色特效光芒。應該是某個人發動了劍技。

「快住手……！」

反射性想這麼大叫但當然已經太遲了。長槍的二連擊在荒謬的方塊表面造成炫目火花，但是HP卻完全沒有減少——魔王就像早就等待這一刻般延伸出瞄準線。

「快躲開！」

牙王發出怒吼，瞄準線周圍的玩家一起飛退，但是技後僵硬當中的槍使卻無法動彈。迸發的紅色雷射直接擊中槍使……

「嗚啊啊！」

呆立在現場的我，耳朵同時聽見沙啞的悲鳴與沉悶的爆炸聲。那是ALS的Schinken Speck嗎？他輕易地被轟飛並且倒在地板上。C隊的其中一條HP條一口氣減少五成以上直接變成黃色。伙伴幫助他爬起來把他拉到牆邊，但應該要花一段時間才能從那樣的傷害當中恢復過來。

「……桐人，還是先撤退比較好……」

亞絲娜緊繃的聲音，讓我僵硬地點了點頭。

無論怎麼想都覺得這麼做才是正確答案。魔王處於無敵狀態又不清楚解除方法，在這種狀況下還拖拖拉拉地戰鬥很可能會陷入最糟糕的事態當中。只不過……

回過頭的我看見的是緊緊關上的大門。或許是沒有注意到門已經關上吧，這時亞絲娜猛烈吸了一口氣。

「……不代表一定打不開。」

有一半是說給自己聽般呢喃完後，我就朝著地板踢去。瞬間跑過十公尺的距離，以像要用身體衝撞一般的勢頭將左手拍到門上。厚重的青銅門稍微震動了一下，但沒有移動分毫。果然被鎖上了………

「———！」

突然一道藍色光芒橫越我的眼前，讓我別過頭去。原本以為是魔王的攻擊而屏住呼吸，結果感覺不到衝擊。把視線移回去後，我再次猛吸了一口氣。

數字。

門的表面浮現方格圖案，格子的中央排列著阿拉伯數字。字形就和浮現在魔王身體上的一樣……但是空白的格子比有數字的格子還要多。

往後退一步來看著整扇門的我，以及站在旁邊的亞絲娜同時大叫：

「「數獨……？」」

不會錯了。跟在史塔基翁轉移門廣場的地板完全相同的數字益智遊戲，就顯示在整扇巨大的門上。

「解開這個益智遊戲，門就會打開嗎？」

聽見背後亞魯戈的聲音後，我就僵硬地點點頭。

「我……我想應該是這樣，但是……應該解不開吧……」

我雖然反對在挑戰前就放棄的失敗主義，但這次真的只能這麼說。這是因為眼前的門，直向與橫向各排了二十七個九×九格一組的數獨，也就是說總共多達七百二十九個。只比史塔基翁的廣場多了一個，不過配置完全相同。

腦袋裡重新浮現四天前亞絲娜說過的話。

——這一看就覺得是最難的等級，不論再怎麼熟悉的人，也得花二十分鐘才解得開一格。然後乘以七百二十八就是一萬四千五百六十分鐘……然後除以六十就是兩百四十二小時又四十分鐘……

兩百四十二小時。也就是整整十天。就算由十個人分頭解題也得花上一整天。這段期間還得持續撐過魔王的猛攻，老實說這根本不可能辦得到。

「我想這上面的數字排列應該也跟史塔基翁廣場上的一模一樣吧……」

亞絲娜以沙啞的聲音這麼呢喃。

「……解開史塔基翁的益智遊戲後，當天就來到這個房間。這就是挑戰魔王的最低條件……」

「但是這麼多……」

原本想說「怎麼可能解得開」的嘴閉了起來。在外面從通道上抬頭看著現在擋道的大門時，我應該注意到刻在表面的方格浮雕了才對。九×九方格……看見這個時能夠聯想到數獨，就有可能想起史塔基翁的轉移門廣場。

「…………可惡！」

當我準備用握緊的拳頭敲打發出冷光的益智遊戲表面時——

「桐人先生，解開這個益智遊戲就可以了嗎？」

身後近處傳來這樣的聲音，我的右手便靜止在空中。回過頭一看，解開皮革面具的米亞正以圓滾滾的眼睛筆直往上看著我。

「……妳……妳能解得開嗎？」

「嗯！」

或許是跟心愛的母親重逢的緣故吧，口氣變得完全符合現在年紀的米亞迅速點了點頭。

她接著便跑向大門，將小手朝右下方的益智遊戲伸去。指尖以令人眼花撩亂的速度劃過空白格子，最後觸碰唯一發出淡光的格子，從浮現的視窗選擇了７。下一刻，其他的格子就消滅，只有數字７大大地顯示出來。所花的時間——只有短短十秒鐘。

「什……為……為什麼這麼快……」

在感到啞然的我面前，米亞迅速回頭露出燦爛的笑容。

「因為我從小就每天跟母親大人在史塔基翁的廣場解這種益智遊戲來玩啊。」

這樣的說明還是無法解釋為什麼會如此快速……心裡這麼想的我，突然又想起一件事。話說回來，應該跟益智遊戲扯不上關係的基滋梅爾，也在短短數十秒內解開了祕鑰迷宮的數字推盤遊戲。如果能夠在那樣的時間下解開NP困難問題，數獨對於AI來說就跟單純的計算一樣了吧。

「當然我也可以解開喔。」

賽亞諾邊這麼說邊站到米亞身邊。我交互看著兩人的臉還有後面的益智遊戲。

一個十秒的話，要解開七百二十九個數獨所需的時間是七千兩百九十秒，再除以六十就是一百二十分鐘再多一點。兩個人同時進行的話是六十分鐘——一個小時。這樣的話，或許能成功。

「……拜託妳們了，賽亞諾小姐、米亞。」

兩人聽見我的話後就輕輕點頭，接著看向右端與左端的數獨，手指開始以令人眼花撩亂的速度動了起來。

當搭檔還是一臉茫然的表情時，我就抓住她的肩膀滔滔不絕地說道：

「亞絲娜，我們去拖住魔王。一個小時內要盡量閃躲。」

「嗯……嗯，我知道了。」

「那……那我要做什麼？」

「在米亞解上面的數獨時，亞魯戈就幫忙把她抬起來！」

這麼大叫完，我就和亞絲娜一起往廣場中央跑去——原本是打算這麼做，不過突然緊急踩下煞車。

「又……又怎麼了？」

「那個，如果……正確數字是從下拉式選單來選擇的形式，那我們只要從數字1開始依序選下去的話也可以立刻解開吧？」

下一刻，細劍使就把最高等級的傻眼表情伸到快要碰到我鼻頭的距離。

「我說啊，如果是那種形式，一定是一失誤就完蛋了吧！」

「……說……說得也是喔。」

點完頭後，這次我們就真的朝魔王跑去。

接下來的一個小時，就成為至今為止在艾恩葛朗特度過的日子當中，最漫長且最難熬的一個小時。

第二層與第五層的魔王攻略戰也相當艱辛，但是精神都只集中在眼前的敵人上，幾乎沒有意識到時間。而且那是為了獲勝的戰鬥。不過這次不一樣。這次是為了從這個房間逃走而不斷閃避攻擊的一個小時。

看見荒謬方塊的八個角發射出來的瞄準線然後閃躲。要做的就只有這件事，但是瞄準線除了很難辨認之外，瞄準的位置與時機也很刁鑽。經常會因為時間差攻擊而在閃躲處遭到擊中，而且它也會把複數玩家集中在一點來讓眾人撞成一團，或者固執地只攻擊一個人，這些攻擊方式實在讓人很難相信是由單純的演算法所操縱。

加入前線的我和亞絲娜，當然跟ＡＬＳ與ＤＫＢ說明了現況，但不能否認整體的士氣也因此而下降了一些。至今為止大家都覺得雖然不清楚法則，但只要旋轉帶有數字的方塊，攻擊總有發揮效果的時候。但是完全不清楚該湊齊什麼數字，一個小時內只能不斷躲避的話，不論是誰都會感到沮喪。而集中的程度下降動作也會變遲鈍。

回過神來才發現，除了我和亞絲娜之外還有二十六人的聯合部隊裡，已經有十個人以上被雷射直接轟中而退避到牆邊。荒謬的方塊現在之所以一直待在大廳中央附近沒有大動作移動，完全是因為大部分玩家都聚集在這裡。退避的玩家增加的話，魔王也會改為瞄準那邊，一旦它開始廣範圍行動，不久後拚命解著數獨的米亞與賓亞諾一定也會遭到攻擊。這是絕對必須防止的事情。

我和亞絲娜一瞬間交換眼神來溝通想法後，首先由我對魔王轟出三連擊劍技「銳爪」。魔王的ＨＰ條當然還是處於全滿狀態沒有任何變化，但急速上升的仇恨值讓它一口氣把三條瞄準線照射在我身上。不過這個時候亞絲娜已經用雙臂抱住僵硬中的我，用盡渾身的力量開始衝刺。背後揚起爆炸的火焰，背部雖然感覺到滾燙的刺痛不過沒有受傷。

接著亞絲娜對魔王使出的三連擊「三角刺擊」也命中目標，然後由我立刻移動亞絲娜。這樣魔王的目標就應該會集中在我和亞絲娜身上。

當然它的演算法並非單純到只會持續攻擊仇恨值高的玩家，其他玩家也會依據狀況受到攻擊。但是敏捷力高的我們把一半的雷射拖過來，應該可以讓其他六支小隊輕鬆許多。

「桐人，左前方！」

亞絲娜告訴我從這邊看不見的瞄準線該往哪裡躲，於是我便朝該處猛衝。亞絲娜被盯上時則由我來做出指示。

在不停重複這樣的過程當中，最後我湧起某種不可思議的感覺。

雖然久久才出現一次，但是感覺在聽見亞絲娜的聲音之前，我就知道該往何處逃了。結果搭檔似乎也跟我一樣，在我喊「右！」時亞絲娜已經往該處跳去。簡直就像兩個人的意識與某種音聲之外的頻道連接上了——

雖然是絕對無法贏得勝利的艱苦戰鬥，但我還是產生某種興奮感，同時不停地閃避瞄準線。當魔王離開的一瞬間才打開來確認的視窗，上面顯示的時間一點一點前進，然後到了晚上十點又過幾分時，終於——

「桐人先生，最後一個了！」

從大廳後方傳出米亞稚嫩但毅然的聲音。我反射性全力飛退，然後朝著大門看去。浮現在表面的數獨遊戲，幾乎全部顯示著大大的正確數字，賽亞諾的手指正劃過最後殘留在中央的數獨。

按下答案方框，從下拉式選單中選擇一個數字——該數字便擴大並發出藍白光芒。七百二十九個數獨正如預告在一個小時內全部被解開的瞬間，不只是大門，連整個魔王房間都開始震動。緊閉的大門中央閃過一條光線，甚至響起「喀嘰！」的解鎖聲，宣告期盼已久的逃生口已經打開了。

「好了，撤退到通道上吧！先從回復中的傢伙開始離開！」

凜德舉起彎刀做出這樣的指示。在牆邊喝著藥水的十幾個人站起來朝著大門跑去。數十秒鐘前還發狂般不斷發出雷射的荒謬的方塊，這時也像是發覺大門打開了一樣停止攻擊。

這樣至少能夠避開攻略集團全滅的危機了。雖然無法讓魔王減少任何ＨＰ還是有點可惜，但那應該是我們錯漏了什麼重要的情報。只要仔細地攻略史塔基翁或者姆魯茲基村附近的任務，最後還是會知道該如何排列魔王身上的數字——

「桐人。」

亞絲娜突然這麼呢喃，然後用左手抓住我的右肘附近。看向她之後，發現她正望著依然關著的大門。雖然感覺到什麼，但是又無法確切地說出那種感覺……我可以感覺到她目前的心理狀態。

我感受著變得緩慢的時間，同時也凝視二十公尺之外的大門。

七百二十九個數獨變成七百二十九個數字，在該處靜靜地發出光芒。

七百二十九……二十七的二次方。直向二十七個，橫向二十七個。

直向與橫向各有三個九×九的數字磚塊。

我轉動腦袋，看了一眼浮遊在大廳後方的荒謬的方塊後再次看向大門。接下來將肺部吸飽空氣，以最大音量叫道：

「停下來————！」

下一刻，距離大門僅剩下一公尺的玩家，伸出去的手震動一下後就縮回去，同時也停下腳步。站在我附近的ＤＫＢ成員席娃達則以啞然的表情轉向我。

「怎麼了，不是要逃走嗎？」

「等一下，那個……那個數字說不定……」

以眼睛對亞絲娜做出信號後，我就開始跑了起來。插身進到門前面後便張開雙臂，表現不准任何人靠近的意思等待那個瞬間。如果我的第六感正確，這些數獨並非用來打開逃生的出口。完成之後門就會打開，但那應該是陷阱。繼續等下去的話，一定、一定……

充滿聯合部隊成員困惑、不耐與焦躁的沉重時間慢慢經過。五秒、六秒、七秒……當賽亞諾解開最後的數獨後過了三十秒左右的時候。

七百二十九個數字再次發出強烈的光芒。

一半以上的數字像是被光芒燒掉一樣消失了。各個空白的格子上出現發出淡光的答案方框。最後有四條線變粗，把格子分割成九×九的區塊。

「啊……！」

背後的亞絲娜叫了出來，並排站在左側的米亞與賽亞諾也發出驚訝的聲音。

顯示在大門上的已經不是二十七×二十七的隨機且毫無意義的數列。而是新的九個數獨。

「轟喔喔喔————……」，房間內充滿像是機械聲也像是生物咆哮的巨響。轉身一看，荒謬方塊已經再次開始活動。而且不只是這樣……！從四個縱向平面的其中三個伸出由數十個小方塊連在一起的長手臂，剩下的一面則發出亮光。

「過來嘍！」

留在後方的牙王這麼大叫並架起武器。不認輸的凜德也呼喚著部下。

「停止撤退！受傷者繼續回復，健康的傢伙回來重組陣形！」

兩個人都感覺到接下來魔王要開始發動猛攻。但是也出現打倒它的機會了。

「米亞、賽亞諾小姐！請解開這些數獨吧！」

我一大叫，兩個人就像彈起來一樣站到大門前，手掌開始在巨大化的益智遊戲上移動。十秒鐘後，同時按下答案方框並且各自選擇數字。選出的數字逐漸擴大並發出光芒。

母女以完全相同的速度不斷解開益智遊戲。賽亞諾從高處，米亞從低處解開四個、六個、八個數獨，然後終於剩下最後一個。

雖然從後方傳來猛烈的衝擊聲與叫聲，但我拚命耐住性子等待著那個瞬間。賽亞諾用手觸碰中央的數獨，從下拉式選單中選擇5……接著數字就開始擴大。

所有的數獨解開的瞬間，大門就放射出遠超過剛才的亮光。我往後退了幾步，接著將顯示在門上的九個巨大數字牢牢記在腦裡。

「謝謝……接下來就交給我們！」

對米亞他們道完謝就轉過頭去。我邊跑邊以扯破喉嚨般的聲量向牙王他們大叫：

「從左上往橫向依序是8、3、4、1、5、9、6、7、2！」

剎那的寂靜。

接著各處不斷湧起渾厚的吼叫聲。

藉由找出應該湊齊的數字，原本低迷的士氣開始回復了。到了這個時候，兩大公會的配合度與統率力果然相當出色。在治療中的成員尚未歸隊的情況下，立刻組成彌補這些漏洞的陣形來圍住魔王。

只不過——

跟顏色相比，要湊齊數字其實比想像中還要困難。原本覺得不用湊齊六面，只要在沒有觸手的發光面排列出九個數字就可以了，但一次的打擊就會讓三個數字一起轉動。必須經常把握哪個面有哪個數字，然後預測轉動數次之後的狀態才能敲擊。

正如我所擔心的，即使戰鬥重新開始後已經過了三分鐘，數字的排列還是沒有太大的進展。一開始的四個很順利就湊齊了，但之後就是這邊的人敲打其他人又攪局的狀態，凜德與牙王的聲音裡開始參雜焦躁的心情。雖然隨便亂打應該也會有湊齊的時候，但也不能小看了長了長手臂的魔王所發動的攻擊。除了至今為止的雷射之外，還加上手臂揮落與橫掃的物理攻擊來確實地削減眾成員的ＨＰ。

再衝到前線去吧，但這樣可能會破壞六支小隊間的合作……當我感到猶豫的時候。

「……好，我算完了。」

身邊如此呢喃的亞絲娜迅速看向我。

「桐人，我要集中精神在指示上，魔王交給你可以嗎？」

「呃……嗯，當然可以了。」

互相點完頭後，兩人就同時往地板踢去。衝到魔王前面的亞絲娜，高舉起右手的細劍並且大叫：

「把下面的方塊往右邊打！」

「噢……好！」

立刻回應的是ＤＫＢ的哈夫納。他舉起雙手劍，繞到魔王右側使出一記橫掃。雖然還是無法造成傷害，但果然依照亞絲娜的指示，下面的方塊發出「轟轟！」的聲音並往右轉。

「接著是左邊的方塊往下！」

「了解！」

ＡＬＳ的歐柯唐有所反應，斧槍一閃而過。左側的方塊列往下旋轉。

這時候荒謬方塊似乎感覺到什麼，開始傳出金屬質的不協調音。同時舉起兩條由小方塊連接而成的觸手，對準亞絲娜揮落。我立刻衝出去發動劍技「圓弧斬」。利用下砍後再上砍的二連擊將觸手彈回去。背後的亞絲娜一步都沒有移動。

只集中在數字上的亞絲娜，做出的指示精準到令人害怕的地步。可以看出每次旋轉方塊都朝著最終答案前進。

但是魔王也像是察覺到這一點般，固執地攻擊完全沒有加入戰局的亞絲娜。觸手還可以用劍技反彈回去，但雷射就沒辦法了。每當瞄準線降下，我就會抱著亞絲娜跳躍，但混雜了時間差攻擊與物理攻擊後就忙不過來了。聯合部隊成員似乎也很擔心這邊的狀況，但是為了吸引魔王而敲打它的話，又會打亂快要湊齊的方塊，以大量人員包圍亞絲娜的話又會看不見魔王。

不知道第幾次往後跳躍來躲過雷射時，我的背部就撞到了僵硬的平面。不知道什麼時候已經被逼到牆邊了。像是瞄準好了一般，兩條觸手從左右兩邊進入橫掃的動作。雖然可以擋下一條，但另一條就——

「桐人先生，這邊交給我！」

聽見這道聲音的瞬間，我只回叫了一聲「拜託！」，就把意識集中在從左邊逼近的觸手上。以「平面斬」把觸手彈回去後就轉向右邊，結果就看見賽亞諾以一招刺擊技將觸手彈回去的背影。

——如虎添翼！

腦袋裡這麼大叫完，就準備抵擋接下來的攻擊。這段期間亞絲娜也不斷做出指示，攻略集團的強者們也果敢地轉動方塊。雖然偶爾會犯錯，但那個時候就往回轉一圈即可。

無法造成傷害的猛攻來到第二十次的時候。

「接下來就是最後了，把中央的方塊往下移！」

亞絲娜凜然的聲音當中……

「交給我！」「讓我來！」

凜德與牙王同時這麼回答。他們像是完全不打算讓給對方一樣從左右兩邊往前衝，同時以彎刀與直劍敲擊正中央的方塊列。

——凜牙，別亂來啦！

雖然很想這麼大叫，但兩個人的招式相當正確。正中央的方塊列發出「轟轟……」聲並且旋轉，露出3、5、7的排列。下一刻，排列在前面的九個數字就發出炫目到令人無法直視的光芒。

「湊齊了啊啊——！」

不知道哪個人這麼大叫，但足以掩蓋這道叫聲的巨響傳遍整個空間——形成荒謬方塊身上無敵裝甲的二十六個立方體與三條觸手全都粉碎。

數量龐大的碎片融化在空氣中並且消失後，從內部出現一個一邊六十公分的漆黑立方體。可以看見朝向這邊的一面有一個小兩圈……賽亞諾拿來的黃金魔術方塊嵌在上面。

接著就從黑色立方體上伸出六條同樣是黑色的長觸手。漆黑立方體放射「鏘、鏘」的刺耳高周波，觸手也不停地蠢動。

「接下來才是重頭戲！不要著急，首先確認攻擊模式！」

聽見牙王的聲音後，不只是ＡＬＳ的成員，連ＤＫＢ的眾人都發出「嗯！」的回應。

這確實是一場激戰——但是失去無敵裝甲的荒謬方塊，防禦力還不足以承受攻略集團精銳，以及等級高達32的母親劍士賽亞諾的猛攻。僅僅只有一條的ＨＰ確實地減少，剩下不到五成、三成……減少到不足一成的時間只有短短的七分鐘。

就在每個人都確信再一擊就能結束的時候。荒謬方塊撤下臨死前吼叫般的不協調音，胡亂揮舞六條觸手，並從八個角發出八條瞄準線。

「是狂亂攻擊！撐過去！」

凜德的指示讓所有人擺出備戰姿勢。

接著觸手就全被反彈回去，雷射也全被閃開——然後第六層樓層魔王就像電池沒電一樣咕咚掉到地上一動也不動了。結束了嗎……當我想放鬆肩膀的力道時，發現HP條竟然還剩下一丁點。

「搞……搞什麼！是想自爆嗎？」

我也跟如此叫喚的牙王有同樣的想法。在掉落地點附近的聯合部隊成員像被彈開般後退，準備抵擋爆炸。但是——什麼都沒發生。漆黑的立方體只是用黃金魔術方塊對著我們，然後持續保持著沉默。

……話說回來，亞魯戈似乎說過什麼。

我突然想起這件事。

……我記得是鑲嵌魔術方塊的洞穴後側好像也有什麼……

就在這個時候。

某個人從玩家的行列中朝著立方體飛奔。他一定是看出沒有自爆，打算去搶最後一擊吧。裝備是銀與藍色……是DKB的成員。之後應該會挨凜德的罵吧，不過這下子漫長的戰鬥終於要結束——

「咦……？」

身邊的亞絲娜發出細微的聲音，我同時也注意到了。

跑過去的玩家右手上拿的不是武器。而是不到十公分的纖細金屬。是飛針……不對，那是……

鑰匙。

在宛如靜止了的時間當中，瘦削的玩家在立方體後側蹲下，把右手的鑰匙插進我們這邊看不見的鑰匙孔裡。「喀嚓！」一聲細微的金屬聲響起，黃金魔術方塊像滑出來一樣從漆黑立方體排出並滾落到地板上。

「…………！」

在旁邊用力呼出一口氣的賽亞諾猛然衝出。我也急忙追了上去。

ＤＫＢ成員站了起來。只見他繞過立方體，從地板撿起魔術方塊。

賽亞諾邊衝刺邊默默將細劍往後拉。

ＤＫＢ成員雙手高高舉起魔術方塊，然後大叫：

「Bind！」

空氣「咻啪！」一聲遭到撕裂，金色光圈從方塊上迸發，吞噬賽亞諾和我後穿透到後方。

雙腳突然緊貼在地面的我整個人往前撲。原本以為會跌倒……但是因為腳離不開地面，在劇烈的前傾後藉由反作用力回復原狀。眼前的賽亞諾也跟我一樣停住了。

「…………！」

在感到驚愕的情況下看向腳邊，結果發現從地板上長出來的半透明立方體吞沒了我的雙腳。視線反射性就朝著自己的HP條看去。幾個支援效果的右側，出現了一秒鐘之前尚未存在的圖示。我還是首次看見這種四角形框線疊在人形剪影上的異常狀態。

──為什麼？到底是為了什麼目的而這麼做？

想這麼大叫的我，這個時候才終於發現到出不了聲……而且身體、手臂，甚至連一根手指都變成鉛塊一樣沉重到無法動彈。

明明是如此嚴重的緊急事態，腦袋的角落卻還想著別的事情。原本就存在賽亞諾的等級雖然高，應該不足以瞬間解決塔內雜兵怪物的疑問，而這應該就是答案了。她應該是用了黃金魔術方塊的力量凍結，不對，是「捆縛」住眾蛇人再把牠們全解決掉。

回過神來才發現，魔王房間完全籠罩在寂靜當中。不要說哪個人的聲音了，就連鎧甲的摩擦聲都聽不見。金色光芒遍及直徑達五十公尺的廣大空間的每個角落，所有聯合部隊成員應該都遭到捆縛了吧。因為右手不能動所以無法叫出視窗。這是甚至超越那種恐怖麻痺的究極不動化異常狀態。

謎之ＤＫＢ成員緩緩放下舉起的方塊。

鼻子上方都被能夠隱藏容貌的輕便頭盔蓋住，所以只能看見嘴巴。頭上的顏色浮標應該是因為使用了異常狀態而變化成表示犯罪者的橘色。名字是「Ｂｕｘｕｍ」——巴庫薩姆嗎？至今為止的團戰裡都不曾看過這個名字。

巴庫薩姆從頭盔底下露出來的嘴巴突然扭曲。一看見那充滿惡意的微笑，我就明白了。

那個男人是摩魯特和喬……也就是黑斗篷男的同伴。不知道從什麼時候開始就潛伏在ＤＫＢ裡等待這個瞬間來到。

如果是摩魯特，應該會在發出「啊哈哈」的笑聲後丟出一連串演戲般的台詞，但是巴庫薩姆只是露出扭曲的笑容，沒有打算說任何話的樣子。相對的改為只用右手抱住方塊，然後以左手拔出右腰的長劍。

雖然沒有什麼裝飾，但是從薄薄劍身上發出濕濡般的光輝就能看出其性能。男人輕鬆垂著劍，筆直朝賽亞諾靠近。

——他打算殺了賽亞諾。

我立刻有了這樣的直覺。

不知道是打算殺了賽亞諾之後再繼續解決所有聯合部隊成員，還是只把賽亞諾當成目標。不過就算是後者，我也沒辦法只是站在這裡旁觀。因為米亞就在我身後。絕對——絕對……不能讓十歲的女孩子看見剛剛重逢的母親被殺掉的場面。

「…………——！」

我從無法出聲的喉嚨擠出無聲的吼叫。

然後用上全身的力量。虛擬角色的肌肉開始震動，關節發出摩擦聲。但是包裹住全身的透明殼狀物完全沒有動靜。

巴庫薩姆在賽亞諾前面停下腳步。舉起左手的劍來，或許是打算一擊斃命吧，只見他仔細地瞄準心臟。

——動啊。

——動啊動啊動啊動啊動啊動啊動啊動啊！

唯一的念頭充滿我的思緒，言語變成連續的聲音並失去意義。耳鳴般的高周波從我內心深處溢出，擴散到指尖與腳尖——

然後我就看見了。

「捆縛」的異常狀態圖示開始不斷閃爍。接著旁邊有新的圖示像要取代它一樣閃爍著。擺出坐禪姿勢的人形剪影……是「冥想」支援效果……不對。圖案雖然一樣，但是剪影後面追加了金色光圈。

——！

感覺聽見某種東西破碎的聲音。

右腳往地面一踢後跳了起來，我一瞬間就穿越了十公尺以上的距離。

像被透明的線引導一樣，揮舞著右手的日暮之劍。注意到突進的巴庫薩姆，頭盔窺視孔底下的雙眼瞪得老大。他以驚人的反應速度舉起左手的劍，擺出了防禦姿勢。

「嗚……喔喔喔喔——！」

迸發出吼叫聲的我，一直線將愛劍揮出。

讓人聯想到悲鳴的尖銳「嗶鏘！」一聲響起。

巴庫薩姆的長劍從劍柄往上一點的地方被切斷——連在後方的左臂也無聲無息地從手肘下方分成兩段。

掠過賽亞諾與巴庫薩姆身邊的我，著地的瞬間立刻反轉。平常的話，這是足以因為用力過猛而跌倒的速度，但是現在就像是慣性已經消失了一樣。

失去武器與左臂的巴庫薩姆，臉上扭曲的笑容消失，只用右手再次舉手方塊。

「Bi……」

但是在他把話說完之前，我就再次揮劍。

右臂也跟左臂一樣從手肘以下被切斷，脆弱地粉碎消失。失去支撐的黃金魔術方塊掉落到地板上發出鈍重的聲音。

兩手都出現缺損部位的巴庫薩姆，這時快速的反應讓身為敵人的我也感到佩服。

他瞬時轉身，以驚人的飛毛腿衝向出口。

「別想逃……！」

我當然準備追上去，但右腳突然失去力量，當場就膝蓋跪地。類似冥想支援效果的圖示開始閃爍並且消失。

最後還是硬撐著站起來，但這個時候巴庫薩姆已經抵達出口。他用身體撞開已經解鎖的門，身形消失在通道深處。以逃跑的速度來看，我是不可能追得上了。

幾秒鐘後，視界左側F隊的一條HP條就像溶化一樣消失無蹤。

或許是使用謎樣支援效果的代價吧，我一邊抵抗加諸於全身的重量一邊環視魔王房間。賽亞諾、亞絲娜、亞魯戈以及米亞和其他攻略集團成員都還處於捆縛的異常狀態當中。雖然知道不會永遠持續下去，不過該如何解開——等等，方法其實很明顯了。

我把愛劍收回劍鞘裡，從地板撿起黃金魔術方塊。走了幾步靠近漆黑立方體。上空還表示著魔王殘留一丁點生命值的HP條。

在立方體前跪下來後，我就凝視著初次觸碰到的黃金魔術方塊好一陣子。

這個物件改變了許多人的命運。賽龍、賽亞諾、米亞、園丁提羅，甚至連派伊薩古魯斯也是。但是，現在就是它消滅的時候了。

我把方塊貼到立方體的凹陷處。靜靜一推之後，方塊就流暢地被吞沒。等待表面完全一體化後，我就再次拔出愛劍。

不用經過多場戰鬥的劍身，而是用劍柄的圓頭從立方體上面敲打下去。

這樣就夠了。放射狀的裂痕出現，從立方體內部迸發出藍光——下一刻，艾恩葛朗特第六層魔王荒謬方塊就失去所有ＨＰ，連同黃金魔術方塊一起粉碎。只有唯一沒有被破壞的鋼鐵鑰匙跌落到地板上發出細微聲響。

我往上看著取得最後一擊獎勵的訊息，同時重重地坐到地板上。

遲了一會兒，異常狀態解除的攻略組成員就一起發出聲音。有的人倒地，有的人翻倒，至於牙王則正在找凜德理論。

像從惡夢中醒過來般變明亮的魔王房間裡，充滿了爆炸般的喧囂。聽見輕盈腳步聲的我抬起頭，就看到賽亞諾正朝我接近。

不只是她。亞絲娜、米亞以及亞魯戈都一直線朝我跑來。

在極度強烈的疲勞感籠罩下，我好不容易才抬起右手，大動作對重要的伙伴們揮動。

15

「呼……終於回來了……」

在大大伸了一個懶腰的亞絲娜身邊，我揚手打開了選單視窗。這時已經連舉起右手都覺得痛苦，於是立刻軟軟垂了下去。時間是一月五日凌晨零點四十分。

我以左手消除視窗，開始環視周圍。

對於網路遊戲玩家來說，現在還不是深夜時間帶，但是第六層主街區史塔基翁的轉移門廣場上幾乎看不見人影。我想大致是因為兩個理由——第七層的轉移門有效化了，所以觀光客玩家都移動到該處，還有覆蓋整座廣場的數獨消失得一乾二淨的緣故。

我對於數獨雖然沒有什麼特別的感情，不過站在亞絲娜對面的賽亞諾則是以感慨良多的模樣眺望著空白地磚。她的背上可以看見依然把皮革面具掛在頭上的米亞稚氣的睡臉。

第六層魔王「荒謬方塊」被擊敗後只過了兩個小時左右，我們之所以能在這樣的時間回到史塔基翁，是因為再次踏破第五區的沙漠，走過塔魯法湖，橫越第一區森林……當然並非如此。擊敗魔王後我們就從天花板降下來的螺旋階梯爬到第七層，走到主街區將轉移門有效化，然後轉移到第六層。

也就是說米亞和賽亞諾是就我所知首次「以轉移門在樓層之間移動的任務NPC」。老實說，進入入口之前我內心還因為擔心會不會只有她們兩個人被留在第七層而捏了一把冷汗，但是SAO系統比想像中還要寬大。不過之後還是可能會像ALS的莉庭發現的「礦石無限湧出Bug」一樣遭到修正。

賽亞諾本人似乎對於自己穿越的魔法門沒什麼興趣，只是默默眺望著廣場以及其後方的一整片街道。最後走了幾步站到我和亞絲娜面前，在揹著米亞的狀態下緩緩對我們行了個禮。

「……桐人先生、亞絲娜小姐。真的得到兩位很大的幫助……除了保護了米亞之外，我自己一個人應該無法打倒那隻守護獸，完成破壞黃金魔術方塊的任務。」

——等一下等一下，米亞的等級比我們高耶。

我沒有這麼說，只是用力搖搖頭。

「妳太客氣了……如果沒有米亞和賽亞諾小姐解開那扇門的益智遊戲，我們早就因為無法離開守護獸的房間而全滅了。」

「真的是這樣……我自認為很擅長那種益智遊戲，但根本沒辦法十秒鐘就解開一個喲。」

亞絲娜一這麼補充，賽亞諾就露出淡淡的微笑。重新揹好熟睡的米亞之後就靜靜改變身體的方向，往上看著史塔基翁呈階梯狀往上延伸的街道。主街道的盡頭附近，藍色月光正照耀著領主館的建築物。窗戶上看不見燈光，讓人不由得想起主人已經不在了。

「那個……接下來領主館，不對，應該說這個城市會變成什麼樣呢？」

我像被吸引過去一樣開口這麼問道。

其實仔細一想就能知道，RPG世界的城市營運者不是領主而是遊戲系統，所以就算賽龍不在了基本上也不會有什麼變化。但是覺得抬頭看著領主館的賽亞諾側臉散發出一種莫名的寂寞，所以才會忍不住開口這麼問。

依然背對著我們的賽亞諾，以呢喃般的聲音回答：

「……除了益智遊戲消失之外應該就沒有什麼變化了吧。建造、治理這個史塔基翁的是上任領主派伊薩古魯斯大人。他獨自挑戰那隻恐怖的守護獸，從它身上拔下黃金魔術方塊，利用能把所有岩石與植物分解成立方體的『Break』與將立方體緊緊結合在一起的『Bind』兩種力量，建造出如此巨大的城市……」

「咦……那個Bind其實是把立方體結合在一起的魔法？」

亞絲娜以感到驚訝的口氣這麼說完，女性劍士便轉身輕輕點頭說：

「那是它本來的用途。但是如果有生物在效果範圍之內，其身體也會被固定住。派伊薩古魯斯大人說過，黃金魔術方塊是遺失大地上名為『九聯合王國』的魔導士所製造出來的戰爭用道具試驗品。」

「…………」

我和亞絲娜不由得面面相覷。雖然從基滋梅爾那裡聽說過艾恩葛朗特的創世神話，也就是與「大地切斷」有關的故事，不過那不是只流傳在精靈族之間的故事嗎？派伊薩古魯斯到底是什麼人……雖然事到如今才對這件事情產生興趣，不過也不想再去挖掘終於獲得解決的詛咒任務了。除此之外還有一堆需要去煩惱的事情。

好不容易收集到的四把祕鑰全被墮落精靈劍士凱伊薩拉奪走固然是煩心的事情之一，但是更緊迫的問題是在魔王房間使用黃金魔術方塊將所有聯合部隊成員固定住，然後試圖殺害賽亞諾——說不定還打算幹掉所有人的謎之男人巴庫薩姆。ＡＬＳ和ＤＫＢ表示要在魔王房間召開緊急會議，我和亞絲娜因為不想在賽亞諾她們母女面前談論死亡遊戲，所以先行前往第七層。但是絕對不能放著這件事情不管，總有一天必須聚集兩公會的幹部，把所有關於黑斗篷男以及其伙伴的事情向他們說明清楚才行。目擊巴庫薩姆的行為……不對，應該說是惡意之後，這個世界存在ＰＫ集團這件事多少會比較有說服力了才對。

「派伊薩古魯斯大人過世十年……」

賽亞諾突然再次開始說話，我便急忙切換思緒。

「……在這十年裡，守護黃金魔術方塊的不可思議力量逐漸影響城鎮，史塔基翁家家戶戶的門都像天柱之塔那樣出現了益智遊戲。雖然不清楚派伊薩古魯斯大人是如何抑制方塊的力量，但我一直想幫助賽龍找出那個方法，把那些困擾城裡居民的益智遊戲消除掉。但是……」

側臉一瞬間閃過一絲猶豫後，賽亞諾才以更低沉的聲音繼續說道：

「……我實在無法平白原諒因為一時氣憤就殺害派伊薩古魯斯大人的賽龍。我和他原本是發誓要白頭偕老的關係……所以才希望他承認、反省自己的罪過，思考什麼是成為真正領主應該做的事。十年裡，我一直等待著賽龍前來找我的那一天……」

當我看著默默搖頭的賽亞諾，至今為止已經出現許多次的疑問就再次浮現，於是幾乎在下意識之下開口問道：

「那個……賽亞諾小姐為什麼會喜歡賽龍先生？」

結果側腹部立刻被亞絲娜輕輕戳了一下，我這才注意到自己提出了有些不禮貌的問題。但是賽亞諾只是浮現淡淡的微笑，然後一邊把視線移向遠方一邊回答：

「那個人從小就軟弱又多疑，但是自尊心又特別強，老是跟其他小孩子吵架……」

——從小？兩個人是兒時玩伴嗎？

先是浮現這樣的想法，然後才覺得這也是理所當然。雖說是第六層的主街區，也不過是南北六百公尺，東西三百公尺的小城市。同年代的小孩子全是兒時玩伴也不奇怪。

「但他其實是很溫柔的人。我很小就決定要到派伊薩古魯斯大人的宅邸服務，他為了鼓勵感到不安的我而這麼說了。他說自己一定會通過派伊薩古魯斯大人的考試成為他的弟子，在這之前妳要好好加油……最後實踐了這個約定的賽龍，一直期盼能夠成為下任領主，然後跟我結婚一起住在領主館裡。正因為這樣……知道自己無法成為領主時的衝擊與失望才會那麼大吧……」

「……咦……但是……」

這次瞄了一眼亞絲娜的側臉之後，我才畏畏縮縮地詢問：

「……派伊薩古魯斯先生是想指名賽亞諾小姐繼承自己領主的位置吧？這樣的話，賽龍先生應該不用那麼沮喪才……」

結果賽亞諾一瞬間露出詫異的表情，之後才迅速不停地搖頭。結果背上的米亞就發出不舒服的聲音，賽亞諾立刻變回母親的模樣溫柔地搖著她。她就這樣看向我們，然後再次靜靜地搖頭。

「不……派伊薩古魯斯大人確實教我這個僕人關於益智遊戲的許多知識，但那只算是一種消遣。那位大人不需要繼承者……這是因為派伊薩古魯斯大人是在建立史塔基翁之前就已經活了幾百年的不死者。」

「什……什麼？」

忍不住大聲這麼叫道的我急忙塞住嘴巴。確認米亞的樣子沒有變化之後，才降低音量繼續說道：

「不……不死者的意思是他不會死亡嗎……？」

想著難道說應該被殺害的派伊薩古魯斯還活在某個地方的我提出這個問題，但賽亞諾卻再次做出否定的動作。

「不，應該說是不老者吧。那位大人在我到宅邸服務時已經是白鬍鬚的老先生了，但根據傭人裡最年長的管家表示，從他小時候開始大人的模樣就一直沒有改變過。」

「……也就是說……賽龍先生知道了這個事實……」

聽見亞絲娜的呢喃後，賽亞諾就靜靜點了點頭。

「派伊薩古魯斯大人的壽命絕對不會走到盡頭，因此領主也不會替換……知道這件事的賽龍應該是因為被憤怒、失望，或許還有恐懼的心情囚禁才會犯下罪行吧……跟這個城市一樣，派伊薩古魯斯大人本身也是不受人世常理規範的人物……」

說到這裡就閉上嘴巴的賽亞諾，側臉浮現出透徹的表情，我也感覺到沒有必要繼續查探賽龍的事情。於是就探索腰包，取出魔王戰後撿起來就一直放在裡面的東西——一把深灰色的鐵鑰匙。

「那個……請賽亞諾小姐收下這個吧。」

邊說邊把鑰匙遞出去後，賽亞諾就默默凝視著鑰匙一陣子才點點頭收下來。她將過去分為兩把的鑰匙對準淡淡月光，以呢喃的口氣表示：

「……這把鑰匙本來只有一把……派伊薩古魯斯大人在我跟賽龍十八歲那一年的年末把它給了我們，但是沒有說明用途。沒想到會是從守護獸身上取下方塊的鑰匙……為什麼派伊薩古魯斯大人要把它託付給我們呢……」

我和亞絲娜都不知道該如何回答她的這個問題。

封測時在「史塔基翁的詛咒」任務最後出現的派伊薩古魯斯亡靈赦免了殺害自己的賽龍，要他和賽亞諾合力守護這個城市後就消失了。也就是說，封測時代的派伊薩古魯斯指名賽龍與賽亞諾兩個人當自己的繼承者。

關於這一點，說不定這個世界的不老者派伊薩古魯斯也是一樣……心裡雖然這麼想，但是當然不能說出口。

這時亞絲娜代替保持沉默的我，以沉穩的聲音說：

「他一定很疼愛賽亞諾小姐和賽龍先生。」

結果賽亞諾就一言不發地再次抬頭看向遠方的領主館。感覺稍微可以看見的側臉似乎有小小的光粒閃爍著，不過一陣子後回過頭來的劍士，臉上只有跟之前一樣的微笑。

「……或許是吧。」

只這麼呢喃完，賽亞諾就把右手的鑰匙插進皮鎧的脖子處，然後用手溫柔地撫摸熟睡中米亞的頭部。

留下「請務必再來找我們玩」的發言後，實亞諾就帶著米亞離開廣場，兩個人的ＨＰ條消失之後，宣告任務結束的系統訊息就出現在視界中央。

雖然和封測的時候不同，沒有得到金錢與道具，但是追加了不但足以彌補這些東西，甚至覺得還有點過頭的獎勵經驗值，接著升級的特效光就同時包圍我和亞絲娜。我升上22級，亞絲娜則是21級，但實在沒有垂直跳起來呼喊「呀呼！」的心情。

互看了對方一眼同時說了句「恭喜」之後，兩人又輕握了一下手。

或許這麼做之後心情多少穩定下來了吧，亞絲娜以平常的表情與口氣對我問道：

「那麼……接下來有什麼打算？要回第七層嗎？」

「到界限了。」

「……啥？」

「能源條已經到界限了。再三分鐘我就要倒下去爆睡十個小時。」

聽見我回答的亞絲娜，還是用平常那種傻眼的表情嘆了一口氣。

「誰教桐人你昨天深夜要在外面到處閒晃。啊……還得到嘎雷城去才行，必須向老爺爺道歉祕鑰的事情。」

「說得也是……不過現在先讓我睡一覺吧……」

「那今天晚上就住在這個城市的旅館吧。『天馬蹄鐵亭』可以嗎？」

「只要有床哪裡都可以……」

再次很無奈地搖搖頭，亞絲娜就抓住我的左手開始往前走。被她拉著移動到轉移門廣場北方的一間大旅館，然後前往登記入住的櫃檯。在半夢半醒之間聽著亞絲娜訂下三樓的總統套房，再次在誘導下爬上階梯。

走過長長的走廊，接近最深處的門時，亞絲娜輕輕發出「啊……」一聲。

不知道是什麼事的我抬起沉重的眼瞼，發現搭檔凝視著的是設置在門旁邊的壁龕。

話說回來，這間旅館就是剛到第六層來當天和ＤＫＢ幹部討論關於公會旗時使用的地點。那個時候凜德與牙王對於設置在壁龕上的益智環束手無策，不過現在該處已經空無一物。

亞絲娜伸出右手，靜靜地撫摸空壁龕。

但立刻就把手縮回來，直接轉動門的握把。門發出清脆的「喀嚓」聲後打了開來。

我們互望了一下，同時露出些許微笑後就進入房間。

天馬蹄鐵亭的總統套房依然相當豪華。寬敞的客廳裡準備了四人座的桌子與沙發組，牆壁左右是連結寢室的門。這時亞絲娜詢問「你要睡哪一間房間？」，其實我已經覺得睡沙發都無所謂，只不過這樣一定又會挨罵，所以便回答「左邊……」。

「那我就睡右邊嘍。晚安……要確實解除裝備再睡喔。」

「好……晚安……」

我幾乎是在自動操縱狀態下橫越客廳，轉動左邊牆壁上的門把。進入微暗的寢室後叫出視窗，隨便連續按了兩下解除裝備按鍵，變成只穿內衣褲後就從臉部倒到床上。

全身躺在軟綿綿棉被上的我，雖然想著夜深後會變冷必須好好躺到床上，但身體已經無法動彈。

第一層的獨行時期，只要發現有效率的狩獵場，即使連續練功二十四個小時也不是什麼稀奇的事情。但是當時的疲勞與今天相比只是小巫見大巫。這是因為跟只要能將戰鬥規律化，即使腦袋放空也能持續進行的定點狩獵不同，每次要對應不斷發生的事件與危機都得持續猛烈運轉腦袋的緣故，不過亞絲娜應該也跟我一樣才對。但是她看起來卻還算有精神，難道是因為比我更習慣動腦嗎？看來我也必須更加強自己的實力才行。當然只是以暫定搭檔的身分……只不過……

這樣的思考立刻變得散漫，意識被吸進無限的黑暗當中——

「我知道了！桐人，我知道嘍！」

寢室的門隨著吵死人不償命的叫聲迅速被打開來。房間突然變亮，當我好不容易才把緊貼住的眼瞼抬起數公釐，視界裡就看到穿著睡衣的亞絲娜衝進來。

「……知……知道什麼……」

「那個數字啊！雖然不只是是這個，不過先從數字開始！」

如此叫喚完，亞絲娜就用力把雙手撐在我趴著的床鋪上。雖然非常想要她明天再說，但是搭檔的勢頭似乎不允許我這麼做，於是我只能想辦法側身問道：

「是哪個數字……？」

結果亞絲娜迅速抬起上半身來靠近我，栗色眼睛閃爍著光芒回答：

「派伊薩古魯斯先生位於斯里巴司的祕密別墅不是有扇門嗎！面對數字鎖時，你輸入了六位數字對吧，那個數字一直讓我覺得有什麼古怪！」

話說回來，我在告訴她解鎖的密碼時，她的確說了些什麼。好像是在哪裡看過這個數字之類的——

「……嗯，我記得應該是6、2、8、4、9、6……對吧……？」

絞盡腦汁後總算想起解鎖密碼，亞絲娜聽見後就用力點了兩下頭。

「沒錯。這幾個數字並非隨機的排列。它們是最初的三個『完全數』喔。」

「……完……完全數……？」

這好像聽過又好像沒聽過的單字稍微引起我的興趣，同時睡意也消退了一些，我便保持側身的姿勢並且用左手撐住頭部。

「這些數字哪裡完全了？」

「定義是『所有真因子的和，恰好等於它本身的自然數』。你看，6的因數是1、2、3對吧？把它們加起來就是6。同樣的28的因數是1、2、4、7、14……加起來就是28。然後496也是一樣。」

「呃……哦……這樣啊……」

雖然很有意思，不過我想不出還有什麼特別的意義了。大概就是撰寫詛咒任務劇本的人設定密碼鎖的暗號時，隨便用了最初的三個完全數之類的吧。

可能是看穿我的想法了吧，亞絲娜急著丟出一大串話來。

「事情不只是這樣而已！嗯……桐人在封測時期曾經看過派伊薩古魯斯亡靈的浮標吧？」

「看……看過了喔。」

「他的名字呢？英文拼音是什麼？」

「啊……嗯，我記得是『Restless soul』，沒有顯示專有名稱……」

「這樣啊，那應該是故意藏起來的吧。」

以嚴肅的表情點點頭後，亞絲娜就突然跳到床上。一下子就躺到我的左邊，以讓我能看見的姿勢打開視窗。她毫不在意嚇了一大跳的我直接移到訊息標籤，在用來代替筆記本的白紙上打下英文字母。

「那個，我認為派伊薩古魯斯的名字應該是這麼拚。」

「呃，嗯……」

我再次把頭放回枕頭上窺看著視窗，結果表示在上面的文字列是——

「Ｐｙｔｈａｇｏｒａｓ」。

「派……派伊、薩……咦咦？這唸作派伊薩古魯斯嗎？」

「英文的發音正確來說應該是派伊薩嘎拉斯。但是希臘文的發音……不對，日文發音的話桐人絕對也知道喔。」

「什麼日文發音……」

搞不懂她在說什麼的我再次看向視窗。盡可能以羅馬字的念法念出字面的發音。

「畢……薩……哥拉斯？畢薩哥拉斯……咦，啊……不是薩，是達嗎？畢達哥拉斯？派伊薩古魯斯是畢達哥拉斯嗎！」

睡意終於消失了九成的我瞪大雙眼。

即使是對於學業沒有那麼熱心的我也聽過這個名字。快被囚禁在ＳＡＯ之前，二年級的第二學期在學校學到的「商高定理」的別名就是來自這名古代希臘數學家。他似乎還主掌了一個名為畢達哥拉斯教團的祕密數學社團，發現了許多的定理與概念。沒錯——剛才提到的完全數也是由畢達哥拉斯所命名。

「……那麼打從一開始就不要叫派伊薩古魯斯，直接叫畢達哥拉斯不就得了……」

混雜著嘆息這麼呢喃完，躺在旁邊的亞絲娜就發出輕笑。

「名字的拼法一樣，應該是故意隱藏的吧。只是把他當成創造角色時的模特兒……」

「嗯……真正的畢達哥拉斯也很擅長益智遊戲嗎？」

「不，我沒聽過這種事情。當然也沒被人稱為『益智遊戲王』。嗯，不過我覺得畢達哥拉斯重視的數字的和諧與整合性，就是類似益智遊戲的思想。」

「這樣啊……」

再次仰躺的我，茫然想著這四天發生的事情——

「真正的畢達哥拉斯也是被弟子殺死的喔。」

旁邊的亞絲娜低聲丟出這麼一句話。

「正確來說是前來拜師的人被畢達哥拉斯趕回去，那個人就發飆並且煽動城裡的民眾襲擊了教團……不知道那個人的名字是不是叫賽龍就是了……」

「煽動……」

這個字眼讓我聯想到的不是詛咒任務，而是黑斗篷男和他的伙伴。

潛入ＤＫＢ，試圖奪取黃金魔術方塊的巴庫薩姆，甚至知道連賽亞諾都不清楚的鐵鑰匙使用法。而且不只是這樣。他連黃金魔術方塊具備「Bind」的恐怖力量都一清二楚。

巴庫薩姆到底是從哪裡得到墮落精靈凱伊薩拉從我和米亞這裡奪走的鐵鑰匙呢？說起來，巴庫薩姆和黑色斗篷男到底是如何建立與墮落精靈的合作關係？

雖然完成詛咒任務，第六層樓層魔王也在沒有出現犧牲者的情況下被解決掉，但還是有謎團與問題殘留下來。為了解開它們……同時也是為了今後繼續保護亞絲娜，我一定得變強才行。至少要有實力跟那個凱伊薩拉一對一戰鬥。

「對了，桐人。」

被叫到名字後，我再次抬起不知不覺間閉上一半的眼瞼。下一刻亞絲娜就撐起上半身，從正上方窺看著我的臉。

「什……什麼事……？」

「讓我看一下眼睛。」

「啥……啥啊……？」

當我不清楚搭檔的意圖，只是不停眨著眼睛時，亞絲娜又做出出乎意料的發言。

「……在魔王房間裡，桐人打破『Bind』時，感覺眼睛好像發出金光喲。」

「咦……真的嗎？現在也有嗎？」

「不，現在是黑色的。」

「這……這樣啊……」

放下心來的我一邊放鬆身體的力道，一邊將視線移向亞絲娜栗色的眼睛。下一刻，某種被吸進去的感覺降臨，我知道這次真的來到界限了。

亞絲娜的微笑逐漸融入黑暗，我變得模糊的意識當中，聽見了細微的呢喃聲。

「晚安，桐人。」

——晚安，亞絲娜。

我已經不知道自己是不是確實發出這樣的聲音了。

黃金定律的卡農　完

後記

謝謝您閱讀這本Sword Art Online刀劍神域 Progressive6〈黃金定律的卡農（下）〉。

感覺頁數好像是上一集的一．五倍，不過應該只是我想太多啦。話說回來，構思的時候竟然想用一集就結束這種分量的故事，實在太恐怖了……我自己也不清楚為什麼會變成這麼長！雖然很想這麼說，不過並非這麼回事，所以乾脆就仔細地寫下自己的想法吧。

以《勇者鬥惡龍》與《無盡的任務》等傑作遊戲為象徵，過去的RPG與任務是密不可分的關係，應該說任務本身就是RPG的本質。目前單機RPG的主要內容也是由主要任務與副本構成。

但如果是MMORPG的話，任務這個東西就會變得格格不入……我多年來一直有這樣的感覺。桐人在本作中也提到過好幾次，有多少玩家就會重複多少次同樣的事件與故事，這種情形也算是某種程度的失真或者蠻橫，雖然一定得這麼做但很難稱為最佳方法……而我也一直是這麼認為。其實一個任務應該只有一個玩家能夠攻略才對。

當然我也知道這是不可能實現的事情。但是，比方說如果不是由人類的劇作家與程式設計師，而是ＡＩ像ＴＲＰＧ的ＧＭ那樣生成無限任務，並配合玩家過去的行動來調整故事的話，就能實現「只屬於一個人的故事」的理想了吧……我就是帶著這樣的想法寫下這篇故事。桐人與亞絲娜進行的任務，在ＰＫ與ＮＰＣ的干涉之下跟原本劇情的差異越來越大，我想某種程度上已經完成這個最初的點子了，我想下一集將會是以玩家為主的故事！當然是一集完結！

要說有什麼遺憾的話，大概就是沒辦法有效果地使用第六層的主題「益智遊戲」吧……一開始是想在本文中提出各式各樣的益智遊戲，然後讓各位讀者也挑戰看看，但這樣就會變得像遊戲書一樣，所以就放棄了這個點子。哪一天萬代南夢宮讓ＳＡＯ變成真正的ＶＲＭＭＯＲＰＧ時，我會請他們在第六層放進大量的益智遊戲（笑）。

最後依照慣例是謝詞的部分……頁數增加再增加最後造成時間緊迫，因此被我添了許多麻煩的責任編輯三木先生、安達先生、插畫家ａｂｅｃ老師，真的很對不起＆謝謝你們！另外第七層的第七集也請大家多多指教！

二〇一八年三月某日　川原　礫

線上遊戲的老婆不可能是女生？
14
Kadokawa Fantastic Novels
聽猫芝居
Kineko shibai
illustration:Hisasi
And you thought there is Never a girl online?

國家圖書館出版品預行編目資料

Sword Art Online刀劍神域Progressive / 川原礫
作 ; 周庭旭譯. -- 初版. -- 臺北市 : 臺灣角川,
2019.06
　冊 ;　公分

譯自：ソードアート・オンライン プログレッシブ

ISBN 978-957-564-985-2(第6冊 : 平裝)

861.57　　108005630

Kadokawa
Fantastic
Novels

Sword Art Online刀劍神域 Progressive 6

（原著名：ソードアート・オンライン　プログレッシブ6）

2019年6月19日　初版第1刷發行
2023年1月3日　初版第3刷發行

作者：川原礫
插畫：abec
日版設計：BEE-PEE
譯者：周庭旭

發行人：岩崎剛人
總編輯：蔡佩芬
副總編輯：朱哲成
美術設計：吳佳昫
印務：李明修（主任）、張加恩（主任）、張凱棋

發行所：台灣角川股份有限公司
地址：104台北市中山區松江路223號3樓
電話：(02) 2515-3000
傳真：(02) 2515-0033
網址：www.kadokawa.com.tw
劃撥帳戶：台灣角川股份有限公司
劃撥帳號：19487412
法律顧問：有澤法律事務所
製版：尚騰印刷事業有限公司
ISBN：978-957-564-985-2